Author
卷毛咩咩汁
Illust. Fayin
漫長覬覦
Love you all my lifetime

contents

Love you all my lifetime

Chapter 1

卓煜此刻站在自家門口，等裡面的人幫自己開門。門鎖換了密碼，他住了十多年的房子現在拒他於門外，連開門的管家都換了個人。好在那個人知道卓煜是這座宅邸名正言順的主人，畢恭畢敬地請他進門。卓煜帶著滿腔怒火衝進客廳，一眼就看到了坐在大廳中央沙發上的男人。

和失態的卓煜不一樣，連然好整以暇地坐在沙發上，長腿隨意交疊，長髮沒有束起，鬆散地披在肩上，儼然一副主人姿態。

「小煜回來了，」連然笑得溫和，卻讓卓煜感到遍體生寒，「過來。」

卓煜沒理睬連然的示好，徑直走過去把他猛地按到沙發上，一把揪住他的衣領，呈壓制姿態。連然一點反抗的意思都沒有，手撐在沙發上，任由卓煜把自己壓倒，仰著臉看他。

「兩年不見，小煜長大了，也更好看了。」連然的眼神掃過卓煜臉上的每一處，像一個慈愛的長輩一樣誇他，卻讓卓煜感到噁心，「我日思夜想，總算把你盼回來了。」

卓煜氣得連呼吸都變得粗重，卻又不知道該怎麼處置連然。

對他來說，連然的身分與他跟連然的過往，都像烏雲一樣濃重昏沉，壓抑而沉默。

連然是他父親名義上的合法妻子，在卓煜十五歲的時候來到卓家。

那時候卓煜的母親才剛離開一年，卓煜看到父親帶著一個漂亮的女人走進來，又氣又惱，而連然突然開口，笑著叫他：「小煜？是小煜吧？真可愛啊。」是個男聲。卓煜愣住了，他才發現父親的這位新歡很高、很美，他竟然把他看錯，以為他是女人。卓煜猛然發現連然是個男人，瞬間臉色煞白，一副無論如何都不能接受的模樣。

連然偏偏沒眼力地上前，想要跟卓煜握手，「我叫連然，以後就跟你住在一起啦，我會好好照顧小煜的。」

卓煜感到一陣噁心，啪地揮開了連然的手。

而他的父親，自始至終沒有任何表情，見到卓煜態度惡劣也不管，徑直上了樓。

連然滿臉真誠：「小煜現在不接受我沒有關係，我還是會對小煜好的，我心甘情願。」

「你能不能閉嘴啊！」卓煜吼他。

連然一怔，悲戚瞬間爬上那張美得不可方物的臉，泫然欲泣的模樣：「對不起……是我做錯了什麼嗎？」

連然的聲音很溫柔，好像真的很在乎卓煜。他想拉過卓煜的手，又不敢，只敢落在衣角。

卓煜抽開手，退後一步，仰頭看他。嬌生慣養的大少爺向來吃軟不吃硬，況且漂亮的人天生就有優勢，卓煜不再說話，沉著臉離開房間。

又過了一會，房門被人輕輕敲響，連然的聲音在外面響起：「小煜，我做了點心，你要不要吃一點？」

卓煜不回答，將臥室裡的遊戲音樂調至最大。當他以為連然已經走了的時候，門口卻突然傳來撞擊聲，卓煜嚇了一跳，打開門就看到傭人以及站在不遠處、端著餐盤的連然。連然的眼眶都紅了，「嚇死我了，我還以為你在裡面出事了呢！小煜，你要是有什麼氣就衝著我來好不好？不要傷害自己。」

卓煜胸悶氣短，瞪了連然一眼：「你有事？」

連然低頭看了眼餐盤，裡面放著精緻的糕點。卓煜心想如果連然是想讓他吃點心，他一定會拒絕他，但是出乎意料之外，連然苦笑了一下，臉上掛著明晃晃的失落：「沒事……我是擔心小煜，只要小煜沒事就好了，我先走了。」

他將餐盤遞給傭人，「你拿去倒掉吧。」

卓煜頓時有種拳頭打在棉花上的感覺。

連然在那幾年對卓煜堪稱百依百順，洗衣、做飯、端茶、倒水，只要卓煜想要什麼，他都會端到卓煜面前。他從沒有跟卓煜生過氣，就算卓煜的態度再惡劣也一樣。

卓煜撐著少年人的面子，硬是不跟連然和解，直到卓煜十八歲生日那天，他請朋友去酒吧玩了一晚，然後帶朋友回家住，打開家門就看到連然穿著睡衣，坐在客廳沙發上等他回家。

卓煜習慣了，隨口說了句「我回來了」，便要帶著朋友進房間。連然站起來，看上去有些手忙腳亂，「我……我去幫你們鋪床。」

「不用，我們一起睡。」卓煜說著，直接把醉醺醺的朋友拉走，不想讓朋友用探究的眼神看待這個「繼母」。他丟下連然回到自己房間，連然又在十分鐘後端著牛奶和點心上來。

「你們喝點牛奶解酒。」連然身上淡淡的香氣穿過房間裡瀰漫的酒氣，傳到卓煜鼻間。門是朋友去開的，卓煜坐在沙發上，看都沒有看過來。

興許是他朋友總是聽卓煜說很討厭這個人，想要替卓煜出頭，當卓煜聽到玻璃碎裂的聲音回頭時，連然端著的餐盤已經被朋友打翻了。玻璃碎了一地，飛濺出來的玻璃碎片劃破連然白皙的腳踝，牛奶混著漂亮的點心，一團糟。

卓煜怔了怔，下意識抬眼看向連然。

連然的臉隱藏在長髮下，卓煜只看到他弧度美好的嘴唇，辨認不出他的情緒。

「你怎麼還不走啊？」朋友擋在門口，「卓煜不缺你這分好意，他很討厭你，你知不知道？快走吧，別在他成年這種開心的日子讓他心煩了。」

「就是啊，阿煜不喜歡吃甜食，你不知道？大半夜的，想讓誰不高興啊。」另一個朋友幫腔，卓煜坐在朋友中間，莫名有些不舒服。

「……我知道了。」

連然的聲音有些顫抖，卓煜好像能想像到他的眼眶又紅了，鼻尖估計也泛著一點紅，看上去應該很可憐。

「我等等來打掃，你們玩，不要因為我壞了興致。」

連然把門關上，那陣混著牛奶味道的香氣也隨之消散，卓煜的鼻間又只剩下酒氣。

「阿煜，繼續啊。」朋友叫他，卓煜應了一聲，握著手把繼續闖關。

他有心事，因此遊戲結束得很快。卓煜站起來說自己要下樓喝水，離開了房間。

門口的地板已經被人打掃乾淨，卓煜不知不覺間踱步到連然的房間門口。走廊漆黑一片，門縫下透著的光說明裡面的人還沒有休息。

卓煜沒敲門，轉動門把走進去，環視連然的房間一周，發現連然坐在床上，有些錯愕地看著他，似乎沒有想到卓煜會來。

卓煜的眼神移到了連然露出來的腳踝上。隨意貼上去的OK繃泛著一點紅，一些細碎的劃痕在連然白皙的皮膚上清晰可見。卓煜反手關上門，問連然：「醫藥箱呢？」

連然立刻站起來，他換了身很薄的冰絲睡袍，白色的，身體曲線在燈光下隱約可見。

卓煜覺得自己今晚喝的酒後勁有點強，他感覺有點熱。

連然將醫藥箱找出來，「我沒關係的……」

「今天不想跟你吵，坐下。」卓煜說。

連然坐到沙發上，卓煜走過去看他。連然的眼睛很亮，像被水沁潤過般，眼角還是紅的，估計才剛哭過，跟卓煜想的沒什麼差別。連然平時很喜歡卓煜對自己偶爾的親近，但今天估計是真的傷心了，他拒絕道：「我自己上藥就行了，小少爺快回去陪朋友吧。」

卓煜強勢地拉開連然的手，搶回了藥，用棉花棒沾了一點就往連然的腳踝上塗。

他很粗魯，像在欲蓋彌彰，也不管會不會弄痛連然。

卓煜的語氣還是不怎麼好：「他們就這副德行，誰讓你要往槍口上撞。下次我帶朋友來，你別出現就行了，免得又說我欺負你。」

一雙微涼的手卻冷不防地環上了卓煜的背。卓煜的身子變得僵硬，不敢置信地睜大了眼，而連然的頭慢慢向他靠近，靠在他胸口處。

卓煜的心跳突然變得很快。

「沒關係，他們看不起我，你也看不起我，我都習慣了，小煜不需要有心理負擔。」

連然竟敢抱他。

卓煜明明應該推開連然的，但不知道是不是因為酒精作用，他渾身發熱，理智開始叫囂。連然的香氣環繞著他，連然也籠罩著他，那纖細的腳踝還被卓煜握著，兩個人無比接近。

連然的唇湊在卓煜的耳邊，呵氣如蘭。卓煜從沒有遇過這樣的男人，他身邊多是血氣方剛的直男，身上都是汗味，哪裡都很硬，但是連然在他懷裡，哪裡都是軟的，連說的話都是軟的。

卓煜到底還是個小孩，也容易心軟，被連然這麼一抱，又想到他哭的樣子，下意識就拍了拍連然的背，又突然彈開。

連然沒有防備，被他猛地帶到地上，壓住卓煜。連然想要坐起來，在卓煜身上蹭了一下，卻蹭出了卓煜的火。

「你別動了！」卓煜低吼，猛地坐起來把連然拉起。連然的長髮滑過卓煜的手臂，很涼很滑，卓煜莫名想到如果連然被他壓在身下，那頭長髮被自己抓在手裡……

連然伸手去探卓煜的額頭，「小煜？你怎麼了？身體怎麼這麼熱？是不是發燒了？」

「你別碰我了！」卓煜後退幾步，轉身，生怕自己起反應的地方被連然看到，「沒事就好好待著，別到處跑！」

說完，卓煜就逃也似的離開了連然房間。他下樓喝了水，卻還是沒辦法冷靜下來，他抬眼看了一樓的浴室一眼，低聲罵了一句後衝進去。

家裡的每間臥室都有浴室，一樓的都是傭人在使用。卓煜進去時沒開燈，面對洗手臺站著，拉開褲子，裡面硬熱的性器彈出來，蓄勢待發。

「靠……」

卓煜低聲罵著。

他知道連然絕對沒有那個意思，而且他還是他名義上的……可是他現在在做什麼？他對他父親的人硬了，還硬得不得了！

卓煜從來沒有自己主動弄過，他不喜歡和朋友一樣看那種片子，偶爾清晨起反應，就自己解決或者沖個澡，這還是他第一次對真人起反應。卓煜低頭看著自己的性器，那裡翹得很高，他圈著往前頂了頂，快感湧上的同時，連然那張臉也在腦海裡清晰地浮現出來。

連然和父親做愛的時候，是什麼樣子的？卓煜心想，那頭長髮是不是會在大床上披散開來，連然的臉會變得很紅，手指輕輕一掐都會留下掌印……他還會軟軟地求饒，求父親輕一點、慢一點，但是父親都那麼老了，還這麼少回家，連然能感到快感嗎？

卓煜用手指刺激著自己的馬眼，那上面因為興奮而分泌出透明的液體。卓煜想著連然，身體往前頂弄，汗珠從他的額角滑落，滴在洗手臺的瓷磚上。他的性器在他手下變得更加硬挺、脹大，但是卓煜知道這全都是因為連然。

他怎麼這麼……

卓煜亂了章法，他想要插入，理智從來沒有這麼失控過。

洗手臺在微微顫動，卓煜一手撐在上面，用力到手臂上的青筋凸起。重重地擼了兩下後，卓煜將性器對準洗手槽，全部射到了洗手槽裡。

他低喘著，看著自己射精後仍舊沒有疲軟下來的性器。此刻，他很想要連然，或許不是他，自己就不會變成現在這個樣子。

明明連然比自己大十歲，平時討厭得不得了，卻又能勾起自己的性欲。

卓煜再次握上自己的性器，並從口袋裡掏出手機，點開連然之前求了很久才加的好友。連然的大頭貼是他坐在窗邊看書的樣子，長腿交疊，露出半張側臉。

卓煜點開照片，放在面前，握著性器在那上面磨了兩下，對著連然的臉。

卓煜一邊套弄自己的性器，一邊點開之前連然傳給他的語音訊息，遞到自己耳邊。

『小煜，今天做了你喜歡吃的紅燒排骨喔。』

『小煜今天會很晚回來嗎？要不要我去接你？』

卓煜的喘息重了一些，套弄的頻率也加快許多。

『小煜真可愛，就連生氣起來也很可愛。』

『小煜想要什麼呢？我都會滿足你喔。』

想要……

卓煜再次調回那張照片，將性器抵在連然的臉上衝撞，一下又一下，又快又猛。

卓煜瀕臨釋放邊緣的時候，手機突然彈出訊息提示，是來自連然。

他拍了一張角度從下往上的照片，拍出他修長的腿和藏在暗處、惹人遐想的部位。

『好像好一點了呢，小煜覺得呢？』

快感直抵大腦，卓煜重重擼了兩下，手指搔刮馬眼，一股股白濁射到了手機上。他喘著粗氣，看著那雙修長的腿沾滿了自己的精液。

「連然……」

卓煜看著手機上的那雙腿以及名字，心情複雜。

他清理好之後離開浴室，客廳不再像他剛才下來時一樣明亮，中間的燈被人關掉了，只亮著昏黃的燈光。玄關處傳來動靜，卓煜看去，恰好看到連然站在自己父親面前，溫柔地幫他脫下外套。

連然背對著客廳，長指掃過卓父的身體，接過西裝外套。卓父按著連然的腰，把他推開了一點，接著看向卓煜，朗聲叫他：「小煜，過來。」

卓煜剛剛沸騰的血液一下子就冷卻了下來。他沉著一張臉走過去，也不知道自己在不爽什麼，離兩人還很遠就停下腳步。連然自覺地站到卓父身後，抱著卓父的外套，一副乖順嬌憨的模樣。

「我知道今天是你的生日，特意回來看看你。」卓父上前摟過兒子肩膀，「我們到書房說。」

卓煜跟著父親走了幾步，從客廳的全身鏡中看到了身後的連然。連然還是站在原地沒動，往他們這裡看。

卓煜知道連然不是在看自己，但還是被連然的眼神吸引，因為他看起來真的很可憐。

「爸，」卓煜突然開口，「連然的腿剛剛受傷了，別讓他在那裡站太久。」

卓父頓了頓，才扭頭對被自己落在身後的妻子說：「你先回去休息吧。」

連然抬起臉，眼裡沁著水光，淚光盈盈。

卓煜有些不自然地別過頭，快步走上了樓梯。

他知道這是禁忌，他不該對自己父親的人抱有任何非分之想，雖然連然從沒有說過他喜歡父親，但連然的一舉一動都說明他很喜歡父親，對卓煜好是愛屋及烏，不參雜任何多餘的感情。

卓煜在書房門口等了一下，看到連然和父親一起走上來。等父親先行走進書房，卓煜準備進去時，衣角卻被連然拉了一下。卓煜回頭，連然輕聲對他說了句「謝謝」。

卓煜撥開連然的手，連「不用謝」都沒說，就快步走進了書房。

那天晚上，父親跟他說的無非是一些男生成長為男人之後要注意的事情。他問卓煜畢業之後想要去哪裡念書，又問他有沒有戀愛的打算。

「你要是跟女孩兩情相悅，可以，但是要注意自己的行為。你長大了，愛玩我也沒意見，但是不許傷害別人。」

卓煜應了一聲。

「我幫你選了幾所學校，過幾天給你看看，你選一所喜歡的去。就快畢業了，乖一點，不要惹出什麼事情來。」

卓煜從父親書房裡走出來，看到連然還在門外等，嚇了一跳。

「小煜。」連然討好地笑著看他。

卓煜定定地看了連然一會，突然問了一句他平時不會問的話：「你在等……父親嗎？」

連然沒想到他會這麼問，也愣了一下，然後答：「嗯……」

卓煜回到房間後就直接去洗澡，把朋友留在外廳，自己到臥室裡躺著。

他今天十八歲了，這個生日過得高興，又不高興。卓煜盯著天花板，怎麼樣都想不通自己為什麼會對連然起反應。這樣是不對的，卓煜想，他要離連然遠一點，否則事情很可能會發展至今他無法控制的地步。

而卓煜不知道的是，連然在他們父子於書房裡聊天的時候悄悄回到一樓，在一片黑暗中步履輕巧地走進了卓煜剛剛進去過的浴室。

卓煜的味道已經散得差不多了，但是連然嗅覺靈敏，還是捕捉到了空氣中一絲一毫的腥膻味道。連然循著味道走到洗手臺前，長指在陶瓷平面上撫過，觸感冰涼。

他知道小少爺對他的身體起反應了，因為他在壓到卓煜身上的時候，就感覺到了那處抬頭的趨勢。但是他不會說的，就像他對卓煜的感情一樣，還不到時候。

卓煜遲早會是他的。

連然的浴袍很鬆，帶子一撥就散開了。他把內褲往下拉一點，站在卓煜剛剛站著的地方，開始緩緩套弄起自己的性器。

＊

連然想到卓煜十八歲的時候，眼神突然變得十分危險。卓煜還在說著什麼，連然卻抬手按在卓煜的大腿處。卓煜嚇了一跳，下意識往後躲，卻被連然摟住後腰，手臂也被一手扯住，一把拉回來。

連然的聲音很低，「躲什麼？」

卓煜愣住了，連然從來沒有在他面前表現得這麼強勢過。

「你什麼意思?放開我!」

連然笑了,猛地放開卓煜。卓煜抽出自己的手後踉蹌站直,連然靠在沙發上看著他,調侃道:「我的小少爺,幹嘛這麼慌張?看上去那麼狼狽。」

卓煜踢了一腳,踢在連然腿邊的沙發座墊上,「我他媽問你呢!為什麼我家的財產全在你的名下!」

就算父親要留財產給連然,也不該是全部。照理說,卓煜才是遺產的順位繼承人,輪都輪不到連然,要說連然沒在背後動手腳,誰都不信。

連然見卓煜踢到沙發,突然跪下去要檢查卓煜的腿。卓煜後退幾步,躲開連然伸過來的手,「你他媽別裝了!我爸都走了你還裝!不覺得噁心嗎!」

連然蹲著的身形一頓,再抬眼時,氣場好像全都變了。

「是啊,小少爺說得對。」連然笑起來不再是溫柔的樣子,那雙常年含著水的眸子閃爍出某種精明的光,使卓煜莫名生出逃生的本能,想要往門口走,卻被連然從身後一把抱住。

連然常用的香水侵襲了卓煜的嗅覺,卓煜顫抖著想要掙脫,但連然柔軟的身體爆發出卓煜從沒有體會過的力道,將卓煜死死扣在懷裡,動彈不得,「你父親都走了,我還裝什麼?」

「你他媽在說什——」

卓煜沒能說完。

他的後頸突然被針扎了一下,卓煜往上一彈,掙脫了連然。

「你他媽在幹什麼……」

卓煜的呼吸逐漸變得粗重，連然的身影在他面前變成重影。他撐著桌子站穩，晃了晃腦袋，眼睜睜看著連然越走越近，全身上下都帶著陌生的攻擊性。

「你別過來……」

連然站定，笑了一下，半蹲下去，檢查了一下卓煜的腳。

「都二十一歲的人了，還這麼逞強，不痛嗎？」

卓煜想抽出自己的腿，但他好像被抽光了力氣，只能撐著桌子勉強站穩，恨恨地盯著連然。

連然頭一低，竟然親在卓煜的腳踝上。連然的嘴唇是冰涼的，印在上面，清晰的觸感讓卓煜敏感異常。

連然的聲音變得很溫柔：「三年前你幫我擦了藥，現在輪到我幫你了。」

卓煜覺得自己像是砧板上任人宰割的魚，他不清楚連然要做什麼，只覺得連然這副模樣很可怕，他從唇縫裡擠出拒絕的話：「我不要你幫我……」

連然站起來，整個身子都壓到卓煜身上，把他壓在桌上。卓煜撐在身後的手一鬆，後腦杓重重撞上桌面，失去了意識。

等卓煜再次醒過來時，他發現自己躺在過去的房間裡。

房間的布局一點都沒變，東西該在哪裡就在哪裡，他的球拍和籃球，以及高中時獲得的那些獎狀都一一擺好，放在架子上。

十七、八歲的卓煜心高氣傲，對自己取得的成就沾沾自喜，每得一項獎都要擺在自己房間裡，一睜眼就看得到。卓煜的手動了動，發現自己的四肢都被鐐銬鎖住，而鐐銬延伸到床的四個角。

卓煜猛力掙扎幾下，金屬發出摩擦聲響，但力氣還是沒有回來。內心湧起不祥的預感，今天的連然很不正常，令他感到壓迫。

臥室的門被人打開，連然捧著一個盒子走進來。卓煜緊盯著他，看著連然爬上床，跪坐在他被岔開的雙腿中間。

緊接著，連然拉下了他的褲子拉鍊。

「靠！你幹什麼！」卓煜開始劇烈掙扎起來，奈何雙腿被束縛，只能小幅度地蹬踹，對連然一點威脅都沒有。

連然空出一隻手去握著卓煜的腳踝。鐐銬在他腳踝上留下了掙扎的紅印，連然輕輕摸過泛紅的地方，另一隻手仍舊從容不迫地解開卓煜的褲子，慢慢脫下來。

卓煜的性器在連然眼皮下一覽無遺。卓煜的性器很乾淨，因為少經人事，他的性器跟他的皮膚一樣是漂亮的麥色，頂端泛著粉色，很好看，也很青澀。

「在國外的這幾年，有跟女孩子做過嗎？」

卓煜的臉瞬間紅了：「連然！你瘋了！」

連然拉下卓煜的內褲，掀起眼皮看了卓煜一眼，對他笑了一下。接著，卓煜感受到連然的長髮散在他的大腿根部，從頭髮接觸到的地方開始，卓煜覺得自己的骨縫間都發著癢，蔓延到全身。

最清晰的便是下身。

連然廝磨的樣子很獨特，他先是握住卓煜的，嘴唇在龜頭上輕輕一貼就離開了。手指撫過陰囊前面，緩慢地幫他按摩。

卓煜咬著下唇，臉色通紅，卻無法抗拒生理反應，性器在連然手裡慢慢抬頭、變大。

「乖。」

連然再次低頭親了親小卓煜，然後將自己的性器按到卓煜的小腹上。卓煜低著頭，清晰地看到自己在連然的手裡變得硬熱，便難以接受般地仰著頭，拒絕往下看。

連然的手輕壓在卓煜的性器上，開始握著它上下套弄。另一隻手則握住性器根部，輕輕搓動，快感一陣一陣地傳遞至卓煜的大腦，他緊咬下唇控制自己，不想被連然帶進去。

連然不行……只有連然不行……他是父親的。

卓煜的冠狀溝被連然的手指搔刮，之後連然將手指按上龜頭，刺激著那處。卓煜敏感地繃緊了身體，重重吐出一口氣。

「連然……你他媽的看清楚我是誰！」

連然仍舊在玩著卓煜的性器，人卻突然壓了上來，將臉挪到卓煜面前。卓煜這幾年長得更加俊朗了，褪去了高中時期的青澀，看上去開朗了一些，但連然沒有絲毫變化，卓煜甚至覺得連然好像是被造物主雕刻好的一樣，每一處輪廓都完美精緻。雕塑是不會變化的，所以連然一直都是那個樣子。

連然的眼裡帶著笑意，「嗯，看清楚了，是卓煜呢。」

他親上卓煜的臉頰，磨了磨，手的動作快了一些，重了一些，「小煜，你真好看，」連然的手在龜頭的冠狀溝處反覆刺激，「你真好看。」

卓煜紅著眼睛瞪著連然。下身已經硬得快要爆炸了，卻還嘴硬地說：「就算你這樣，我也不可能上你。」

連然一怔，隨即像是聽到了什麼好笑的笑話般，忍不住笑出聲。他的手撐在卓煜身側，笑得床都在細細抖動。

連然拿起自己剛剛帶進來的盒子，從裡面取出了潤滑劑，往自己的手上倒了些，又靠過來，張嘴將卓煜的性器含住。

性器被包裹進溫暖的口腔裡，卓煜到底還沒經歷過像這樣經驗老道的挑逗，下意識往上頂了頂。連然的唇角彎了一下，幫卓煜做了一次深喉嚨。

「呃……」

卓煜發出一點聲音，又立刻吞了回去。

連然持續刺激著卓煜的性器，不停吞吐。塗滿潤滑劑的手指悄悄找到了卓煜的後穴，指尖剛插進去一些，卓煜就感受到異物的侵入，腦內警鈴大作。

「不可能！連然你他媽放開我！你想做什麼！」

卓煜在藥物作用下的掙扎毫無威脅性可言。連然慢慢插進一根手指，找到卓煜的前列腺，輕輕按壓了一下，外部的手則在囊袋上撫摸輕壓。卓煜快感如潮，性器脹大抖動，連然察覺到卓煜要射精了，卻突然停下來。

他的手還停留在卓煜體內，嘴唇因為口交而變得嫣紅，整個人都被沾染上了情欲的味道。連然再次壓上去，手撐在卓煜身側，手指壓了一下，卓煜的腰便往上弓。

「舒服嗎？小煜？」

「你他媽別叫我小煜……」

「不可以嗎？」連然露出可惜的神色，繼續增加手指。卓煜的後穴被撐開，仰著頭喘氣，連然親上他的喉結，輕輕咬了咬，「那煜煜可以嗎？阿煜？還是你想讓我叫你寶貝？心肝？」

「滾……」

連然笑了一聲，「好。」

下一秒，卓煜就感覺連然的手在裡面翻攪一通。他睜大眼，被按到某一處時悶哼了一聲。

「這樣滾可以嗎？」連然還在往深處插，還增加了手指。卓煜此時此刻終於意識到自己的處境，臉色變得煞白。

等到連然塞進第三根手指時，卓煜開始呼吸困難。他到底還是太年輕，低估了人性的險惡，他的靈魂好像脫離了身體，懸在上方，眼睜睜看著自己像女人一樣被連然壓在床上，而自己雙腿大敞，毫無反抗能力地被人侵略最隱密的地方。

連然時刻注意著卓煜的反應，感覺到卓煜的排斥，便抽出了手指。

「對不起哦？是不是弄痛你了？我不是故意的。」連然一臉抱歉，卻又從盒子裡拿出一瓶黑色包裝的東西。

卓煜看清楚那個瓶子上寫著什麼的時候，抗拒地別開了臉。他這兩年在國外目睹過朋友靡亂的私生活，朋友曾獻寶似的將這個東西拿到卓煜面前。

「你要是不想要我恨你，就停手，不要再繼續下去了。」

這是卓煜迄今為止說過最接近求饒的話了。連然的動作頓了頓，然後擰開瓶蓋，俯身吻住了卓煜。

連然的吻強勢而有侵略性，他一手扣著卓煜的下巴，讓他的嘴無法闔上，並將舌尖探進去，跟卓煜的糾纏在一起，接著找到卓煜的上顎，在波紋處反覆舔滑。卓煜被親到敏感的地方，耳根又開始發熱。

他在連然面前亂了套，像是初嘗情事的毛頭小子，禁不起連然一點點挑逗。

儘管卓煜控制著自己不要去回應連然的吻，但是他們交換著唾液，卓煜咽下去一點，發出嗚咽般的吞嚥聲，胸腔裡的空氣很快就被連然掠奪。他被吻得恍惚，過了幾秒才察覺到連然已經把那瓶液體遞到了自己鼻間，不知不覺間已經吸入了一些。

吸入催情吸劑的幾秒後，他感覺到自己的身體再次興奮起來，性器高高翹起，馬眼處往下滴淌著透明液體。連然將瓶蓋蓋好，俯身在卓煜耳邊說：

「那就讓小煜恨死我好了。」

因為藥物作用，卓煜的括約肌開始放鬆，連然很快就重新繼續之前的動作，輕鬆探入了三根手指，在卓煜體內進出，卻絲毫不管卓煜興奮的性器，任由它可憐地擺動著，淌下更多液體。

卓煜想射精，他硬得不得了，但是他沒辦法自己滿足自己，也不可能去求連然幫忙，只能咬牙忍著，忍得臉都漲紅了，也快要忍不住聲音了。

連然對卓煜做了這麼過分的事情，卻表現得很無辜，他不管卓煜急需撫慰的性器，湊過來跟卓煜說話，「抱歉喔，讓你吸這種東西。因為是第一次，想要讓小煜留下美好的回憶，也不希望小煜痛。」

「你他媽……嗯，怎麼就、這麼賤……」

卓煜現在全憑理智在忍著，而連然咬住卓煜的耳垂，「嗯，我犯賤，對不起小煜，我把小煜弄得這麼糟糕，小煜的後面都變得溼漉漉的了，前面也翹得這麼高。」

連然說著，手指輕輕彈在卓煜的性器上，使卓煜難受地仰起臉。

「住口……」

連然不說話了，卓煜的前端就快要釋放，連然卻又拿出東西，貼著卓煜的囊袋和肉柱，一點一點地幫他戴上。

感受到沉重緊迫的束縛感，那陣高潮立刻就被壓回了身體裡，欲釋放而不得。性器被金屬壓得立不起來，只能可憐地垂在小腹上。

卓煜快瘋了，「你他媽到底想要做什麼！」

如果是遺產的話，全都給連然好了！為什麼他要對自己做這麼過分的事情！

「時間還早，」連然露出憐愛的神色，低頭親了親卓煜，在他紅腫的下唇咬了一口，「小煜別射那麼多次，對身體不好，我擔心你。」

連然再次吻上卓煜，卓煜感覺到下體被撐開，卻是冰冷的物體。在意識到連然往自己後穴塞了什麼的時候，連然已經按下了震動開關。

卓煜的性器被牢牢鎖住，將精液困在裡面，想發洩而不得；下身被震動刺激著，圈著他的敏感點不停顫抖。一陣陣高潮往上湧又被擋下來，卓煜的眼睛很快就變得又紅又溼，連然看了他一陣子，目光逐漸顯現出痴迷。

「把第一次高潮給我好不好？」連然問他，「小煜不喜歡我，是因為我跟你父親的關係？」

卓煜的眼眶更紅了一些，憤恨地盯著連然。他恨連然心裡清清楚楚，卻還這樣對待自己。

「那我去把小煜眼裡骯髒的我洗乾淨，再來品嘗小煜，等等我喔。」

連然說著就坐直身子，下了床。

卓煜已經被他弄得一團糟了，像個被玩壞的玩具一樣雙手被鎖，雙腿大張地躺在自己睡了多年的床上。後穴正在往外滴水，性器脹得發紅，連然卻仍舊穿著襯衫、西裝褲，整齊乾淨，除了嘴唇紅得過分之外，沒有任何失態。

連然真的離開了臥室，走到外面的浴室洗澡了。卓煜想要夾緊雙腿，抗拒一陣一陣的高潮，但是身體不受控制。他難受地弓起腰，想要把自己翻轉過來蹭一蹭前端，卻不得章法，最後只能倒回床上。

想射……

連然用的道具緊緊扣著他的囊袋和性器，卓煜好幾次都瀕臨高潮，又被擊退。反覆幾次後已經精神恍惚，全身都軟了下去。

意識模糊中，他記得連然離開了很久，等他回來的時候，原本塞在卓煜後穴的自慰棒已經因為卓煜不斷收縮的後穴運動滑了出來，溼淋淋地掉在床單上，沾滿了潤滑劑和一些從卓煜體內流出來的東西。連然站在門口，卓煜的下身正對著他，後穴一縮一縮的，像在邀請他進去。

連然換上了灰色睡袍，面無表情地站在門口，看上去清冷安靜，與欲望全然扯不上關係，但就是這個人把自己弄成這個樣子的。

「連、連然……」卓煜認為自己是用警告的語氣叫他，殊不知現在說出口的氣音和微弱的喘息，根本就像在邀請連然。

連然垂眸，慢慢解開了衣帶，露出浴袍裡不著寸縷的身體。

連然看上去很瘦，但卓煜不知道他衣服底下竟然藏著恰到好處的肌肉和……

怎麼可能這麼大？卓煜的眼眶紅得嚇人。他原本以為連然的性器會很秀氣，他不能否認自己意淫過連然、想像過他在自己身下的樣子。但是事實上，他輸給了連然，連然未勃起時，他都能感受到它完全勃起後的巨大。

連然拿起玩具，扔到一旁，看了卓煜的後穴一眼，「還痛嗎？」

卓煜咬唇強忍，不肯示弱。

連然看著卓煜逞強的樣子，微微一笑。他握著自己的性器，在卓煜的後穴蹭了蹭，毫無阻礙地將頂端塞了進去。在卓煜情不自禁的抽氣聲中，連然的眼神變了變，慢慢把性器抽了出來。

「辛苦小煜了，那我們先射一次好了。」

連然說著，在卓煜毫無防備的時候解開了束縛器，與此同時重重往前一頂——

他進入了卓煜，手圈住卓煜的性器，並用指尖刮了一下頂端。完全抽出自己的性器後又往前一頂，整根沒入。

「啊……」卓煜極力控制，卻還是發出了聲音，情不自禁地往上一頂，射出了精液，濺到連然的腹部上。連然的皮膚太白，精液混在上面，彷彿融為一體。

卓煜射精時，後穴不斷緊縮，連然就著卓煜潮吹，狠頂了十幾下。卓煜被從未經歷過的高潮刺激到，手緊握成拳，眼淚從眼角慢慢滴下來，委屈又可憐。

連然看著他的所有反應，手指捏住卓煜的乳頭，開始捏弄，下身也細細緩緩地動著。

「這次就先不哄你了，再哭得可憐一點。」

他將卓煜的乳頭往外扯，下身緊貼得密密實實。卓煜的聲音從唇邊溢出，一聲一聲，像小貓的嗚咽，很可愛，使連然在卓煜的體內脹大。

卓煜完全失去了反抗能力，任由自己的乳頭被連然玩弄，下身被完全侵入，被刻上連然的烙印。

連然將卓煜的乳頭玩弄到紅腫之後，直起身子，開始扣住卓煜的胯骨往裡面頂，頂到盡頭又攪了攪。而卓煜清晰地感受到連然的每一根經脈和弧度就在自己身體裡，不斷抽插。

連然那張漂亮的臉就在卓煜眼前，卓煜能清楚地看到連然的臉和完美的軀體，每動一下便會影響連然的肌肉走向。兩道深刻的人魚線鑿在他胯上，俐落乾淨。

連然做愛的時候表情不多，發現卓煜在看他，就對卓煜笑一笑，隨之而來的是下身更凶悍的抽插。卓煜的性器可憐地立著，沒人安慰，又變得脹紅，隨著連然的動作一甩一甩。

卓煜不知道連然在這張床上欺負了自己多久，久到自己的身體好像都記住了連然的形狀，每次進入都無比契合，出來時又帶出了更多體液。最後一次時，連然拿來飛機杯，套在卓煜的性器上，一邊頂到更深處一邊幫他打手槍，前後夾擊使卓煜的快感翻倍。下身在雙重刺激下，一下一下地被連然撞擊，腰又迎合著往上弓起。最後一下，連然撞進了最深處，抵著卓煜的敏感點射了出來，而卓煜的性器也脹大，抖動著射出稀薄的精液。

卓煜不想再面對現實，趁著高潮離去後的睏倦，閉上了眼睛。

*

卓煜對連然的記憶還停留在三年前。

從前卓父不常回家，卓煜的衣食住行都有專門的阿姨負責。母親離開後的那一年裡，卓煜的心情很低落。

他母親是在旅行回來的飛機上出事的，父母的感情很好，那段時間父子倆都會刻意回避關於母親的話題。卓煜還以為父親會跟自己一樣掛念母親一輩子，但連然的出現打碎了他單純的想法。

連然進到卓家的第二天就接手了保姆的工作，卓煜不知道連然看上去那麼不食人間煙火，竟能做出一桌好菜，味道也還不錯。

連然在卓煜面前坐得很直，期待卓煜吃下去之後會說一句誇讚。但卓煜頓了頓，什麼都沒說，就默默吃完了飯。

他離開餐廳前，看到連然滿臉落寞地站起來收拾碗筷，卓煜問他：「我爸把你帶回來，不是讓你過來當苦力的吧？」

連然收拾的動作停了一下，又繼續，「沒關係啊，我想要照顧小煜。」

卓煜哼了一聲，不打算管他了。就算連然做得再好，也無法代替母親，卓煜想，自己是不會因為他可憐又對自己好一點就認同他的。

事實上，連然也從沒有主動邀過功，頂多只是向卓煜投來期待的眼神而已。

卓煜不想知道連然和自己父親是怎麼認識的，又是因為什麼契機而成為他父親的情人，但卓煜開始無聲反抗，很少回家。

之後，卓煜沒想到連然會親自到校門口來接他。

那輛銀灰色的跑車是連然自己的，停在校內停車場很引人注目。更引人注目的是連然本人，那些高中生哪見過這麼漂亮的人，連然戴著墨鏡，鶴立雞群，卓煜一下樓就看到他了。

朋友跟他勾肩搭背，遙遙看到連然，興奮地吹了聲口哨：「那是女明星吧！」

連然那麼顯眼，卓煜一眼就能看到他，而卓煜穿著跟大家一樣的制服，連然卻也能一眼就看到他。他知道卓煜看到自己了，就站在車旁對卓煜揮手，讓卓煜的臉沉了下去。

他不想在學校出糗，轉頭對朋友說：「今天你們自己去吧，我還有事，先走了。」

「哎！阿煜，你要去哪裡？」

「回家。」

連然墨鏡底下的唇角彎了彎，整個人白得發光，看著卓煜一步步走來，幫他拉開車門。

「小煜，你已經三天沒有回家了，我好擔心你。」

卓煜雖然不接受連然，但是他從小到大的良好家教不允許他無故讓人為難，所以平時只要連然主動示好，大多數時候卓煜還是會讓他三分。

「又不是小孩了，在外面住幾天有什麼關係？」

連然坐進車裡，關上門，「小煜是有家的人吧？」
卓煜冷笑：「什麼家？我媽已經不在了，那算是我家嗎？」
卓煜半天都等不到連然發動車子，疑惑地看過去，發現連然竟然在哭。
連然哭得一點聲音都沒有，緊咬著下唇，幾縷髮絲散在臉旁，隨著動作緩緩抖動。陽光從外頭照射進來，連然的半張臉都在陽光底下，臉上的絨毛清晰可見。連然的眼淚在陽光下看是金色的，凝聚在眼眶裡，匯聚成一顆，順著顴骨滑下來，一滴又一滴，哭得很漂亮。
卓煜愣了足足十秒才反應過來，「你哭什麼啊！」
連然抬起手遮在自己眼前，胡亂抹了一下。淚水被他沾到睫毛和眼眶周圍，亮晶晶一片，隨著連然眨眼，折射出細碎的光。
連然壓抑道：「對不起……我不是那個意思，我只是覺得，如果小煜孤單，我也能努力給小煜一些慰藉。我還是做不好，讓你心裡不舒服了，但我真的不知道要怎麼做，你才會好受一點……」
卓煜急忙解釋：「我不是那個意思……」
他抽出一張面紙，塞到連然手心，彆扭地安慰他：「我不是針對你，我只是……暫時沒辦法接受你跟我爸的事情，我沒有做什麼過分的事吧？所以別哭成這樣。」
連然擦了擦眼角，順手將臉頰上的碎髮撩到耳後，點了點頭。
他擠出一個勉強的笑容，看著卓煜，「小煜沒有錯，是我錯了，我不該隨隨便便就認為自己是小煜的家人，妄想自己這樣就能安慰小煜。」
「我沒有那個意思！」

連然的眼眶又紅了，「抱歉，小煜別生氣，我不說了。」

「我……」卓煜一時語塞，連然的反應讓他覺得自己平時很為難他，甚至認真反省了自己，「我不討厭你，好了吧！我只是暫時無法接受你，所以想一個人靜一靜，你該怎麼樣就怎麼樣，既然都住進來了，就……」

「就什麼？」連然紅著眼問他。

「就是一家人了！煩不煩啊！」卓煜一把拉上安全帶，「我跟你回去，行了吧！」

連然「嗯」了一聲，也綁好安全帶，又擦了擦眼淚才發動車子。

「我昨天問了卓先生，他說你很喜歡吃冬雲那間西餐廳，所以我訂了位置。」

「那裡不穿正裝不能進去，你省省吧。」連然是穿戴整齊，但卓煜穿的可是制服，讓他穿著制服去吃西餐，他才不想丟這個臉。

「沒事的，我們直接去那裡的購物廣場買一套。位置那麼難訂，我求了好久才求到的，小煜要拒絕我嗎？」

卓煜沉著臉不回答，連然頓了頓，開口：「那、那我們不去也沒關係，小煜開心就好，我求人半天其實也沒什麼的……」

「……算了，你訂都訂了。」

「小煜真好。」連然這才鬆了口氣。

他帶卓煜到購物廣場裡的一家高檔西裝店，詢問店員有沒有適合卓煜身材的西裝。

卓煜是十七歲的少年，因為從小運動，長得比同齡人高，連然在櫃檯回頭問他：「小煜，你的身高、體重和三圍，能不能告訴我一下？」

卓煜報了，連然回頭跟店員說了聲，店員很快就找出一套偏休閒一點的西裝。連然詢問卓煜意見，而卓煜無所謂，反正也只穿這一次。

「那就這一套吧，小煜進去換上？」

「喔。」

卓煜接過衣服走進去，換好衣服走出來時，連然不知道去哪裡又弄來了一條藍色領帶，微微彎腰幫卓煜綁上，熟練地打好領帶，接著夾上領夾。

連然滿意地看著卓煜，毫不避諱地誇他：「小煜真好看。」

一旁的店員笑呵呵地接話：「這是您的弟弟吧，真帥啊。」

連然笑著看向店員，語氣熟稔地道：「是我的兒子喔。」

店員驚訝道：「真的嗎？您看上去這麼年輕！」

卓煜默默整理好衣角，抬眼看他：「能走了嗎？」

「好，那我們走了。」

「您慢走。」

連然有一種能輕易親近的氣場，無論是誰都能跟他聊起來。卓煜懶得辯解他是不是連然兒子的問題，很無聊，如果他當眾拆穿連然，搞不好又要被連然誤會，與其讓他暗自在心裡亂想，還不如保持沉默。

那頓西餐兩人吃得還算和諧，回家的時候時間接近晚上九點。連然停好車，下車的時候突然湊過來抱了卓煜一下。

卓煜剛想要推開他，連然就退開了。連然看上去很開心，笑得很開朗，讓卓煜不忍心指責他。

「謝謝小煜願意陪我，我能為了這個開心好久。」

卓煜別開臉，打開車門下車。

「……下次不要沒經過別人允許就抱過來。」

「啊？我又做錯了嗎？對不起……」

卓煜真的怕了：「又沒說你什麼！幹嘛道歉啊？」

卓煜有理由懷疑連然心底其實是一個十三、四歲的少女，因為他的心情實在太容易被卓煜牽動了。而卓煜吃軟不吃硬，被連然吃得死死的，之後才在相處時學到了教訓，變得格外小心。

在那之後，卓煜沒有再像以前一樣對連然漠不關心，偶爾也會回應連然幾句，心情好的話還能縱容連然親近，所以連然在卓煜的記憶裡是無害而脆弱的，哪怕因為自己彆扭的性格，他跟連然一直沒有好好相處過。

卓煜也曾想過連然跟自己父親的事情，父親看起來一直對連然不太熱情，但從前他跟卓煜母親也不慍不火，卓煜看不出有什麼差別。

連然大卓煜十歲，小卓煜父親二十幾歲，若不是卓煜曾親眼撞見連然跟父親親熱過，他是怎麼樣都不會想到連然跟父親那方面的事的。

某個週末，卓煜有網球比賽，但是臨時下雨取消了，恰好家裡的司機還沒有離開，卓煜便直接回家。

家裡很安靜，卓煜進門時下意識地往鞋櫃上看了一眼，發現父親的鞋子也在。恰好他想跟父親談一談，便換鞋走上樓去，在二樓樓梯的轉角，就聽到一陣唇舌交纏的口水聲。

卓煜透過鏡子的反射看到了站在樓梯上接吻的連然跟父親，連然站得比較低，仰著臉背對著鏡面，卓父的手則放在連然腰間。

「我去幫您拿藥。」連然說著，退後一步往樓下走。卓煜閃避不及，被連然一眼看到。

連然的臉上掛著錯愕，但他沒有出聲，快步走下來，拉著卓煜走到二樓的角落，「小煜？你怎麼回來了？」

卓煜別開眼，像是難以接受般不願意看連然。

連然頓了頓，往後退了一步，「小煜……覺得噁心嗎？」

卓煜說不出這股莫名的感覺是什麼，他就是下意識地覺得連然不應該是那個樣子，他不喜歡看到連然跟自己父親親密，也不喜歡看到在父親懷裡柔弱無骨的連然。

卓煜狠狠道：「我應該覺得不噁心嗎？他快五十歲了，你才二十幾歲。」

卓煜稍後就離開了家，之後的一週都沒有回來。他確定自己的話刺痛了連然，因為只要三天不回家就會來找他的連然，在那之後沒有再來找他。卓煜在朋友家住了整整一週，最後還是連然先服軟，開車到朋友家樓下等卓煜。

卓煜記得那次連然也哭了。卓煜也很疑惑，其實連然跟父親怎麼親熱跟他一點關係都沒有，自己怎麼會先入為主地指責連然，好像連然辜負了他一樣。

從那時候開始，卓煜就模模糊糊地覺得自己越過了某條界線，但他始終想不通是哪一條。

十八歲那晚，他想到了，是道德。

他對連然有不倫不類的想法，他希望跟連然接吻的那個人是自己，才會對那件事如此生氣。但是太晚了，他只能離連然遠遠的，才能不去想這件事。

在國外的三年裡，他試著和一些女孩交往過，卻總會下意識地拿她們跟連然比較。他不敢承認自己是真的對連然有非分之想，也害怕自己只要承認了，就再也不能過上正常的生活，所以卓煜從未試著跟男人在一起。

他強迫自己保持對連然的排斥和疏離，以為只有自己抱著這種陰暗的想法。

卓煜根本沒想過，連然的想法比他變態千百倍。

＊

卓煜從昏沉中迷糊地醒來，緩了幾分鐘，才發覺自己正全裸著，被擺成跪趴的姿勢，腹部下方墊了兩個軟枕，整個背部都在連然眼前，一覽無遺。

後腰到臀部傳來酥麻的觸感，有什麼東西在尾椎處遊走，很癢。卓煜動了動，那陣觸感立刻就消失了。

連然感覺到卓煜的動靜，收回了手，笑著問：「小煜醒了？」

卓煜仍舊覺得全身無力，不是因為藥物，是他被連然折磨得太過頭了，全身痠軟。

連然的手按在卓煜仍舊泛紅的屁股上，輕輕捏了捏，「小煜好不容易從國外回來看我一次，我想給小煜一個禮物。」

「你他媽是變態……我當初就應該離你遠遠的……」

連然拿出針筒，在卓煜的後腰尾椎處估算了一下，抵著卓煜的皮膚，打進一針麻醉。卓煜的身體失去了一片知覺，一切都被一覽無遺的現狀又令他羞憤難當，就伸手擋住了自己的眼睛。

可惜他能遮住眼睛，卻不能擋住連然戲謔的聲音：「我就是變態啊，小煜，你太晚知道了。」

連然說著，開始拿畫筆在卓煜身上作畫。

痕跡在連然筆下蜿蜒，卓煜不知道連然要對自己做什麼，但他知道現在求饒一點用都沒有，連然就是個瘋子，絕對不會這麼輕易放過他，畢竟咬人的狗不會叫。

連然畫了不久，事實上，卓煜還沒清醒的時候他就完成得差不多了。他拿出線圈紋身機，開始在卓煜背上動作。

卓煜感覺不到痛，甚至在過程中，機器的抖動都能讓他的身體異常敏感。

「會痛要說喔。」

「你滾吧。」

連然對卓煜的辱罵習以為常，「爽也要說喔。」

真他媽……卓煜不知道要怎麼罵連然才好，只能默默忍受。

而連然遊刃有餘，力道時重時輕，偶爾會牽動鐐銬，發出金屬撞擊的冰冷聲音，連同紋身機的嗡鳴聲一起刺激著卓煜的神經，提醒他現在的處境。直到連然將事情做完，他的手隔著橡膠手套，摸上卓煜的後腰。

「小煜是我最滿意的一件作品。」連然俯身親上卓煜的耳垂，貼著他的耳朵問，「小煜想看看嗎？」

他不是在徵求卓煜的意見，只是在提醒卓煜他接下來想要做的事情。連然摘下鎖著卓煜四肢的鐐銬，脫掉手套，把他抱起來。

卓煜推拒著連然，用僅剩的力氣表達自己的抗拒，但是根本沒用。

連然用抱小孩的姿勢，讓卓煜跟自己面對面。卓煜的腿被掛在連然腰上，而連然的手托著卓煜的後臀跟腰部，輕輕鬆鬆地把他抱了起來。

從沒有人這樣對待過卓煜，就算是父母也沒有，從他懂事時開始，就沒人這樣抱過他。

連然抱著卓煜往門口走了幾步，卓煜僵硬地想跟連然的身體保持距離，硬撐著痠軟的身體。

連然在卓煜看不到的地方翻了個白眼，唇角輕蔑地勾起，放在腰上的手按上卓煜的尾椎，並在他的敏感帶上按了按，像在撫摸小貓一樣來回摸了幾下，卓煜就悶哼著躲進連然懷裡，氣息也變得紊亂。

連然抱著卓煜走出臥室，穿過卓煜房間的小客廳，進入了浴室。

連然將卓煜放到洗手臺上，瓷磚冰涼，卓煜熱燙的身體被刺激了一下，敏感地往上彈，卻只能引起微弱的幅度。連然的舌尖在卓煜的耳朵上舔吻，比擬著性交的頻率，軟肉跟侵入物交纏的水聲，讓卓煜彷彿在聽一場激烈的性交。

「小煜……往後看。」

連然扣著卓煜的下巴，強迫他往後看。卓煜看到自己紅了一片的後背，以及連然在他身上留下的印記。

是一大片蓮花。從後腰蔓延到臀部，被連然用白色的墨水刺上。蓮心是火紅的，像一顆朱砂痣烙印在那裡，既純潔又色情。連然痴迷地看著卓煜的身體，像在看自己親手塑造的藝術品。

連然的熱氣吐在卓煜耳邊：「小煜還記得這朵蓮花嗎？」

卓煜怎麼可能不記得。

在法國，他在國外念書的第二年，曾經跟連然一起度過一次聖誕節。

連然突然出現在法國的時候，卓煜有些震驚。連然在他住的公寓外等他，觸目都是純白的雪，而連然穿著一身白，只有頭髮是墨色的，是雪中最獨特的風景。

靴子踩在雪地上的聲音很清晰，連然轉身看過來，看到卓煜以及挽著他手臂的外國女孩。

那是卓煜交往快三個月的女朋友，兩人約好耶誕節要一起度過一個美好的夜晚。他們訂了燭光晚餐，買了保險套，臨近七點的時候，卓煜開車帶她回家。

「我回本家探親，卓先生讓我順便來看看你。我擔心你一個人過耶誕節會孤單，準備了聖誕禮物給你。」

連然說著，從身後拿出一個包裝精緻的禮盒。

雪纏繞著連然的髮絲，又隨著連然的動作落下來。連然沒戴手套，把手指蜷在唇邊呼了一口氣，指節凍得蒼白，「因為有門禁，小煜的電話又打不通，我在樓下等了兩個小時。」

卓煜接過禮盒，神色複雜。

連然凍得身體隱隱發顫，眼睛和鼻尖都泛紅了，眼神也黯淡下來，「那我先走了，不打擾你們。」

卓煜環顧四周，沒看到車，叫住已經走了幾步的連然：「你怎麼回去？」

卓煜撥開女友勾著自己手臂的手，連然轉身勉強地笑了笑：「我讓司機離開了，不過我可以叫車。」

連然拿出手機，怎麼按螢幕都沒有亮起來，好像沒電了。卓煜看著他手足無措的樣子，還是不忍心就這樣放連然一個人在冰天雪地裡，「你先進來吧，屋子裡有暖氣。」

卓煜的女朋友不太高興，他們明明說好了。於是她埋怨地說了句：「煜！為什麼要收留他？」

連然的腳步猛地頓了一下，沒再前進，像個做錯事的小孩一樣站在原地，小心翼翼地看著卓煜的女友。在卓煜回頭看他的時候，連然眼裡已經有了水光。

「我還是不上去了。」

「讓你上來就上來！」卓煜凶狠地道。

他拉過女友，低聲安慰了幾句，女友才不情不願地被卓煜拖著手走進去，卓煜回頭對連然說，「還不過來，是要我過去把你抬進來嗎！」

連然愣了一下，立刻跟上。卓煜刷了門禁卡後撐著門，等連然進來。

連然估計是在外頭凍太久了，四肢僵硬，不小心在門檻上絆了一下，控制不住地往前倒，卓煜不得不伸出另一隻手扶住連然。連然的嘴唇剛好碰到卓煜的臉頰，整個人都是冰冷的。

在電梯裡，連然也一直蜷著手指呵氣，壓抑著喉嚨裡的輕咳，小心翼翼地站得離他們遠一點。

卓煜進門就打開了暖氣，瞥了連然一眼，直接調至三十度，想要讓整間屋子儘快暖起來。

連然坐在沙發上，女友去幫連然倒了杯熱水。連然接過去時出了點意外，整杯滾燙的水全部灑到了連然的手背上。

女友驚呼一聲，連然擔心熱水會燙到她，硬是握住杯子。卓煜一驚，上前問：「沒事吧？」

連然過了一會才回過神，他的手背紅得嚇人，僵硬地將水杯放回桌上，露出安慰的笑容：「是我不小心，請問洗手間在哪裡？」

卓煜一聲不吭地走過去，一把將連然拉起來走進浴室，打開水把連然的手放在水龍頭下沖，揚聲叫門外的女友：「**Tina**，幫我從醫藥箱裡拿一下燙傷藥膏。」

或許是因為著急，卓煜的語氣不太好，**Tina** 過來的時候臉色也不算很好。她將藥膏塞進卓煜手裡，故意在連然面前對卓煜說：「我在房間等你，親愛的。」

卓煜顧不上女友，垂著眼幫連然上藥。

連然沉默了片刻，小心翼翼地開口：「你別管我了，她好像生氣了，你去安慰她吧。」見卓煜不說話，連然又說：「她化了很濃的妝，哭起來妝花掉就不好看了。」

卓煜睨他一眼：「你就這麼擔心她？」

連然不敢說話了。卓煜幫他擦完藥又纏上繃帶，這才放下心，準備上樓去看看女朋友。

不知道是不是因為連然無意間說的那句「她化了很濃的妝」讓卓煜很在意，在房間裡脫得只剩內衣褲的女友靠近他的時候，卓煜刻意看了女友的臉一眼。

的確是……很濃的妝。他向來不太懂女孩子化妝的事情，女朋友熱情又漂亮，除了驕縱了一點之外沒什麼缺點。卓煜記得他們每一次接吻，Tina 的粉底和口紅都會蹭得到處都是。

這一瞬間，卓煜突然想到連然跟父親接吻被自己撞見的那一次。

連然從來不化妝，他屬於天生麗質的類型，親吻後嘴唇會自然變得嫣紅，很純潔卻能勾起人的欲念。

卓煜心裡有了想法，下意識地伸手擋在 Tina 面前。Tina 猩紅的嘴唇就在他面前不遠處，卓煜問她：「Tina，妳能不能先把口紅卸掉？」

結果就是 Tina 生氣了，跟卓煜在房間裡吵了一架，指責卓煜嫌棄自己，然後穿好衣服，奪門而出。卓煜追上去，連然在客廳裡也幫卓煜攔了一下 Tina，但 Tina 生氣起來口不擇言，指著連然說：「It's none of your business! Fuck a duck!」

在 Tina 說出那句話之後，卓煜沒再繼續追她，停在了樓梯口。

連然手足無措地站在原地，被關門聲嚇得震了一下。他仰頭看卓煜，又低下頭，聲音很小：「我是不是……做錯了什麼？她是不是誤會我們的關係了？我、我只是想要來看看你，沒想到會打擾你們，我可以去跟她解釋。」

卓煜閉了閉眼，走進樓，一屁股坐到沙發上，打開一瓶啤酒幾口吞下，「……算了，她不講理，隨她去吧。」

連然坐到卓煜身邊，隨手拿起一瓶啤酒，摸索著打開瓶蓋。

卓煜睨他一眼，「怎麼？你要喝酒？」

「我酒量很差，」連然有些不好意思，「但如果是跟小煜喝的話……就沒關係。」

卓煜瞇了瞇眼，哼了一聲，「隨便你。」

卓煜沒想到連然的酒量會這麼差，只喝了一點，連然就有點亂了套。表面上看不出他有什麼變化，身體卻變得很軟，不停往卓煜那裡倒。

「喂，你……」卓煜把連然往外推，連然被推到靠墊上，蹙著眉，有些埋怨地看著卓煜。

卓煜受不了他這種眼神，別開臉，又灌了一口啤酒。這時候門鈴響了，卓煜不知道這個時間還有誰會來這裡，卻見到連然撐著身子起身，嘴裡念念有詞。

「聖誕樹……」

卓煜起身拉住他，連然轉回頭，跟他離得很近。

兩人身上都有酒氣，連然的長髮散開，用茫然無辜的眼神看著卓煜，張了張嘴，「小煜……」

「坐回去！」

連然「喔」了一聲，乖乖坐回去，眼神卻還跟著卓煜，看著他走到門邊。

看著樓下的監控畫面，卓煜按下通話鍵，「哪位？」

『請問是連先生嗎？您訂的聖誕樹到了。』

卓煜：「……」

那棵樹被運上來時，連同裝飾品一起放到了卓煜公寓的角落。人一走，連然就去弄樹，卓煜看著連然的樣子有點心軟，走過去幫他把樹扶起來，立在客廳角落。

他們圍著那棵樹，弄了將近兩個小時才把聖誕樹弄好，卓煜拿著插頭去通電。

客廳的燈光很暗，聖誕樹亮起來的時候，連然朝他看去，金燦燦的燈光打在連然臉上，讓卓煜有那麼一瞬間的暈眩。

連然對他張開雙臂，「小煜！聖誕快樂！」

卓煜反覆辨認了連然的所有行為，最終判斷他的確是醉了，才放下心理負擔，彆扭地走過去讓連然一把抱住自己。連然的手圈在他背後，側著臉靠在卓煜的頭頂，蹭著他柔軟的髮絲。

卓煜被這樣抱著，突然有一種奇怪的想法。

他覺得，連然應該也很孤獨。他好像和自己一樣，已經很久沒有被人這樣抱過，或者這樣抱別人了，所以連然抱得格外珍重，也格外得久。最後是卓煜紅著脖子，一把推開他，「好了，別發酒瘋。」

連然拉著卓煜的衣袖，「還沒有拆禮物。」

卓煜才想到連然在門口送給自己的東西，跑去翻找出來。兩人一起坐到沙發上，卓煜在連然的注視下拆開了禮盒，裡面是一對玻璃種的翡翠對牌，兩種都是上乘的，價值連城。

對牌上的圖案是一朵蓮花，起膠是略微的紅色，乍看是白色，在光線底下卻顯出一絲紅。

「在拍賣會上看到的，覺得好看就拍下來了，小煜正好有了女朋友，你們一人一個。」

卓煜闔上禮盒，「Tina 是外國人，她不一定喜歡這個。」

「那小煜喜歡嗎？」

「還行。」

連然笑了，「那就好。」

連然有點醉了，加上拿人手短，卓煜不好把他攆出去，兩人就著聖誕樹的燈光又喝了一點，卓煜最後也把自己喝醉了。

第二天，卓煜是在 Tina 的尖叫聲中醒來的。他睜開眼，就看到 Tina 將連然往沙發下拉，連然被扯得很狼狽，卓煜趕忙去阻止 Tina，「妳幹什麼！」

Tina 誤以為連然是女生，直到連然抬起臉，Tina 才發現他是男人，一下子放開連然。

連然攏了一下自己的頭髮，往後退了幾步，躲到卓煜身後。

「沒有我的聖誕節，你過得很不錯啊？」Tina 掃視了別墅一眼，看到本來沒有的聖誕樹，以及桌上七零八落的酒瓶。

卓煜不擅長哄人，連然就開口圓場：「Tina，小煜準備了禮物給妳。」說著，連然推了推卓煜的腰，示意他哄一哄女朋友。卓煜拿起桌上的禮盒，打開，放到 Tina 眼前，「……別生氣了，寶貝。」

Tina 的眼神往下一掃，清晰地看到禮盒角落刻著「Lianran」幾個字母。她太清楚連然看著自己男朋友的眼神裡包含著什麼了。

Tina 不了解翡翠，氣得抬手揮掉了禮盒，兩個翡翠對牌掉出來，摔到大理石地板上，碎成幾瓣。

卓煜愣住了，還沒什麼動作，連然就已經衝上去，跪在地板上撿起對牌碎片。Tina 一怔，下意識道：「買這什麼便宜貨，這麼容易碎……」

連然低頭把碎片都聚集到自己的手心上，手指微顫地把碎片放回口袋裡。

卓煜知道玻璃種翡翠的價值，那兩只對牌不只百萬，就這樣被摔碎了。

連然站起來看著 Tina，而 Tina 不知道看到了連然的什麼表情，睜大眼往後退了一步，「你、你要做什麼?」

「我不知道妳對我有什麼成見，要這樣對待我。我能告訴妳的是，我是卓煜的家人，被妳這樣對待，我覺得很難過。」

連然轉身去收拾自己的東西，卓煜拉住他，連然就對卓煜露出苦笑，很勉強，「抱歉，小煜，我又搞砸了。」

Tina 也急著解釋，剛上前一步就被卓煜喝止：「夠了！出去。」

「煜，我不知道他是……」

卓煜打斷她：「Tina，我們的事之後再說吧，妳先離開這裡。」

卓煜記得他為了安慰連然，還特意帶他重新去買了一對對牌，但是玻璃種的翡翠實在太罕見了，卓煜只買到一對冰種的。他付完錢就看到連然站在窗前，將碎掉的碎片往下扔。

這一幕刺痛了卓煜，他親自幫連然戴上對牌，聲音也比之前緩和了許多：「她不懂得珍惜就算了，我跟你一起戴。」

卓煜因為這件事情一直對連然心有愧疚，之後和 Tina 也不了了之。那次耶誕節在他心底占了很大的分量，卓煜在那之後再也沒帶女孩回家過。

而此刻，那對對牌上的蓮花清清楚楚地刻在卓煜身上。

連然幫刺青貼上防水貼，引導卓煜去摸自己的下半身。

「光是看著小煜，就變得這麼硬了。」

「你他媽要不要臉……」

連然將自己的性器跟卓煜的握在一起，緩慢套弄。看著卓煜在自己的挑逗下產生反應，連然按著卓煜的腰，像戀人般在卓煜耳邊呢喃。

「小煜，你是我遇過最單純的小孩。

「那次聖誕是我精心策劃的，沒想到小煜會帶女孩回家。為了不打亂我的計畫，我只能用一點小手段把她刺激走。沒想到你這麼護短，我只是稍微賣了點慘，你就上當了，還為了我跟她吵架，真是可愛。而那幾千萬的對牌在我心裡，都沒有小煜為了我生氣來得貴重。」

連然咬著卓煜的喉結，在他的皮膚上留下牙印。

卓煜的喉結被連然含著，下身被仔仔細細地刺激著，連罵人都沒了氣勢。

「你到底……想做什麼……」

連然的眼神陡然變得凶狠，捏住卓煜的下巴，強迫他看向自己，跟卓煜眼神對上的瞬間，又變得溫柔。

他探出舌尖，反覆舔吻卓煜嘴唇上的唇珠，慢慢地、一點一點地感受卓煜嘴唇上的每一處紋路，舔得黏膩又色情。卓煜的嘴唇被舔得晶亮，紅得不像話。卓煜抿著嘴唇拒絕，就會被連然下身突然凶猛的動作刺激到張開嘴唇，再次被舔上來。

「你是狗嗎？靠……」

連然笑了，「小煜說是就是吧，因為現在我除了想肏小煜，其他事情都想不起來了。」

連然把卓煜抱到卓煜房間的客廳，倒了杯水，先自己含著，再以嘴渡給他。

卓煜第一次就被連然這種等級的變態過度使用，根本連反抗的力氣都沒有，被灌著喝下了兩大杯水。連然垂眸看著卓煜，突然把他推到沙發上，低頭咬住卓煜的乳頭。

卓煜沒被玩過那裡，剛才被連然玩了一次，乳頭已經變成了豔紅色，被刺激得站立起來。連然的舌尖靈活地舔過乳頭，再張嘴含住，啜吻著往嘴裡吸。

卓煜喘著氣，抓住連然的頭髮，卻沒辦法阻止他。連然的手捏著卓煜的胸部，時輕時重地按壓著，不一會，卓煜就感到胸口漲痛，充血變大很多，乳頭變得又痛又麻，被連然不停舔吻刺激。

連然滿意地欣賞著自己的作品，轉而攻擊另一邊。連然太清楚要怎麼調教一個人的身體了，卓煜身上的任何地方，他都想要開發成敏感帶。

連然沒收起牙齒，咬了一口卓煜紅腫的乳頭，卓煜被咬得悶哼一聲。連然的嘴唇離開他的胸前，讓比一開始腫了一倍的乳頭暴露在空氣中，熱辣驟然變成冰涼。卓煜覺得乳頭很癢很麻，微小而密集的刺激讓他無法控制自己，想要伸手去摸，卻被連然扣住手腕。

「要是小煜能像女人一樣產奶就好了。」

「你放屁……」

連然挑眉看他，「不過不是小煜的奶的話，要用其他的代替也不是不可以。」

「唔！」

卓煜還不懂連然在說什麼，連然就已經從冰櫃裡拿出了一盒牛奶，拆開包裝，倒在卓煜胸前。

牛奶很冰，冰得卓煜的胸口都在隱隱發痛。他越是掙扎，連然就越用力地扣住他手腕。

乳白色的液體順著卓煜肌肉的溝壑流動，乳頭上沾著牛奶，顫抖著，像在引誘人去舔它。連然俯身重重舔過乳頭，他的舌頭很熱，冷熱交替下讓卓煜的胸部變得格外敏感，輕輕一刺激就忍不住喘息。

連然玩乳頭玩了很久，久到卓煜的胸部變得漲大又發痛才罷休。連然的鼻子抵著卓煜腹肌上的線條，沒入底下的草叢，貼著卓煜的性器。

卓煜還是無法只玩弄乳頭就射精，連然有些不滿意，用手指彈了一下卓煜顫抖著的性器，張嘴含了進去。

他只是吞了一下，卓煜就顫抖著射了出來，全數射進連然嘴裡。連然也愣了一下，扭頭吐出精液，「小煜真快。」

「你他媽才快……」

都到這種時候了，卓煜還想保護自己做為男人的尊嚴，讓連然覺得他更可愛了，也更激起了他的肆虐心。

連然重新把人抱回浴室，在走去浴室的路上找到卓煜的後穴，就著後穴的溼軟插了進去。侵入的過程依舊讓卓煜不太好受，喘息著壓下異物入侵的生硬感，被連然按在浴室的牆壁上猛力往上頂。連然故意每頂一下就發出一聲喘息，他含著卓煜的乳頭，「小煜不肯喊的話，我就幫你喊了哦？」

卓煜仍舊咬著牙死命克制。他才不會讓連然聽到自己情動的喘息，因為這不就代表他被連然頂到舒服了嗎？他絕不會……

連然貼在卓煜耳邊，像貓一樣叫了一聲：「啊——」

與此同時，下身猛地往上頂，頂到了卓煜的敏感點。卓煜的身體繃緊，後穴也猛地一縮。

連然就著那陣緊縮猛力抽插了一頓，每撞一下，都會在卓煜耳邊喘一聲。

「小煜好棒。」

「嗯……好舒服。」

「再用力一點，小煜……」

明明被上的是自己，連然卻叫得像他才是被侵犯的那個。

每一次頂撞和喘息都完美融合在一起，卓煜的觸覺跟聽覺都被連然占據。理智逐漸脫離身體，性器前端滴滴答答地淌著水，連然也不管。

連然退出許多，在入口處用頂端頂著卓煜的前列腺，擠壓著刺激他。他滿意地看到卓煜的性器變得紅紫，馬眼處淌下更多液體，滴到兩人緊緊連著的地方。

卓煜被頂了一下，身體突然有了異樣的感覺。

是剛剛被連然餵著喝下去的那兩杯水。

「放開我！我要尿……」

連然堵住卓煜的嘴唇，把他的聲音堵在喉嚨裡，並鍥而不捨地刺激著卓煜的前列腺，抱著他往浴室裡走。

連然抽出自己的性器，把卓煜轉過身，再次從後面插進去。卓煜沒有力氣，只能靠在連然的胸前，感覺到自己的性器被連然握著，對準了馬桶。

「靠！我不要這樣！放開我……啊！」

連然的手指在卓煜的馬眼處刮了一下，「不要怎樣？」

卓煜說不出來，他覺得自己眼眶很熱，估計又很沒種地哭了。

連然的性器也變得脹大，頂得短促，次次都頂到卓煜的敏感點。前面的手也很有技巧，刺激著卓煜的性器頂端，要他射出來。

但是卓煜知道自己會射出什麼，他不想這麼沒有尊嚴地被頂到失禁。

「不尿嗎？不尿的話，就幫小煜堵住好了。」連然說的每一句話都能踐踏到卓煜的底線，「還是說……只有後面吃飽了，前面才能出來？」

話音剛落，卓煜就感覺到後穴被連然內射了。精液噴濺、占滿了腸道，甚至把卓煜的小腹頂得凸起。太脹了，後穴又被刺激，無法再兼顧前端，卓煜就悶哼一聲繳械投降，全數射了出來。淡黃透明的液體淅淅瀝瀝地射到馬桶裡，長達半分鐘，水柱才逐漸減弱。

連然將下巴抵在卓煜的肩上，完整目睹了全程。

卓煜的性器疲軟下去，連然感覺到一些溼潤的液體從卓煜臉上沾到自己臉上，把卓煜轉過來，抱著他往外走。

「欺負你了，對不起喔，小煜？」

他順著卓煜的脊背往下摸去，一下一下地親著卓煜的眼睛、鼻梁和嘴唇，一句句哄著卓煜。

卓煜覺得羞愧難當，也不管面前的人是誰，把臉埋到連然的肩膀處就嗚咽地哭了出來。

連然的手停在卓煜劇烈起伏的背上，安安靜靜地等他哭了一會，等卓煜的情緒緩和下來，連然把他抱到浴室裡頭的浴缸前。裡面早開始放著溫水，因為放得太久，水都溢出來了。連然將卓煜放下去的時候，水猛然溢了出來，卓煜沒什麼力氣，又或許只是想跟連然賭氣，就直直往後倒去，沉進水裡。

連然抬手關掉水，盯著卓煜沉在水裡的身體。

卓煜憋了很久的氣，久到他幾乎認為自己會死在這個浴缸裡時，才有一隻手把他撈了起來。連然的手指猝不及防地伸進卓煜嘴裡，「呼吸。」

卓煜張開嘴，連然便吻了上來。

他們接了個溫柔的吻，連然的手遊走在卓煜的身體上，插入鬆軟的後穴，帶出黏膩腥膻的液體。

「好了，乖。」連然柔聲哄著卓煜，「自己洗乾淨。」

連然在卓煜的注視下站起身，從一旁的架子上拿了一件浴袍，抖開穿上，離開了浴室。

好像玩膩了失去興趣，連然走得十分乾脆。卓煜咬住下唇，強撐著把自己的裡裡外外都清理乾淨，卻沒有力氣站起來。

被內射過的感覺仍舊清晰，隨之而來的還有縱欲過後的痠軟，以及被折磨後的痛感。卓煜的手腳又痠又痛，想到連然的反應又覺得屈辱，乾脆直接躺進浴缸，就這麼閉上眼睡著了。

連然走出卓煜的房間時，管家在門外等著，「太太，晚上卓先生的親戚們會過來一趟。」

「我知道了。」

連然的浴袍沒有綁緊，露出大片皮膚，溼髮也正滴著水，全身上下都是不加掩飾的、情欲後的饜足，「在瑤煙樓接待他們，你在浴室外面等小少爺，太久沒出來的話，就把他帶出來。」

「好的。」

「小少爺今天奔波太累了，就不必過去見人了。」

「是，太太。」

連然看了房門一眼，離開了。

Chapter 2

瑤煙樓是卓家的另一處房產，擁有廣闊的園林和中式閣樓建築，平常會用來接待貴客。

連然換了一身黑色服裝，下車踏入長廊，長廊盡頭是喧嘩的人群。卓家分支龐大，那些親戚聽聞卓先生去世，都想來分一杯羹，況且他們面對的還是一個嬌貴單純的少爺，和一個安守本分的愚昧遺孀。

連然看上去柔和，眼角還有剛剛哭過的痕跡，一走進去，親戚們便靜了下來，紛紛看向他。

他們知道卓先生娶了一個漂亮的外國男人，卻沒想到會這麼漂亮。如果能得到卓先生的遺產，又得到這個漂亮的遺孀……

「諸位，」連然說了兩個字就開始咳嗽，捂著嘴，臉變得通紅，「卓先生剛剛去世，不宜大操大辦，用餐過後便自行休息吧。關於卓先生的事情會有律師與各位商量，我就不多參與了。」

連然只坐了一會就起身敬酒，有人不懷好意地偷偷摸了連然的手，連然也只能默默承受，看上去逆來順受，毫無反抗之力。

一個中年親戚摟了一下連然的腰，附在他耳邊，讓連然不要太過悲痛，有什麼需要幫忙的儘管開口。連然低眉笑了笑，用酒杯推開男人伸過來的手，「多謝舅父。」

「小煜那孩子，狀態應該也不好吧？讓你一個人來接待，要是累了，我的房間就在樓上。」男人執意湊過來，貼著連然的身體，「畢竟身嬌體弱，需要男人呵護不是嗎？」

連然頓了頓，同意了，「舅父說得也是。」

男人的神色變得激動起來，握著連然腰肢的手都重了幾分：「歡迎至極，卓太太。」

連然遙遙對自己帶來的人使了個眼色，便轉身跟男人上樓，穿過連接另一棟閣樓的樓梯，來到舅父休息的地方。

離開餐廳後，男人的手便明目張膽地留在連然身上。連然比他整整高了一個頭，卻順從地讓他揩油，身體軟軟地靠著男人，「我讓傭人送了瓶酒來，待會我們可以一邊喝酒一邊聊天。」

「喝酒好、喝酒好，卓太太知道酒瓶除了裝酒，還有其他用處嗎？」

連然笑了：「那還請舅父教我。」

待兩人走進閣樓房間時，桌上已經擺好了酒杯和酒，空氣裡有香氛的味道，是甜膩的玫瑰氣味。連然脫下外套，裡面是一件絲綢襯衫，很透，在光線下身體曲線若隱若現。

連然倒了兩杯，親自遞到舅父唇邊。男人大笑，含著杯沿咽下一口，又指了指連然的嘴唇，示意連然用嘴餵自己。

連然溫柔地笑起來，含了一口酒，慢慢湊過去。

門口驟然被人敲響。

「有人來了。」連然說，緩緩退開，「也許是來找舅父的。」

男人不滿地「嘖」了一聲，站起來開門。

門外站著一個嬌小的男孩，低著頭說：「是管家讓我來的。」

「開胃菜？」舅父笑著讓開身子，走進來時跟連然對視了一眼。

上流圈子裡，一夜不僅只能玩一個人，越多越好。舅父沒有抗拒，很快就拉著男孩坐到自己腿上。連然太高了不好抱，這個倒是很合適。

男孩一杯一杯地勸酒，舅父很快就喝得醉醺醺的。連然說要到臥室休息，兩人就架著舅父走進去。舅父躺在床上，男孩說要去浴室一趟，還沒出來，舅父就閉上了眼睛。

男孩出來時裸著身子，連然坐在椅子上抽菸，往他這裡看過來。

連然指了指舅父，「你喜歡的，給你玩，我交代的事情不要忘記。」

男孩笑了，貼到連然身上去，「太太最好了。」

男孩叫郁祁，是連然養在卓家的小孩，乖巧聽話，唯一的喜好就是玩弄老男人。連然摸了郁祁的頭髮一把，「做得俐落點。」

「保證讓您滿意。」

連然點頭，站起來扣好釦子，想到自己剛剛就這樣把卓煜扔在家裡，有點擔心，反正最難纏的人已經收拾掉了，就想要回家。

聽到房門關上的剎那，郁祁看著床上四肢都被緊緊捆著、神志不清的老男人，露出一抹滿意的笑，跪坐到舅父身上，緩緩壓了下去。

臥室裡放著一個巨大的魚缸，黑色金魚在裡面游動，流動的水聲清冽。

魚缸的正對面是床，赤裸的影子扭曲地映在玻璃上。窗邊的綠植藤蔓細長，長到了床邊，輕輕顫動。

郁祁在舅父走進瑤煙樓的時候就注意到他了，這個男人單身，無名指上有戒痕，打扮得一絲不苟，卻能嗅到他正經下的淫蕩。郁祁能感覺到這個男人喜歡漂亮的事物，且習慣征服，性經驗豐富。

郁祁褪下他的西裝褲，男人藏著的性器靜靜躺在腿間，是褚色的，郁祁低頭貼著它，味道不算難聞。

手邊就是潤滑劑，郁祁檢查了一遍繩子，確認牢固後，叫醒了舅父。

鐘遠見從酒精的麻痺中醒來時，發現自己動彈不得，而那個漂亮的男孩就坐在自己身上，手撐在自己胸前，全身赤裸，性器半勃，香豔動人。

郁祁的乳頭上打了兩顆乳釘，小小的圓環，燈光昏暗，漂亮又性感。

「寶貝，你這是在做什麼？」鐘遠見沒有感覺到危機，相反的，他認為這是小朋友的情趣，喜歡把他當成人肉自慰棒。

郁祁笑了，手輕輕撫摸著鐘遠見的性器，「先生喝了這麼多酒，這裡還能硬起來嗎？」

鐘遠見頂著胯下，在郁祁的手指間聳動幾下，「不如你幫幫我？」

郁祁乖巧道：「好的。」

他低下頭，直接含住鐘遠見的性器，深喉到底。手指揉捏他的囊袋，感覺到鐘遠見的腹部因為突如其來的刺激而猛地繃緊，性器也硬了許多。

郁祁含著它，心想這麼厲害的東西，也許以後都沒用處了，為它感到可惜。他吞吐幾下，突然直起身，拿來一個眼罩，遮住了鐘遠見的眼睛。

「這又是什麼玩法？」鐘遠見隱約感到興奮。

郁祁是他遇過最放得開的男孩，主動又大膽，讓他一下子忘記了連然的存在，一心只想讓郁祁在自己身下哭著求饒，身體一顫一顫，後穴緊絞著他。

郁祁親上鐘遠見的嘴角：「待會您就知道了。」

鐘遠見被掠奪了視覺，觸覺跟聽覺格外敏感。他聽到金屬的撞擊聲，感覺有冷硬的物體碰到自己的鈴口。

郁祁將外面的包皮拉下來，露出圓潤的龜頭，頂端正冒出一些液體，伸縮呼吸著。

「這裡很敏感嗎？」郁祁用道具圓鈍細長的頂端摩擦著鈴口，感覺到鐘遠見的性器隔著橡膠手套在自己的手心裡顫抖。

鐘遠見剛感到一絲不妙，就感覺到冰冷的道具插入了自己的尿道口，身體控制不住地向上彈！

「唔！你在……做什麼！」

郁祁的一隻手重重地在鐘遠見的臀部上拍了一下，「別亂動！我不想傷到你。」

另一隻手則固定住性器，食指按著金屬棍，慢慢往裡面推。

金屬棍做成粗細不均的樣式，進入的過程中摩擦著敏感的尿道，讓鐘遠見覺得性器痠漲，卻不疼痛。郁祁的手很穩，慢慢將金屬棍送入，鐘遠見不停抽氣，直到金屬棍的頂端頂到前列腺。

「啊！」

強烈的刺激感讓鐘遠見忍不住叫出聲。郁祁再試著往前推，感覺到阻力，又見到鐘遠見的反應這麼激動，聲音裡帶著得意的笑意：「大叔，從前面刺激前列腺是不是很爽？」

金屬棍的尾端做成了玫瑰花的形狀，郁祁放開手，欣賞了一下自己的「作品」，滿意極了。

「大叔的這裡，」郁祁用手指撥動金屬玫瑰，抖動的金屬棍刺激著鐘遠見的前列腺，使身體顫抖，喘息連連，輪廓堅毅的臉部線條是咬牙隱忍、滿臉汗水的淫蕩模樣，「很喜歡被插入喔，那我再跟你玩一些更刺激的吧。」

郁祁湊過去舔著鐘遠見的耳朵，咬著他的耳垂，手指還在刺激尿道，「保證你以後再也離不開我。」

「你到底想幹什麼……」

郁祁脫下手套，往手上擠了一些潤滑劑，在鐘遠見的穴口處打轉。

鐘遠見察覺到自己的處境而全身緊繃，後面也夾得非常緊，抗拒著郁祁的接近。

郁祁眼中染上鬱色，悄無聲息地坐遠了一點。

鐘遠見感覺到郁祁的抽離，而自己的身體裸露在空氣裡，四肢被緊緊綁著，視覺又被剝奪，有些不知所措。他感覺到自己是被連然擺了一道，現下卻無能為力，有些懊惱於自己的色欲薰心，怎麼就上當了。

前列腺的刺激還在一陣一陣地襲向大腦，鐘遠見隱隱想要更多刺激，卻又不敢出聲。

就在他毫無防備的時候，尿道突然傳來一陣強烈的刺激！金屬棒毫無預兆地被整根拔出，凹凸不平的棒面摩擦尿道，帶來無上的快感。鐘遠見顫抖著，在金屬棒完全抽出的剎那射了出來！

巨大的快感包裹著他的身體，在他射精的同時後穴一緊，一根手指一下子插了進來，帶著滑膩的潤滑劑，進入他從未被侵犯過的地方。

「靠！拿出去！」

他和許多人玩過，沒有誰敢這樣對他！這個男孩簡直活膩了！

「別緊張，叔叔，讓我進去。」郁祁的聲音甜膩，蹭著鍾遠見的腿根，摸著他剛射精卻依舊沒有疲軟的地方，「我為了讓叔叔玩得盡興，特意幫叔叔打了藥。夜晚還很長呢，叔叔陪我玩久一點好不好？」

緊接著，更粗一點的金屬棒頂開鍾遠見的鈴口，又插進了尿道。因為剛被開發過，進入得很順利，一下就頂到了前列腺，鍾遠見悶哼一聲，連聲音都沒了。

在前面被不斷刺激的情況下，郁祁送進第二根手指，準確地找到了前列腺的位置，往下按壓。前後都被刺激的感覺讓鍾遠見抓狂，他明明才剛釋放過，現在又有了射精的預兆，性器硬得不像話，後穴靈活的手指讓他感覺到從未感受到的快感。

「叔叔喜歡？」郁祁撐開手指，看著鍾遠見的後穴，欣賞它害羞地開闔的模樣，情不自禁地低頭舔了上去。舌尖探入內部，感受到四面八方的肉壁擠壓著挽留自己。

鍾遠見只能絞緊後穴。前端被堵住不能釋放，後方的刺激又太過強烈，比插入的快感更強烈百倍。

郁祁捏著金屬棍，開始在尿道裡抽插，插在後穴的手指也跟著前面抽插的頻率一起動，鍾遠見只能抬高自己的腰，承受著過於激烈的刺激，痠爽感占據了他的腦海，讓他欲罷不能。

「慢……」

郁祁俯身，「叔叔說什麼？」

「慢一點……」

郁祁仔細分辨了一下，「好的。」

接著，他加快了抽插的頻率，看著鐘遠見的龜頭變得通紅腫脹，後穴也變得鬆軟，隨意承受著他手指的侵犯。

「唔呃……！」

「叔叔的腰晃得這麼厲害，是不是想要被人頂進去啊？」

郁祁停止了動作，將自己的性器抵著鐘遠見的穴口，耐心地問他：「叔叔說想要我的肉棒，我就進去。」

鐘遠見咬著牙不出聲，他怎麼可能會求一個毛頭小子，不可能。

郁祁等了一會，語氣盡顯可惜：「叔叔不想要我嗎？那我只能用別的東西來滿足你了。」

郁祁拿來另一個玩具，沒有任何前戲，直接粗暴地塞進鐘遠見紅腫的後穴裡，一捅到底！

「啊！」

饒是再克制，也難抵這樣的刺激。鐘遠見的身體往上彈，被郁祁握著大腿拉了回來，他的膝蓋頂著後穴，一拉回來便用膝蓋頂著自慰棒捅進去。一放開鐘遠見，自慰棒就會滑出來一點，再拉回來、用膝蓋頂進去，反覆了十幾次。

鐘遠見沒想到看上去比自己瘦這麼多的男孩會有這麼驚人的力氣，頓時感到害怕——這個男孩能把他玩死。

「我要……我要！別玩了！唔！」

郁祁笑得殘忍：「太遲了，叔叔。」

他將皮帶固定在鐘遠見的胯下，防止自慰棒掉出來，並拿起遙控器，調至最強。鐘遠見叫出聲來，粗長的自慰棒旋轉、攪動著後穴，刺激著他每一處角落。他裡裡外外都被郁祁玩透了，前面被插著，堵得嚴嚴實實，精液出不來，失禁的感覺倒是越來越強烈。

「別玩了！我求你！讓我射……」

他確定郁祁還在，因為他聞到了菸草的味道。

郁祁湊近了些，吐了口煙在鐘遠見臉上，「叔叔的雪茄真好抽，謝謝叔叔。」

他彈了彈鐘遠見瀕臨崩潰的性器，「其實叔叔還是能出來的，不過從那裡出來的到底是什麼，就不知道了。」

「別這樣，寶貝……我求你……叔叔求你了……」

郁祁斜眼看他，抽了最後一口菸。

「再求一次。」

「我求你……上我，把它拔出去。」

「哪一個呢？」郁祁帶著求知的語氣，拔出一點金屬棍又插入，又抽出自慰棒再插入，「叔叔要哪一個？」

「都拔出去！」

「不舒服嗎？」郁祁笑了，他解開鐘遠見的皮帶，將自己蓄勢待發的性器無縫接軌地插進去，一捅到底。看著鐘遠見因為興奮而挺起的腹部上面凝結著一層汗，看上去情色又淫滑。

他解開捆著鐘遠見四肢的繩索，在他得到自由的同時猛地把他翻轉，讓他跪趴在床上，再次插入溼軟的後穴，用力頂了幾十下。

老男人被他頂得全身通紅，就算被解放了，四肢也只能軟軟地跪著，被頂得聲音都破碎了。

「叔叔穿著西裝從我面前走過去的時候，我就在想像叔叔脫光後跪在我面前，被我肏得流水，哭著求我慢一點的模樣了。」郁祁帶著天真的殘忍，他不懂退讓也不懂包容，「叔叔能滿足我嗎？」

鐘遠見被快感刺激得失去了理智，急需釋放的迫切讓他的臀部高高翹起。索取高潮的欲望超過了自尊，他啞著聲音，破音了也不管：「求你！慢一點……讓我射……」

郁祁滿意極了，猛地抽出塞在前端的金屬棒，順勢扔到地板上。

前面猛地被解放，鐘遠見大腦一空，性器抖動著噴射出濃稠的液體。

郁祁趁著他高潮，猛頂痙攣的後穴，把鐘遠見頂到失去了平衡，額頭撞到床頭，腦袋眩暈。

郁祁興致大漲，欲火高漲，拉住鐘遠見的兩隻手臂並反剪，用騎馬的姿態上他，一點休息的時間都不給他，贈予另一波高潮。鐘遠見的前面失控，射出來的液體逐漸變得稀薄，最後慢慢流出透明的液體，一點一點滴在床單上。

郁祁將他翻回來。鐘遠見的眼罩被人掀開了，鐘遠見迷糊地睜開眼，看到上方的郁祁，脖子上戴著項圈，眼神裡滿是情欲，底下的性器興奮地翹著。

「老男人被開發後真的潛力無窮呢，這麼輕易就失禁了。」郁祁摸著鐘遠見的性器，鈴口已經闔不起來了，可憐地一縮一縮。郁祁親著鐘遠見通紅的眼角，撒嬌般呢喃，「我還沒射呢，叔叔會陪我的吧？」

鐘遠見雙手、雙腿大張地躺在床上，無力地看著面前就算如此也無害漂亮的男孩，感覺到自己被開發後，將再也無法回到以前那樣淫亂玩樂的生活。

郁祁似乎看穿了鐘遠見的想法，彎唇一笑，再次頂了進去。

*

卓煜因為在涼透了的水裡睡了一覺，被抱出來的時候渾身冰冷，額頭卻發著高熱。

連然回到家的時候很晚了，他心情不算太好，特別是在聽到卓煜高燒三十九度的時候。

「還沒有請醫生，想等您回來後再做決定。」

連然一言不發，徑直往樓上走，打開房門進入臥室，看到躺在床上的卓煜。

迷迷糊糊間，卓煜感覺到有人把自己翻了身，有雙冰涼的手貼上自己的臀部。想都不用想就知道誰會做出這種事，卓煜的眼睛還沒睜開，話就送到了：「滾，別煩我。」

連然似乎笑了一下，然後卓煜聽到了針筒撞擊的聲音。

人在陷入絕望之後反倒很清醒，最慘也不過被玩死，沒什麼好怕的，反正他也沒家人了。

連然調好藥劑，將針尖抵著卓煜的臀縫頂點壓進去。卓煜的身體本能性地反抗，卻被連然的另一隻手按住腰。

「乖，只是想讓你快點好起來。」

連然一邊推著活塞柄，一邊輕聲哄著卓煜，直到注射結束，連然幫卓煜壓上酒精棉，俯身親上卓煜赤裸的背。

卓煜沒有理他。

連然等了一會才離開，洗漱後回到臥室裡時，卓煜已經清醒了。他側躺著，眼裡沒什麼情緒，連然靠過去，想要幫他檢查體溫卻被卓煜躲開。

連然強拉住卓煜，讓卓煜靠在自己身上，抬起他的下巴讓他看向自己。他用了很大力氣，好像根本不怕弄痛卓煜，可是他的聲音又很溫柔，讓卓煜陷入了混亂：「小煜對我越來越不好了，從前還喜歡偷偷看我，現在連看我都不願意了。」

卓煜冷笑：「你是不是有病？誰會喜歡一個強暴自己的變態？」

連然蹭著卓煜的頭頂，「我沒說過，是小煜說的喔。」

卓煜就算手腳痠軟也不放棄抵抗。他拒絕被連然抱著，堅持與他保持距離，連然也就沒再強迫他，放手讓他離開。

卓煜貼著床沿翻過身，背對連然躺著。

*

卓煜不知道連然用了什麼辦法，把一切處理得這麼乾淨，沒有人在意他這個正牌繼承人去了哪裡。連然在之後幾天都沒有折磨他，早出晚歸，出門不會特意說，回來時已經是深夜，每次都會抱著卓煜睡覺。

但卓煜的燒，一連燒了好幾天都沒有退，反覆無常，精神也逐漸渙散，很少有清醒的時候。

他又累又睏，除了想睡，什麼也不想思考，也不知道過去了多久。

連然在一個深夜裡回到家，卓煜的臥室亮著一盞昏暗的夜燈，他站在床邊看了一會，便脫下外套躺上去，抱著卓煜一起睡覺。

連然很久沒有做夢了，但是他今晚意外地夢到了一些以前的事情。

噩夢驚醒時，連然在黑暗中睜開眼，摸到懷裡溫熱的身體。卓煜的體溫在下降，連然用額抵上卓煜的額頭，緩了緩自己的呼吸，又親了親他的嘴唇，然後輕輕起身下床，走到小客廳抽菸。

臥室的門沒有關，卓煜在連然起身的時候就醒了。小客廳的燈亮著，卓煜在暗處，睜眼看著站在外面的連然。

長髮都被他攏到一邊的肩膀上，異域風情的五官，挺翹的鼻梁，眼窩深邃，身上的每一處都精緻得無可挑剔。卓煜從前從沒見過這麼漂亮的人，漂亮得沒有人情味，性格卻不相符的溫和，好像機器人仿照了人類的情感，讓人感到生硬不自然。

卓煜一直認為連然應該是冷口冷面，不應該是卑躬屈膝的模樣。

連然的漂亮程度是他直到現在都為之震撼的，卓煜承認他的外貌會影響到自己的判斷，但這不代表他會原諒連然的所作所為。

他人生中最黑暗的時期是連然給他的，無論連然怎麼彌補，他都不會原諒他。

連然抽了很久的菸。他抽菸的時候站得筆直，睡袍鬆鬆垮垮地披在身上，露出胸前一大片皮膚。他一直都不會好好把睡袍穿好，帶著一些與生俱來的放蕩和隨便。

卓煜在連然走回來的時候閉上了眼睛，但是連然並沒有回到床上，安靜了很久，卓煜才感覺到床墊凹陷了一塊。

卓煜的嘴唇突然被冰了一下，連然的手在他嘴唇上摩挲，帶著濃重的菸草味道。連然的氣味和菸草混在一起，形成一種奇異的香氣，卓煜在這陣香氣和連然輕柔的撫摸裡迷失，失去了感覺，在剛才明明還發誓要怨恨的人的安撫下，沉沉地入睡。

卓煜夢到了一些事情。

成年後的暑假，他還沒拿到國外大學的錄取通知前在家裡準備資料，連然看他忙了很久，上來送點心給他。

他就是學不會教訓，明明被卓煜的朋友教訓過，轉頭就忘記自己是怎麼被羞辱的，還要熱臉貼冷屁股。卓煜卻無法直視他，因為他在那之後看到連然都覺得心浮氣躁。

估計是因為在夢裡，所以有些不一樣。卓煜的眼前再次清晰起來時，是連然被他壓在身下，用無辜又期待的眼神看著他。

卓煜進入連然的過程順暢無阻，他的性器被溫熱緊緻的地方包裹住。卓煜的汗滴下來落在連然身上，情不自禁地頂著下身，連然的臉離他很近，他們看著彼此的眼睛，喘息聲也很重。

但是漸漸的，有些快感不再來自前面，而是來自體內。卓煜下意識伸手摸向自己的後穴，想要緩解身體裡的癢，身下的連然卻突然動了動，卓煜不受控制地長吟一聲，腰驟然軟了下去。

他這才看清，不是他進入了連然，是連然在他的身體裡。

粗大的性器撐開了他的後穴，卓煜第一次看到這麼清晰的交合場景，卻不覺得違和，反而主動動了動腰，把連然含得更深。

這是夢，卓煜想，所以沒關係。

外頭日光烈烈，連然握著卓煜的腰，把他顛得一上一下。卓煜低著頭，清楚地看到連然的性器是怎麼捅進那裡，擠出白色泡沫，又整根抽出的。後穴大開著，闔不起來，被擠進一個頂部，又猙獰地插入。

連然每進入卓煜的身體一下，卓煜都會受不了地發出帶著尾音的喘息。連然太大也太有力，明明是在夢裡，插入感和快感卻都像真的。

連然射精的時候拉下卓煜的身體，擦過卓煜的嘴唇頂進去，射到了卓煜嘴裡。卓煜嚥下去，連然的性器在他嘴裡抖得厲害，一股又一股的精液濃稠而量大，卓煜都吞了下去。

然後連然抽出來，把卓煜壓在下面，再次進入了他。

連然知道卓煜醒著。

他摸了摸卓煜，看著卓煜的呼吸漸漸變得綿長。明明表現得這麼抗拒自己，卻又在自己的安撫下一次又一次丟盔棄甲，露出柔軟的肚皮。

連然這幾天因為卓煜生病，都沒有碰他，現在就著外頭透進來的一點光，勉強能看到卓煜的身體曲線。連然一點一點地拉開被子，卓煜的腹部緩和起伏著，線條流暢。因為吃了藥，所以睡得很沉，怎麼看都很乖的樣子。

這麼可愛是會被肏死的，連然心想。他忍了很多天，不想再忍了。

所以連然脫掉睡袍，壓到卓煜身上，含住卓煜的性器，手摸著囊袋和底端，舌尖輕輕戳著龜頭，感覺到卓煜慢慢變硬，頂在他的上顎。連然吸它、含它，手連同口都耐心地哄著卓煜。

連然能想像到卓煜圓潤漂亮的龜頭被唾液濡溼後，開闔的頂端小口流出更多表示歡迎的透明液體。

卓煜沒有醒來，手垂在身側，時不時動一下，像是想抓緊什麼。連然注意到了，他把他的手握在手心，在他的無名指處摸了又摸，然後將整根都含進去後退出。

卓煜的性器硬得不行，沒兩下就釋放了，連然抽身，漱了漱口。

他原本不想上卓煜的，可是當他打開燈，準備幫卓煜擦擦身體時，就看到卓煜雙腿大開地躺在床上，性器還硬著，底下溼了一片。卓煜的身體泛著粉紅，嘴唇微微張著，像是在索吻。

連然感覺到下腹肌肉變得很硬，呼吸也重了許多。

他放棄離開房間，在明亮的臥室裡將卓煜抱到自己身上，與他面對面。連然靠著床頭，卓煜整個人躺在他懷裡，雙腿圈著他的腰，上半身軟軟地靠在胸前。

連然擠了些潤滑劑在手上，找到卓煜的後穴，插進去。只是幾天沒做而已，就有點緊了。連然很有耐心地擴張了許久，卓煜的後穴才為他打開。

床的正對面是一面鏡子，連然一邊用手指玩著卓煜，一邊看著鏡子，卓煜的整個背部和一縮一縮的後穴都暴露在鏡面上。

他是連然的春藥。

連然抬起卓煜的臀部，讓後穴對準自己早就硬了的性器，緩慢地插入頂端。

卓煜哼了一聲，搭在連然肩上的手指蜷起來，像是在隱忍快感。

連然慢慢地進入卓煜，找到了卓煜敏感的那一點，在上面慢慢地磨。不知道是因為太累了還是不願意，卓煜一直沒有醒來。身體給了連然誠實的反應，眼睛卻一直閉著，眼皮偶爾會輕顫一下，乳頭還沒被摸就凸起來了。

連然握著卓煜的腰，重重地、慢慢地磨。這對他跟卓煜來說都是煎熬，連然想要慢慢品嘗，卓煜卻突然動了動腰，主動加快了頻率。

連然喘了一聲，咬住卓煜的耳朵，往上猛頂了一下。粗長的性器進到深處，卓煜的小腹都凸起了一些，而性器夾在中間滴著水，發出淫靡的聲響。

在液體的潤滑下，拍擊聲格外清晰。連然在鏡子裡看到卓煜的後穴被撐開，紅得很漂亮，不知饜足地吞著自己的性器，囊袋隨著撞擊而顫抖。在燈光下，卓煜的身體乾淨，臀部被撞得發紅，硬得像小石頭一樣的乳粒磨蹭著連然的皮膚，乖乖地任連然擺弄，而腰窩深陷，溝壑分明。

連然的撞擊頻率倏然加快，小幅度急促地在深處抽插，帶出很多水液，順著邊緣擠出來。兩人的交合處溼得不像話，連然幾近瘋狂地動著，讓卓煜在睡夢中都發出了喘息，「嗯嗯啊啊」地呻吟。

連然低頭看了眼卓煜微張的嘴唇，似乎知道了什麼，在釋放前把他拉下去，抬著他的下巴把自己的性器頂進去。卓煜竟然含住了，輕輕軟軟地用嘴吞著上面的液體。

「靠。」

連然低罵一聲，按住卓煜的後腦杓，全數射了進去。

在釋放的時候，連然還擔心卓煜會嗆到，伸手想把他拉起來，前端卻被吸了一下。

連然聽到吞嚥聲，摸到卓煜上下滾動的喉結。

他一怔，而後重重靠回床頭，仰頭按著卓煜的後腦杓又頂了兩下，持續射精，直到卓煜全都吞了下去。這麼可愛的卓煜，只嘗一次怎麼夠。連然把卓煜拉起來後壓住他，短暫地休息後，將性器再次送入了卓煜體內。他不記得做了幾次，到最後卓煜的性器都射不出什麼來了，後穴還絞得緊緊的，在向連然索取。

連然捏著卓煜的臉頰，惡狠狠地看他，「你到底夢到什麼了，嗯？」

一定是他的某個前女友。

連然頂得很深，而卓煜在睡夢裡乖得不像話，讓連然失控，最後硬逼卓煜靠後面高潮了幾次，幾乎半暈厥，徹底不會醒了。

這麼做的下場就是卓煜又在床上躺了幾天。高燒是好了，卻始終不知道自己的身體為什麼會痠軟無比。

卓煜自認為是那場夢傷筋動骨。

*

卓煜的身體好得差不多的時候，連然接到了一通電話。

「本家讓我回去一趟。」連然跟卓煜說。

卓煜回國後就沒離開過這座宅邸，好像連然跟他才是合法夫妻，而卓煜是每天安分地在家等待丈夫回家的妻子。

連然什麼都會跟卓煜說，儘管卓煜根本懶得聽。

他連一聲「喔」都吝嗇給予，除了每天晚上都會被連然壓到床上「交流」之外，他不再給連然跟自己說話的任何機會。

脾氣再好的男人，在一個人身上碰壁多次都會逐漸喪失興趣，卓煜在等著連然對他喪失興趣的那天。

「我打算回去一趟，估計要去一週左右。但我怕小煜太想我，打算把你也帶去。」

卓煜：「……」

他現在完全沒有能力忤逆連然，最後的下場就是被連然一起帶上了私人飛機。

關於連然的家庭，卓煜先前並沒有多大的興趣。連然的家境好或不好都與他無關，直到他對連然產生了一些奇怪的感情才去了解了一點，還是從父親那裡。

他知道連然跟父親是在國外認識的，認識不久，父親就與連然在一起了。連然的家族支持著父親在國外的事業，父親也在國內支持連然家，像是把兒子賣了，完成一樁合作一樣。

大學時卓煜會選擇去法國，也是因為父親考慮到連然的本家在那邊，而卓煜留學時，時不時就會有人送一些禮物給他或邀請他去某個地方，但卓煜知道那是連然家的人，從沒有答應過。

他認真遠離了連然三年，不管連然跟父親有沒有什麼，連然都不是他能妄想的。

十幾個小時的飛行過得不快不慢，連然一直守在卓煜身邊，時間對他而言似乎沒有那麼重要。

落地後有專車來接他們，直接開往連然本家的莊園。司機說：「大太太準備了晚宴，就等您回去了。」

連然的聲音並沒有多大的波動，不像難得回家的樣子，「知道了。」

他在車子停好後讓司機先下車，把卓煜拉向自己，聲音又變溫柔，「小煜待會就待在我身邊，哪裡也別去，好嗎？」

卓煜冷眼看著他，連然也不生氣，低頭親了親卓煜的唇角，「我怕有人會傷害你。」

「全世界會傷害我的只有你。」卓煜推開連然，拉開車門，自顧自地下了車。

連然跟著下車，走在卓煜身邊，先帶他回房間換衣服。

連然換上一身銀色西裝，傭人為卓煜準備了一套黑色西裝。兩人換好後，卓煜又被連然壓在牆上親了一會，才帶著他出去。

他們先去主樓的會客廳，連然摟著卓煜，站到一對中年男女面前，「父親、母親，這是卓煜，卓先生的孩子。」

卓煜抬眼看了面前的兩個人一眼，暗自思忖連然怎麼跟這兩人長得都不像。

見卓煜沒有反應，連然把他摟緊了一些，「抱歉，小煜還沒有從失去父親的悲痛裡走出來。」

大太太用讓卓煜不太舒服的眼神盯著他看了一會，又轉回連然身上。

「Lance，你弟弟那裡送來了幾個孩子，聽說很乖。要是卓少爺心情不好，你可以帶他去那裡玩玩。」

連然的眼睛瞇了瞇，「母親，小煜是乖孩子。」

「飯後娛樂而已……」

身邊的男人打斷了她，「不要在小孩面前講這個。」大太太這才作罷。

那場晚宴卓煜吃得不怎麼舒服，連然一直體貼地幫他夾菜，他也沒心情吃上幾口。

滿座都是連然家的人，長桌都坐滿了，大家紛紛好奇地看向卓煜，但連然沒給他們接近卓煜的機會，卓煜甚至還沒自我介紹，晚宴就結束了。連然在晚宴結束後，被拉去跟另一個男人談話，而卓煜被留在角落裡。

有一個可愛的女僕湊過來搭訕卓煜，問他是不是不喜歡這裡。

卓煜對女孩有著天然的禮貌，看上去比面對別人時柔和了一些，他笑著回：「我沒關係，謝謝妳。」

連然接過弟弟連詔遞來的菸，回頭想看看卓煜在做什麼，一眼就看到卓煜跟一個可愛的女僕站在一起。女僕把托盤抱在胸前，笑著跟卓煜說話，而幾乎半個月都沒有笑過的卓煜這時候掛著一抹輕鬆的笑，看上去對女孩子很是心動。

連詔見連然的眼神定在某處，順著看過去，了然道：「那是露露，混血的漂亮女孩，因為太討人喜歡，我就把她從俱樂部帶了回來。讓你的小少爺小心一點，露露再可愛也不能露出這種表情啊，真擔心他會喜歡上她。」

連然掐熄菸，淡淡道：「不會。」

「怎麼不會？這個年紀的小男生都會被露露征服。」

連然看了連詔一眼，「今晚，在俱樂部幫我留兩個位置。」

說完，連然就走到卓煜身邊，微笑著向露露問好，「在跟我們小煜聊什麼呢？」

「先生，」露露看到連然的時候臉頰通紅，很激動的樣子，「先生還記得我嗎？一年前，我在店裡見過您。」

連然想了一下，手繞到卓煜身後，摸著他的背，「我不記得妳了。」

露露的表情沉了下去，但很快又調整好，「我晚上可以去找先生您……」

連然看著露露，招招手讓她到自己懷裡來。露露紅著臉靠過去，而連然用卓煜聽不懂的語言對露露說了一句話，露露的臉色瞬間變得慘白。

然後連然拉過卓煜，帶他離開了大廳。

穿過大廳、抵達莊園大門口時，外頭停著十幾輛車。連然隨便選了一輛，帶著卓煜坐進去，「我帶小煜到處逛逛好了。」

車子在半小時後停在一片熱鬧的街區，粉色的巨大燈牌上畫著兔女郎的剪影，門口有穿著暴露的兔女郎站在那裡。連然帶卓煜走過去，兔女郎認出了他，露出驚喜的表情，用屁股頂開大門，兔耳朵晃了晃，胸也晃了晃，「請進。」

卓煜挪開了眼睛。

外頭是繁華城市的燈紅酒綠，走到裡面卻富麗堂皇，大廳裡有很多跟門口兔女郎同打扮的女孩。女郎帶兩人走進電梯，看了看他們的臉色，主動靠到連然身上，「先生今晚有預約嗎？」

連然摟著女孩的腰，用下巴指了指卓煜，「今晚的主角不是我，是他。」

「他是……？」

「我的小孩。」

卓煜越發氣悶，電梯裡壓抑的氣氛讓卓煜憋著一口氣，想要揍人。

好在電梯很快就停在了三樓。連然放開女孩，拉過卓煜，順著長廊走到一個弧形封閉的舞臺觀眾區。他們坐在最上面那一圈，能看到舞臺和其他客人。

表演已經進行到一半了，開放式的觀賞臺上掛著薄薄的簾子，底下是只穿著內衣褲在跳舞的男孩、女孩。卓煜抬眼，看到對面簾子後的人影，隱約能看清是兩個赤裸的人在交合，坐在腿上的那一個被頂得一顫一顫的，場面極其香豔。

「噁心。」

連然剛脫下外套，聞言笑了笑，順著卓煜說，「我也覺得噁心。」

「少裝了，你玩過吧？」

連然拉下領帶，解開胸前的兩顆紐釦，坐到沙發上，拍了拍自己的腿，「過來，小煜。」

卓煜不打算理他，連然又加了一句，「我不想對你下藥，過來。」

卓煜咬著下唇，滿臉屈辱地坐了過去。連然摟著他的腰，讓他貼著自己，幫他慢慢脫下外套和領帶。

「小煜在乎我跟誰玩過嗎？」

「我不在乎。」

連然把卓煜的西裝脫下，又把他的領帶摘下，綁住了卓煜的手。

卓煜蹙眉看他，「連然，我看在你是我繼母的分上才忍你到現在，你最好別不知好歹。」

繼母兩個字成功讓連然停頓了一下，他摟著卓煜的腰，問：「小煜，你是不是完全沒有喜歡過我？」

卓煜的手在背後握緊，「是，沒人會喜歡自己的繼母。」

連然笑了，「小煜，別說『繼母』。」

「繼母在上我的時候，有沒有想起我父親？覺得害臊嗎？」

連然眼裡的笑意退去，看著卓煜。卓煜彷彿知道了連然的逆鱗在哪裡，也不怕死，義無反顧地往上踩，「怎麼了？你終於想起自己是個寡婦了嗎？繼母？」

卓煜的四肢都被綁到椅子上，雙手反綁在身後，雙腿也被拉開，綁在兩隻扶手上，全身的衣服都被連然脫下來了。連然站著欣賞了一會，按下一個按鈕，周圍厚重的簾子就緩緩拉開，只剩一道薄薄的簾子隔開內外，外頭就是人來人往的走廊及隔壁包廂。

這跟卓煜剛剛看到對面做愛的兩個人沒什麼區別，外面的人也能看到他現在的姿勢。

「連然！你敢這樣弄我試試！」

連然蹲在卓煜面前，握著他的性器挑逗他。卓煜的身體被連然調教得無比敏感，只是被摸一下性器就翹起來了，顫巍巍地挺著。

「我這樣弄，小煜會怎麼樣？把我殺了嗎？」

卓煜的頂端被戳了一下，聲音軟了下去，「你他媽……能不能放過我……」

連然的動作停下來，用手環著卓煜，抬頭問他：「小煜是不是喜歡女孩子？」

連然拍了拍手，簾子便被拉開，有一個漂亮的兔女郎站到卓煜面前。

連然退了開來，把套子扔在桌上。女孩會意過來，打開盒子拿出一個，在卓煜的注視下想要幫他口交。

「不需要！走開！」卓煜動彈不得，語氣也很凶，女孩的嘴唇都要貼上性器了，又被他吼退了一些，有些無措地看著他。

連然靠在欄杆上，點了支菸看著他們，也不出聲。

兔女郎想了想，把低胸領口往下拉，乳房彈了出來。她捧著自己的乳房想要幫卓煜乳交，卻發現卓煜不知道在什麼時候軟了下去。

女孩沒有辦法，卓煜不勃起，連套子都無法幫他戴，連然卻仍舊不出聲，側頭看著底下舞臺上的表演。

「您會很舒服的，我保證。」

「我真的不需要，請離開。」

兔女郎只能拉好衣服，站起來，連然的聲音卻冷冷地從身後傳來：「坐上去。」

「連然！你發什麼瘋！讓她走！」

卓煜的眼眶通紅，好像又要哭出來了。連然心軟了一下，走過去坐到卓煜身邊，摸了摸他紅得像兔子的眼睛，「怎麼了？搞得像我又欺負你了一樣，小煜不是喜歡女孩子嗎？我在帶小煜走回正軌呢。」

卓煜紅著眼看他，眉頭擰在一起，難得一副示弱的樣子，「連然，讓她走……」

連然盯著卓煜，手揮了揮，兔女郎就離開了。他把椅子轉到自己面前，低頭含住了卓煜的性器。

十分鐘後，卓煜雙腿大開，全身都泛著紅，性器高高翹起，屁股間插著一根自慰棒，正發出嗡鳴聲。卓煜的性器被鎖住，不得釋放，看上去淫蕩下賤。大腿內側的肌肉痙攣，後穴也一縮一縮地被玩具玩弄，乳頭則被夾了起來，紅得像櫻桃。

另一邊的連然卻穿戴整齊，只解開了胸前的兩顆釦子，從小櫃子裡拿出一套高開衩的旗袍。

卓煜的眼睛因為快感的刺激而半閉著，隱約看到連然走到自己面前，握著自慰棒又往裡面送了一些。卓煜在環繞的音樂聲中發出了一點聲音，但很快又閉上嘴，瞪著眼看向連然。

「小煜穿給我看好不好？」

卓煜說好或不好都沒什麼分量，但連然得到了拒絕也不強求，而是用自慰棒折磨了卓煜一遍，唇齒撩撥著卓煜的乳頭，卓煜卻不能到達高潮，性器硬挺得很。千萬隻蟲蟻在啃食他的理智，連然拿著旗袍跟卓煜講道理：「穿上去就讓你射，今晚要射多少次都沒有問題。」

卓煜被頂到敏感點，早就想要射了，這時候的堅持顯得毫無價值。卓煜半推半就地被連然抱進懷裡，換上了旗袍。

旗袍很修身，卓煜的身體線條都被勾勒出來。前面翹著，頂出了一個小帳篷，乳頭也凸起，在薄薄的布料裡十分清晰。

連然幫卓煜穿好旗袍，在卓煜耳邊說：「全世界的男人都想上你。」

「……」

連然把卓煜抱在懷裡，解開自己的褲子，沒有脫下，只是讓性器解放出來，硬硬地抵著卓煜的後穴。高開衩旗袍的背後是鏤空的，自慰棒被抽出來，滴出了很多水，把連然的褲子都弄髒了。

自慰棒被抽出來的瞬間，卓煜感到有些空虛，穴口還被連然頂著。此時，走廊正好有幾個客人走過，卓煜想要把聲音壓下去，連然卻放開了撐著卓煜身體的手，讓卓煜直直地坐下去，「噗啾」地吞入連然的性器，一插到底。與此同時，連然的手也解開卓煜前面的束縛，手在卓煜的性器底端和囊袋上按壓刺激。

排山倒海的高潮向卓煜的大腦席捲而來，他仰著下巴叫了出來，尾音都被扯得斷斷續續。外頭的客人發出口哨聲，鼓勵裡面更激烈一點。

卓煜瞥向其他房間，裡面坐著的人也都在看他們，甚至有人抱著自己懷裡的人，指著他們這邊，不知道在討論著什麼。

誰都能看到他被連然抱著肏。連然穿得整齊，他卻不倫不類，被當眾肏得射精，射得到處都是。旗袍勒住他的腰和胸部，卓煜因為興奮，胸部也挺了起來。連然按著他的腰，讓他一上一下地動，臉貼著卓煜的背。性器頂得又深又重，就算已經做了很多次，卓煜也適應不了連然的尺寸。

連然肏了幾十下，越頂越深，囊袋卡在穴口外面，恨不得也一起擠進去。

被連然抱著頂了百來下後，卓煜突然被抱著走到欄杆邊。

卓煜的半個身子都探到外面了，連忙拉住簾子、穩住自己。連然根本不管他，只管握著他的腰往裡面抽送。

又爽又羞恥的姿勢和位置讓卓煜的後穴絞得格外得緊，連然每次抽插，都能被裡面的肉壁按摩得十分舒服。他低聲喘著，用力肏著卓煜，把卓煜往外頂。誰都能看見他們在做愛，還做得很激烈。

「連、連然……」

「小煜。」連然湊上去親他，卻突然改變頻率，大幅退出來，只在穴口戳刺，像在隔靴搔癢。

「嗯，我……你再……」

連然捏著卓煜的性器套弄，下身淺淺刺著，「再什麼？」

「連然……」

卓煜被快感包圍著，頓時忘記這裡是成人俱樂部，也忘了自己被多少人看著，第一次主動抱住連然的脖頸，重重往下一坐。

「嘶！」

連然的性器又脹大了幾分，穿著旗袍的卓煜太漂亮也太誘人，後穴熱情無比，連然差點就射在裡面了。

「你是我的。」連然把卓煜按回自己肩上，回到沙發上，讓卓煜坐在自己身上，再次強調，「小煜是我的。」

連然頂得卓煜都要翻過去了，還更加暴戾地站起來脅卓煜。性器凶悍地插進去又退出來，卓煜只能把連然抱得更緊。

「嗯，哈……連然，你……慢一點……」

連然咬住卓煜的耳垂，把他按到地毯上，抬起他的一隻腿折在胸前，挺著腰進出，再把卓煜翻過去後入，低著頭欣賞他臀部的蓮花。

漫長而持久的交合讓卓煜的神智已然不清，他在知道自己不能對別人硬起來之後，就放棄了掙扎，只有連然的觸碰才能讓他硬，讓他失去理智。

他騙不了自己了。

他的身體早就屬於連然的了。

連然把卓煜抱回沙發上，把簾子重新放下來，讓卓煜靠在自己懷裡，低頭撥開自己額前溼透的長髮，「小煜？還好嗎？」

卓煜掙扎了一下，聲音都叫啞了，還拉著連然的衣領命令他，「拔出去。」

連然頓了一下。今晚做得太凶狠，估計傷到卓煜了，連他早就拔出來了都不知道，還要他拔出去。

連然低聲哄著卓煜，把他的身子往上抬，讓卓煜趴在自己的腿上，檢查被過度使用的地方。還好只是紅腫而已，應該是麻了才會失去知覺。連然把卓煜的衣服拉好，重新把他抱回來。

「裡面他媽的都是你的東西，你是狗嗎？射這麼多……」

連然笑了，「小煜除了這些詞，還會新的嗎？有點聽膩了。」

卓煜被連然的臉皮厚度氣到，喉嚨裡低低罵了句：「滾……」

連然湊過去親卓煜，把臉埋在卓煜的脖頸間一下一下地親，又拉著卓煜的手把自己的臉包住，親他的手心，從他的手腕往下親，之後又放開他的手，重新親到卓煜的臉上。卓煜被親得昏沉，也累得不行，手無意識地放在連然肩上，腰往後倒，半睡半醒的樣子。

連然抬眼就看到快要睡著的卓煜。旗袍有點皺了，盤釦鎖著他的身體，身體線條在裙子裡若隱若現，比全裸還要誘人。

連然並不覺得今晚該就這麼過去，但這裡的確不太適合繼續做下去。卓煜射了幾次，弄髒了桌椅，地上也到處散落著玩具。

連然把卓煜抱起來，讓他的腿環在自己腰上，面對面抱著。他在包廂裡環顧一周，隨便扯了條毯子把卓煜包起來，離開包廂，門外有兔女郎在等他，帶他從另一條沒人的路線離開。

卓煜睡得昏沉，覺得自己正被人抱著走，靠在連然肩上的腦袋就動了動。他感覺到視線被遮擋住了，想要撥開，後腦杓卻被人溫柔地揉了揉，鼻間都是連然的味道，卓煜這才繼續睡。

連然沒有回主宅，而是回到自己之前住的公寓。他原本想要在家裡繼續，但揭開毯子看到卓煜睡得香甜，到底還是放過了他。

卓煜越睡越冷，醒來的時候發現自己躺在床上，身邊沒有人。

身上的衣服已經換掉了，身體也洗乾淨了。房間內漆黑一片，卓煜起身下床，門縫裡透出了一點光，卓煜就將門打開一道縫隙，聽到連然在和別人說話。

他們的聲音很低，像顧及到房間裡有人在休息。卓煜不認為他們是害怕自己聽到，因為他們說的語言卓煜聽不懂。

跟連然說話的似乎是他的弟弟連詔。兩人長得一點也不像，連詔除了身高跟連然差不多之外，長相比連然普通很多，身上倒是有矜貴的氣質。

卓煜剛想回房間，卻聽到了露露的聲音。他記得露露甜美的嗓音，也只聽懂那聲「Lance」叫得千迴百轉。卓煜的前女友們也曾用這樣的聲音叫他，在索吻前，或者上床前，像是調情，也是勾引。

連詔說了句什麼，然後他們一起笑了。鬼使神差的，卓煜挪到了牆邊，偷偷看向客廳。露露坐在連詔的腿上，腿卻勾著連然的小腿，連然沒有躲，露露湊過去親他，連然也一直溫和地笑著，看著她湊過來。

少女粉紅色的嘴唇就要貼上他的唇瓣了。

那對漂亮的嘴唇幾個小時前還貼在卓煜的皮膚上、唇上，甚至是性器上，輕輕開闔著對他說情話。

卓煜明明知道自己不應該抱有什麼期待，但是他現在想要去把他們分開。

連然在露露湊近到只剩一隻手指的距離時輕輕往後退，掃了牆角一眼。

「抱歉，有人在看喔。」連然對著牆角說：「過來吧，小煜。」

過了幾秒，卓煜不情不願地從牆後走出來，站到三人面前。

連然笑著問他怎麼醒了，讓他坐過來，卓煜卻當著他的面到冰箱找了瓶水，轉身要走，最後是連詔叫住了他，「冒昧問一句，卓少爺是不喜歡我出現在這裡嗎？」

卓煜身形一頓，覺得自己這樣耍脾氣很多餘，也很沒肚量，所以他拿著水瓶回頭走過去，在連詔和連然身邊的座位前思忖了一下，被連然拉著坐到他身邊。

卓煜從一開始就隱約感覺到連然對自己的疏離。連然跟卓煜隔著社交距離，沒有任何曖昧眼神和動作，他對露露還更親密，彷彿卓煜只是他帶來串門子的小朋友罷了。

「我聽哥哥說你去俱樂部玩了，怎麼樣？頂樓好玩嗎？」

卓煜不知道該怎麼接話，連然就幫他回答，「小煜只看了表演，他不喜歡玩別的。」

「你開了兩間房，」連詔說，「我還以為你會為卓煜找一個孩子陪他呢，男孩都喜歡這些。」

「你不必過於關注我兒子。」連然的聲音很平。

露露睜著一雙漂亮的眼睛，盯著卓煜看，而連詔被警告了也笑著，「不應該啊，卓煜會不會喜歡露露這樣的？」他拍了拍露露的屁股，「坐到卓煜身上去。」

露露乖乖站起來，往卓煜那裡走，但走到連然面前就被連然拉進了懷裡，露露立刻貼著連然抱緊，以兩隻無辜的眼睛看著連詔。連詔看著露露，不知道在想些什麼，卓煜看不太出來。

在那之後聊了什麼，卓煜都記不清楚了，大多是一些無關緊要的話。他如坐針氈，想立刻離開，卻只能忍著。連然抱著別人跟抱著自己時沒什麼不一樣，都一樣輕佻隨便。

父親已經走了，世界上只要是他連然想要的人，都是能被連然捧在手上的寶貝。

時針指向三點的時候，連然出聲趕人，連詔就沒再留下，帶著露露走了。

門一關，連然就回頭去找卓煜。房門已經反鎖，卓煜剛走到床邊，就聽到鑰匙插進鎖孔的聲音，連然施施然走進來，又恢復成了之前那副樣子，想要從身後抱住卓煜。卓煜曲起手肘往後重重一撞，連然躲也沒躲，硬生生挨了一下，之後趁卓煜恍神的瞬間把他拉進懷裡抱緊，把他撲倒在床上。

床墊軟綿下陷，連然的長髮遮住卓煜的視線。

「怎麼了？」

卓煜覺得他是明知故問，但他全身都被連然寸寸壓住，卓煜毫無辦法，只能裝死不理他。

連然等著卓煜回答，手從衣服下襬探進去，揉捏他的乳頭，追問他，「怎麼了，小煜？」

卓煜開始不停掙扎，連然的動作屢屢受阻。他掙扎得厲害，讓連然不得不把卓煜翻回來，卻對上卓煜發紅的眼睛。

連然頓了一下，嘆口氣，把卓煜的雙腿分開，讓他坐到自己身上，「那我來猜猜——是因為我弄痛你了嗎？」

卓煜不說話。

「還是——睡醒的時候不在你身邊？」

「你出現的時候沒有第一時間抱著你？」

「……我抱了露露？」

他每說一句，卓煜的眼眶就更紅一分。最後那句話說完，卓煜更抬手給了連然一記耳光，不輕不重地拍在他臉上，把白皙的皮膚搧出了紅印，也把連然的臉色搧沉了幾分。

卓煜下意識地閉上眼，等連然把怒氣發洩回來，但連然盯著他英勇就義的模樣看了一會，無奈極了，最後慢慢把卓煜拉過去，讓卓煜貼著自己的胸膛，像摸貓咪一樣一下一下地摸著他的脊背，「好了，氣消了嗎？」

卓煜垂著手，不抱也不理連然，卻暗自憤恨地咬住了連然的頭髮。他還是很沒種地哭了，他不該覺得委屈或憤怒，連然要抱誰跟他都沒有關係，他為什麼會哭？

因為那些暗自在心裡發芽的期待，還是天真到以為連然真的喜歡自己？

「連然，你要是哪天疏忽了，讓我手上有一塊磚頭或者一把刀子，我都會殺了你。」

他用哽咽的聲音說出最狠的話。卓煜自己也覺得好笑，但是他覺得自己要是不說，氣焰減弱了幾分，就會動搖了。

連然置若罔聞，專心地咬著卓煜的耳垂。卓煜的頭髮長了一些，軟軟地垂在耳側，散發著好聞的味道，連然像上癮一般親他、咬他，然後把卓煜拉下來壓到床上。

連然進入的時候，卓煜還是下意識地縮了縮。被捕捉到時，連然頂進了一點前端，就沒再往裡面送，低頭去找卓煜的嘴唇。舌頭在卓煜嘴裡掃蕩，卓煜被吻到呼吸急促，嘴都閉不起來，被連然嘗了個遍。入口最敏感的地方還被連然頂弄著，四片嘴唇分開的時候拉出細長銀絲，卓煜的後穴敏感地夾緊。

連然這次超乎尋常地有耐心，在入口就停了很久，用前端去磨穴口，連三分之一都沒進去。卓煜癢得不行，將連然扯向自己，很凶地吼：「別他媽跟女人一樣慢吞吞的，好玩嗎！」

剛說完，卓煜的左腿就被連然握住，翻了個身。短暫的眩暈後，卓煜整個人被翻過去，趴在床上，連然的手在那朵蓮花上來回撫摸，「原來小煜喜歡激烈一點的。」

連然重重頂了進去。卓煜的後穴剛被刺激過，敏感到不行，連然一進去就立刻絞緊了。卓煜把臉埋進自己的手臂裡，暗罵自己的身體下賤，接著被連然頂了一下，又喘了一聲。

連然之後沒再改變姿勢，就著後入的姿勢進出，時快時慢地頂、蹭、攪，時而深深地頂進深處，時而又快又急地抽插。手捏著卓煜的臀部，動情時就忍不住掐著臀肉，留下清晰的手印。

這過程太久也太激烈，讓卓煜全身都軟下來了，力氣只夠讓他將自己的臀部高高翹起，遞給連然，實在受不了的時候還會抖著腰臀激烈顫抖。

他的身體不要其他，只要連然。

連然也被卓煜刺激得瀕臨釋放，一掌拍在卓煜的屁股上，發出清脆聲響。卓煜咬著下唇，還是忍不住喊了出來，嘶啞的「啊」連尾音都還沒喊出來，就被卓煜壓了回去。

他看不清身後連然的表情，只覺得連然的動作開始變得粗暴，撞得他不斷往前，又被拖回來頂入，前面也淌著水一抖一抖的，就快要射出來。

卓煜記得連然射在裡面時，精液拍擊腸壁的酥麻感，在每次性愛的最後，骨骼裡都會產生對這種感覺的渴望。連然重重撞了幾十下後，終於抵著卓煜的敏感點射了出來，在射精的過程中仍不斷頂著他。

卓煜覺得自己高潮了，可是前面還是翹著——他潮吹了，並沒有射精。

連然也注意到了，他摸了卓煜的臀部一把，把他翻回來。

高潮過後，卓煜的身體還在顫抖，膝蓋和手臂、臉都紅得不像話，連然垂頭舔著卓煜的囊袋和性器根部，揉捏著卓煜的性器，引導他射精。卓煜本就撐著高潮後的身體，禁不起刺激，連然溼滑的舌尖頂著他的性器上方舔舐嘬吻，卓煜帶著情緒叫了出來，腿環上連然的肩膀，故意射到連然的臉上。

連然被弄了一臉也不生氣，舌尖掃過滴到嘴唇附近的精液嘗了嘗，誇卓煜，「小煜是甜的。」把卓煜弄到害臊了，才拿紙巾把剩下的擦乾淨。

卓煜不等連然躺上床就自己睡著了，等清晨再被一陣急促的頂弄吵醒時，身體已經先於大腦起了反應，一輪又一輪的高潮讓卓煜在半睡半醒中高潮了一次。

連然跟他抵著額頭，讓他們的喘息融在一起，然後等卓煜睜開眼睛的時候，對他露出一個飽含愛意的笑。

「早安。」

Chapter 3

卓煜站在落地窗前，看著連然從樓下走出門，坐上一輛黑色商務車。

連然在清晨時纏著卓煜做了一次，將卓煜叫醒後跟他洗完澡、幫卓煜穿好衣服，才告訴他今天自己有不方便帶卓煜參與的行程，問卓煜能不能待在家裡乖乖等他。

連然穿上正裝的樣子很好看也很禁欲，他單膝跪在床邊摸著卓煜的小腿，認定了卓煜會聽他的話。

而在連然離開半小時後，公寓門鈴被按響了，卓煜從貓眼看到連詔站在門口。

卓煜不想理他，轉身想離開，門口的連詔卻突然朗聲道：「卓少爺，我知道你在裡面，我有一些關於哥哥的事情想跟你說。」

卓煜睨了門口一眼，手放在把手上，往下壓了壓，卻沒打開。

卓煜習以為常：「我打不開，你等連然回來吧。」

「那你是同意讓我進去了？」

卓煜想問連詔這句話是什麼意思，下一秒密碼鎖突然響起一聲短促的提示聲，門就從外面被人打開，連詔好整以暇地走了進來。

他穿著風衣，像個優雅得體的紳士，但淨不幹好事。卓煜心想。

連詔反客為主，請卓煜坐下。看到卓煜有些防備自己的樣子，主動解釋道：「我不會做什麼，只是讓你看一些東西而已。」

他從包包裡拿出一張照片，放到卓煜面前，卓煜掃了一眼，視線定格在照片上。

照片上是連然跟卓煜的母親周年和，就站在連家主宅門口的噴泉前。連然攬著周年和，沒看鏡頭，在耳語什麼，看上去很親密。但其實連然跟任何人感覺都很親密，卓煜分辨不出照片裡的兩個人是什麼關係，所以沒說話。

「哥哥有沒有跟你說過，他認識你母親？」

卓煜看了連詔一眼，「有屁快放。」

「好吧，」沒想到卓煜會是這樣的性格，連詔舉手投降，「周老師在連家當了一段時間的中文兼禮儀老師，在此期間，跟哥哥的關係親密，常常同進同出。後來兩人因為關係過於親密，周老師被大太太找藉口打發走了，哥哥卻開始頻繁跑去周老師所在的國家。三年後，周老師意外去世，在她去世的一年後，奉行不婚主義的哥哥跟卓先生在國外結婚了。」

卓煜嗤笑道：「所以呢？你想表達什麼？」

「哥哥或許跟周老師有過什麼，因為在周老師去世後，那邊寄了一些指名留給哥哥的東西過來，是周老師的遺物，裡面有一只翡翠扳指，是哥哥最寶貝的東西。」連詔笑了，「小少爺覺得，你是不是更像母親一些？」

卓煜跟母親長得像，這是事實。

「你的意思是，連然喜歡我媽，之所以會在我媽去世後嫁給我爸，是想接近跟我媽長得很像的我。」

連詔不置可否，「或許你一點都不了解哥哥。他沒有什麼道德可言，只要是他想要的，都會不擇手段地到手，而且我不知道你們發展到了哪一步，因為剛剛他去主宅把露露接走了。聽說他要帶露露去參加一場會議，卓少爺感興趣的話，我可以帶你去看看。」

卓煜沒有露出連詔預料中的表情，他的嘴角往下一扯，「我對你們家的事一點興趣都沒有，你可以走了。」

「小少爺，」連詔叫住準備起身的卓煜，語氣加重了一點，「請吧。」

卓煜看著門外的幾個保鏢，明白了自己的處境，有些煩悶。連詔在強迫人這方面，倒是跟他哥哥很像。

卓煜被帶上車，半小時後，車停在一家私人會館的後門。

連詔帶卓煜走進去，上電梯後抵達高樓層，電梯門打開的瞬間，卓煜就敏銳地看見了坐在圓桌旁的連然。露露正摟著他的脖頸，坐在他腿上，而圓桌上的其他人也帶著女伴，有的穿得很少，動作大膽赤裸。卓煜下意識皺眉，肩膀卻突然被連詔攬住，拉進懷裡。

連然的眼神落在卓煜身上，看不出情緒。

「Eric 還是第一次帶男伴來呢，真稀奇。」桌旁的人並不認識卓煜，只以為是連詔的新歡。

連詔攬著卓煜走過去，就坐在連然身邊，連詔拍了拍自己的腿示意卓煜。卓煜瞥了連然一眼，連然並沒有看他，而是低頭跟露露說話，好像不關他的任何事情。

「別害羞，寶貝。」連詔拉了卓煜一下，把卓煜拉到自己腿上。

卓煜「嘖」了一聲，實在無法忍受自己像女人一樣被男人在眾人面前這樣抱著，轉身就走。

越過連然身邊時，連然卻拉住了卓煜。

連然的食指在別人看不到的地方摩娑著卓煜的手腕，極快又極重地捏過他的手指關節，「弟弟的新歡脾氣這麼大嗎？介意讓我玩玩嗎？」

連詔沒想到卓煜的脾氣這麼暴烈，既然連然有臉開口跟他要人，連詔也只能答應。露露到了連詔的懷裡，而卓煜被連然輕輕一拉，困在自己的懷中。

「Lance和Eric兄弟的感情一直這麼好，連玩具都能共用，真讓人羨慕。」

連然臉上帶著笑意，手卻鑽進卓煜腿間，開始找他想找的部位，「是弟弟對我包容。」

卓煜按住了連然的手。連然抬眼看他，另一隻手把卓煜的臀包住，往自己的性器上挪，並讓卓煜坐到自己的性器上。卓煜耳根一熱，感覺到連然的性器在自己臀下慢慢變硬。

「關於卓先生在法國這邊的財產問題，既然現在由連然先生經手，打算把產業賣給Mark家，那當然很合適。」

卓煜睜大了眼，沒想到連然今天是在打他家遺產的主意。卓煜剛要開口，後腦杓卻被連然按住，壓向自己，密密實實地堵住了嘴。

卓煜出門時披了一件連然的外套，在他身上有點大。在外套的遮掩下，連然的手指靈巧地拉開卓煜的褲子，撩撥著卓煜的性器。

在眾人面前被調戲的羞恥感令卓煜羞恥到爆炸，可是其他人似乎都習以為常。

圓桌很大，連詔就算是離連然最近的人，也隔著一段距離。連然將卓煜整個人攏到懷裡，而強硬的卓煜被親過之後變得很安靜，整張臉都埋進了連然的頸間，看不清楚他的表情。

而在視線被遮擋住的另一邊，連然的手指正握著卓煜的性器，有一下沒一下地揉捏卓煜的囊袋和性器根部，臉上還笑著跟別人談卓家的生意。

他在卓煜耳邊說話，讓他乖一點：「我愛你，小煜，所以乖一點好嗎？」

「我不會害你的。」

「別看別人。」

卓煜的手心裡抓著連然束起的長髮，輕輕往下拉，無聲抗議連然動不動就拿性愛來逼他妥協的行為。但他沒有反抗，性器在連然的手心裡變得硬熱，卻又不能當著這些人的面射出來。

「哥哥，」連詔卻突然開口，「你這樣安排卓先生的遺產，他兒子沒有意見嗎？」

「喔，」連然笑了，「請諸位放心，卓先生的遺囑寫得很清楚，我擁有所有的遺產，也能隨意處理它們。」連然坐直了一些，趁著身體的動作，讓卓煜的身體在自己的性器上磨了一下，跟卓煜耳語：「包括你。」

「你他媽……」

連然對卓煜漫長的撩撥一直持續到會議結束。連詔被露露拉著離開，等所有人都走後，連然直接把卓煜按在圓桌上，隔著褲子用性器頂了頂卓煜的大腿根部。

「他碰了你哪裡？」連然問，手指狠狠擦過卓煜的手臂，「小煜，你怎麼會跟他在一起？」

連然看上去心情不算好，卓煜在這半個月內隱約摸清了連然在不同情緒時會是什麼樣子，例如他心情不好時會像現在這樣，眼裡沒有任何情緒，力氣也不分輕重，在他皮膚上留下紅印。

大家都走了，卓煜也沒了顧忌，夾著腿大罵：「你應該去問問你的好弟弟！你們連家的傳統技能就是當土匪、不講道理，跟他媽的畜生一樣！好像別人家是自己的地盤，想來就來、想搶就搶，好玩嗎！」

連然實在不想聽卓煜說狠話，手指直插進卓煜嘴裡，往喉嚨裡伸。卓煜被嗆得滿臉通紅，生理性的淚水溢滿眼眶，眼角變得通紅，只能猛力推開連然，轉向一旁乾嘔。

乾嘔完時，卓煜還罵得不夠盡興，退後一些坐在圓桌上，紅著眼罵道：「你現在壓著我是不是還很自豪？人對你來說算什麼？玩具？性欲機器？把人耍得團團轉開心嗎！」

卓煜感覺眼前一晃，來不及反應就被連然扼住脖子，往桌上重重一按。後腦杓撞到桌面，發出沉悶的一聲「咚」，卓煜再也無法忍受，發狠似的抓他、撓他、踹他，直到兩人都衣冠不整，呼吸急促。

連然的臉被卓煜撓出了幾道血印，連然用一手桎梏住卓煜的雙手，把他平攤、壓在桌上，看著他。

「卓煜，」連然第一次連名帶姓地叫他，「半個月後，我可以消失在你的世界裡，但是現在，你必須聽我的話，否則我會把你關起來，禸到你再也動不了為止。」

卓煜被莫大的委屈包裹著，瞪著連然。

連然放開他，卓煜就失去力氣，順著桌沿滑到地毯上。連然長而直的腿就在他面前，變得不溫柔的連然讓卓煜覺得陌生，陌生到比第一次被連然強上的時候還要委屈。

漫長的沉默過去，連然沒有像平常一樣哄他。

卓煜想伸手去拉連然的褲管時，連然退後一步，躲開了。

卓煜的手在半空中尷尬地頓了幾秒，才突然反應過來自己在做什麼，立刻把手收回去，下意識摸了摸眼睛，然後單手撐著地面，想要站起來。

或許是他這副模樣太可憐，連然終於伸手拉了一把他的手臂，把他拉到自己懷裡。卓煜想要掙脫，身體卻不聽使喚，讓連然順利將自己圈住。

連然低嘆一聲，語氣又恢復成平常的樣子：「對不起，小煜，讓你難過了。」

「別自作多情了，我難過什麼？」

連然無聲地笑了，「嗯，有什麼會讓我們小煜覺得難過的呢？」連然說完就低頭親他。卓煜的頭微微低著，連然用鼻尖蹭著卓煜的臉頰，把他的臉往上抬，卓煜就彆扭地閃躲。

連然慢慢將卓煜往後推，讓卓煜半坐在圓桌上，親上他的唇角，「如果有人讓小煜難過，讓他去死都不為過。」

卓煜：「……你發什麼神經。」

「小煜，」連然短促地親吻他，和他說，「小煜，我愛你。」

連然撬開卓煜的嘴唇，挑著他的舌頭和自己的纏在一起。卓煜睜著眼看向連然，連然的睫毛很長，眼睛自然地閉上，好像在跟喜歡的人接吻，全副身心都投入其中。他的手放在卓煜的背後，慢慢撫摸，讓卓煜覺得自己好像他養的一隻貓，或是別的寵物。

可是他不可能做連然的寵物。連然說我愛你的時候沒什麼溫度，也不包含什麼感情，但是對卓煜來說，這三個字只能對喜歡的人說。

連然的親吻漸深，卓煜被他放倒在圓桌冰冷的玉石桌面上。卓煜的衣服被連然往上拉，衣襬被扯到卓煜嘴邊，「咬著。」

卓煜咬住了。

連然跟卓煜對視了一眼，眼神裡帶著很濃的眷戀，卓煜被這樣的眼神燙到，身體輕輕地顫抖了一下，有種衝動想要把自己心裡所想的話都說出來。

但是他最後忍住了，什麼都沒有說。

後來，卓煜總是在後悔自己當初因為自尊而沒有問出口——連然到底有沒有愛過誰？母親或者父親，還是自己？

他在找不到連然的那幾年裡，多次想到連然可能真的喜歡自己，就後悔得快發瘋。

連然的嘴唇碰到卓煜的胸口，親了一口他心臟的位置，然後用臉貼著，感受它。

過了片刻，連然含住了卓煜的乳粒，舔吸吮咬，酥麻的感覺從胸口傳到大腦。卓煜抬頭看著天花板那盞花紋設計繁複的中央大燈，覺得自己像正躺在祭臺上，下一秒就要被獻祭的祭品。

圓桌很大，卓煜的一隻腿被連然抬起來，放到腰上。

連然的西裝總是一絲不苟，可是從前卓煜很少看到他穿正裝的樣子，他總是像見不得光的情人一樣，安安靜靜地待在家裡，穿著寬鬆的家居服或者襯衫，腰帶總是綁不緊。

卓煜不會迎合男人，他從前覺得自己不可能會跟男人上床，但是這半個月來，他對連然的抗拒變小了，他認為這是自己知道無法反抗後的妥協，而不是因為其他原因。

因為連然不知節制的發情，卓煜的身體早就適應了連然的入侵。但在連然將卓煜的褲子解開時，身後的電梯鈴聲響起，連然順手將自己剛剛脫下的西裝外套扯過來，把卓煜抱起，蓋住。

電梯門打開後，連詔只能看到被遮得嚴嚴實實的卓煜。

「有事?」連然的聲音帶著一些冷意。

連詔沒走過來，就站在電梯口。他盯著連然臂彎裡的那團「東西」，緩緩道：「我在樓下等了哥哥一會，看你沒下來，以為是遇到了什麼麻煩，就回來看看。」

連然的手在外套的遮擋下幫卓煜重新整理好衣服，一眼都沒看向連詔，「連家都不會回去了？還要等我？」

連詔笑了，「哥，他是卓煜。」

連然的手在卓煜背上摸了一下。

連詔繼續說：「他是你丈夫、卓先生的親生兒子，周老師的小孩，於情於理，你都不應該招惹他。」

連然沒理連詔，在卓煜耳邊耳語：「進了電梯後按地下一樓，會有人帶你回到車上，在車裡等我，乖。」

然後連然把卓煜拉下來，拉緊卓煜披著的外套，摟著他、將他親自送進電梯。看著電梯門闔上，他才轉身對上連詔的眼睛。

那裡面隱約寫著嫉妒，連然一直都能看到。

「連詔，你管太多了。我跟誰在一起是我自己的事情，跟你沒有關係。」

連然在十四歲的時候，被父親從外地找回來，那時候連詔七歲，每天跟在他身後。隨著時間日漸增長的，還有連詔對連然的感情，可是連然絕不會多看連詔一眼。

「跟我沒有關係嗎？你的所有都跟我有關係。哥哥，你喜歡漂亮的孩子，所以我為你建立了那間俱樂部，從小到大，只要是你有多看一眼的東西，我都捧到你面前來了！周老師是我找來的，卓先生也是我介紹的，你也是我的！為什麼跟我沒關係！」

連詔只有在連然面前才會變得像個小孩，他像小時候連然捉弄他時一樣質問連然。事實上，這種質問也發生過很多次，例如連然和周年和約會時、連然宣布嫁到卓家時，以及此刻。

連詔不要他的哥哥只看著他一人，只要他哥哥也不看著別人就好，可是連然看了任何人，就是沒看向連詔。

「你做過的事情，」連然早就對他這個弟弟失望透頂，「做得很乾淨，我看在你是我弟弟的分上沒有計較過，我希望你好自為之。年和她對你好，而這是她唯一的小孩。」

連詔像聽到了什麼笑話，露出可笑的表情：「哥哥，我無所謂，我只在意你。」

連詔突然快步走上來，趁連然還沒反應過來，一把抱住了他，抱得緊緊的。連然襯衫底下緊實的肌肉、肩胛和胸部，連詔已經很久沒有靠連然這麼近了，他突然覺得好委屈，「哥哥好久沒有這樣抱過我了。」

下一秒，連詔的身上被施加了巨大的拉力——連然毫不留情地把他推開，像是被什麼髒東西碰到了一樣，轉身就走。連詔覺得自己如果現在追上去，會被連然在電梯口踹開，他再不要臉也要在連然面前保持尊嚴，所以他沒有動，只是看著連然離開。

連然快步走出電梯，找到停在停車場的那輛車。從外面看不到裡面的情形，只能看到漆黑冰冷的車窗，連然用力打開車門時，卓煜被嚇了一跳，抬頭看著他：「連——」

接著被連然的神色嚇到了。

車門被驟然關上，「開車。」他對在駕駛座上等著的司機說道。

車子駛出停車場，連然讓司機將擋板升起來，然後粗暴地拉過卓煜，讓卓煜坐到自己腿上，堵住了他的嘴唇。力道凶悍，卓煜的呼吸被掠奪，連然親得又急又凶，擠壓著他胸腔裡的氧氣。卓煜的手抵在連然胸前，抓住所有機會呼吸。

但連然的情緒不太對勁，他抓著卓煜的頭髮，力道不分輕重，直到卓煜實在呼吸不過來才猛地掙扎起來，兩人的唇齒間拉出細長銀絲，「連、連然！你發什麼神經！」

卓煜被欺負得滿臉通紅，耳朵都紅到要滴出血了。連然的眼神變了變，單手解開了卓煜的褲子，把他的褲子粗暴地撕開。卓煜被弄得撐起身子，頭都快要撞到車頂了，連然也不放過他，急切而失控，讓卓煜只能喊：「我自己來！你別動了！」

連然仰頭親著卓煜的下巴，「快點，小煜，快點……」

卓煜脫下褲子的同時，連然的手就握上了他的性器，重重地幫他。卓煜的腰一下子軟了下去，撐著連然的肩膀才勉力坐穩。

連然一手解開自己的褲子，放出性器，抬起卓煜後將身體對準，就直直地把他放了下去。性器一捅到底！

「唔！」

卓煜忍不住發出驚喘，後穴本能地緊縮，連然也喘了一聲，用力捏著卓煜屁股上的軟肉，把他往上托再放開，再次進到最深處。

「哈……啊，連、連然，太深了，不行……」

連然紅著眼，哪能管他。卓煜的頭都撞到車頂好幾次了，整個人沒有支撐點，只能攀著連然的手臂上下起伏，下身一片泥濘。

連然的進出從一開始的緊澀到滑潤不過幾分鐘，卓煜好不容易適應了連然的入侵，車子卻突然駛進一條顛簸的路面。連然就著車身的顛簸，發狠地肏弄著卓煜。

卓煜的腰彎折著，頭髮在空氣裡虛浮晃動，下身和連然的性器緊緊相連，每次肉體的撞擊聲都格外清晰。

啪、啪！卓煜聽得臉紅心跳。一板之隔就是司機，他不敢出聲，又受不了連然的頻率，只能咬著自己的手臂強忍，咬出一個又一個齒痕。

那間會館離連然的公寓不過半小時車程，那半小時裡，卓煜射了兩次，連然卻依舊沒有要射的意思。窗外的景色變換，卓煜的臉嵌在不同的風景裡都一樣生動，讓連然硬得不行。

公寓大門前有減速帶，車輛前輪滾過門禁處的減速帶，顛了一下，讓卓煜嚇了一跳，連然卻就著那陣滾動往上猛頂一下，卓煜的眼神都因為快感而渙散了，整個人向前傾，靠在連然身上。

連然接住他，低頭看著卓煜再次翹起來的性器。

「別看、了，都是男的，有什麼好看的……」

連然好像終於找回了一點理智，動作放緩了一些。等車停下來後，他用低啞的嗓音讓司機下車，等車門關上，再次專注於未完成的事情。

卓煜被轉過身，連然的性器從甬道裡滑了出來，之後再次猛地插進去！

「啊！」

卓煜像被扔上岸的魚一樣彈了一下，不小心按到車窗按鈕，車窗降下了一些。卓煜沒有注意到，沉溺於情欲之中的連然也沒有注意到，卓煜只在迷迷糊糊間覺得自己的手好像找到了可以攀附的地方，從車窗裡伸出去。細長的手指抓在車窗玻璃上，沾著汗，骨節用力得發白。

車在晃動，時快時慢，卓煜被狹小的空間弄得很不舒服，因為姿勢的緣故，連然本就粗長的性器進到了可怕的深度。連然空出一隻手按在卓煜的小腹上，往裡面按，卓煜就悶悶地哼了一聲。

「好像能摸到輪廓。」連然呢喃，又往裡面磨。

「夠、夠了⋯」

那隻放在車窗上的手又握緊了，好幾次都因抓不住而滑開，又重新攀上，好像手的主人正受著巨大的折磨。

過了十多分鐘，車門被人打開，卓煜再次被連然用抱著小孩的姿勢抱出來，整個人都虛軟得沒有一絲力氣。連然的襯衫皺了，卓煜還揪著其中一片，擰在手心裡。

他們就像兩頭野獸，連然在進到家門的那一刻就重新進入了卓煜，卓煜被抵在牆上，連然站著肏他。後穴已經完全打開了，卓煜的腳趾繃緊，仰著頭喘出聲，高潮的後穴不斷痙攣緊縮。

連然看卓煜快承受不住了，才射了一次。

「小煜，」連然找到他的嘴唇，「你總是抗拒我，是不是覺得我很噁心？」

卓煜的意識空白了幾秒，沒聽到連然說的話。他靠在牆上喘氣，感覺到連然退出來，說了一句：「很快就結束了。」

卓煜不知道他是什麼意思，每次做完後，卓煜都難得安靜，任由連然抱著把他洗乾淨，帶他回到床上休息。

連然的手緊緊扣在他腰上，卻又不影響他呼吸。卓煜被連然從背後抱著，卻怎麼都睡不著。

他好像很在意連詔的那番話，但是他無從求證。

連然跟自己的父母……到底是什麼關係？

*

之後那幾天，連然都很忙碌，出門前會交代卓煜乖乖待在家裡。卓煜也變得沉默又消沉，心事重重的樣子，肉眼可見地消瘦下去。

未知的一切都讓他覺得茫然，原本清晰的路變得泥濘，卓煜不知道該如何踏步往前。

意外發生在一個夜晚，臨近十二點時，連然還是沒有回來。卓煜一整天都沒吃什麼東西，他想到連然現在很有可能像之前他看到的一樣，去那種地方、做那些事情，就覺得心煩，從酒櫃裡拿出一瓶洋酒，摻入果汁喝。

卓煜的酒量不錯，等他快喝完兩瓶的時候，門被人從外面打開了。

卓煜搖晃著站起身去看，進來的人卻不是連然，而是連詔。

連詔身上有一股讓卓煜很不舒服的氣息，他上前幾步，而卓煜退後，腦袋昏沉。

「在等連然嗎？」連詔問他。

卓煜不說話，連詔的香水味濃得讓他有些想吐。連詔的身高跟連然一樣，高出卓煜半顆頭，能輕而易舉地把他困在牆壁和他的胸膛之間。

卓煜直覺會發生一些他不太喜歡的事情，抓住機會就要從連詔的臂彎下鑽出去，卻被連詔一把拉住，扔回去，狠狠撞上牆壁。

連詔居高臨下地看著他，揮手給了卓煜一記耳光，卓煜被打得歪過臉。

酒精麻痺了痛覺，卓煜只覺得臉上火辣辣的，有點麻，耳朵嗡鳴。

「都是因為你！害連然出了事！他要是回不來，你也別想活著。」連詔的聲音含著怒火，卻隱忍不發。

卓煜聽到連然的名字，抬頭看向連詔。

「連然？他怎麼了？」

連詔氣笑了，「你可以從這扇落地窗跳下去，問問你死去的父親做了什麼好事。他倒是精明，知道你是他兒子，把爛攤子全扔給了連然，我的好哥哥還任勞任怨地幫你們一家處理這些破事，得罪了人。」連詔扯著卓煜的頭髮，把他拉到自己面前，「遇到你們之後，連然就沒有好過過一天。」

卓煜被連詔拉著走，半醉的腦子消化不了任何消息，只知道連然現在出事了。

他被連詔拉上車，外頭下著很大的雨，從天際如幕布般籠罩著整個城市，車開在路上，什麼都看不清，連詔卻命令司機開得飛快。

卓煜的心跳得很快、很沉，陰鬱的心情壓著他，從身體到心理都不適。

他發現自己在害怕，怕連然出事，這種恐懼超出了當時被連然鎖起來的時候。卓煜的手抓著自己的手腕，往深處摳，逼自己保持清醒。

車子最後停在郊區的一處工廠外，卓煜被拉下車，扔在雨裡，一下子全身就溼透了。

面前停著另一輛車，車門拉開，裡面坐著一個氣場強大的男人。連詔踢了卓煜的背一腳，卓煜踉蹌一下往前倒，下巴撞上車門，腦子一片空白。

疼痛後知後覺地傳來，卓煜捂住自己的下巴，摸到了滿手的血。

「這就是卓鳴淵的兒子，你要的人我帶來了，把哥哥還給我。」

男人讓人把卓煜的臉抬起來，細細檢查了一下，打了個響指。工廠大門打開，有人架著連然走了出來。

連然看上去沒受什麼傷，只是意識不清。連詔立刻上前扶住連然，看都沒看卓煜一眼，就直接把連然扶上車。

雨聲很大，連車門關上的聲音都聽不太清楚，卓煜的後頸被人劈了一下，徹底沒了意識。

*

卓煜是被冷水澆醒的，全身都痛。他躺在冰冷的地面上，溼髮緊貼著臉，喉嚨很辣，吞嚥一下就是割裂般的疼痛。

「他醒了。」

卓煜撐著自己的身體坐起來，把頭髮撩到腦後，才看清眼前的場面。

男人臉上有一道疤，看上去凶神惡煞，正抽著雪茄。如鷹一樣的眼睛藏在煙霧後面，讓人不寒而慄。

卓煜在一間廢棄的倉庫裡，身後是幾個拿著槍的打手。

「卓煜，」男人叫他的名字，「聽說你一直被保護得很好，本來應該能好好生活的，可惜你是卓鳴淵的孩子。」男人站起來，走到卓煜面前，仔細看了看他的臉，「我在想該怎麼處理你才好。要怎麼處理你，才能緩解我的心頭之恨。」

男人說中文的時候很緩慢，不太熟練，但說出來的話很有氣勢，帶著深深的冷意。卓煜的身體發涼，在男人看著他詢問什麼的時候都不說話，因為他知道自己開口的話，聲音必定會是顫抖的。

連然當著他的面被帶走了，而他現在面對的是一個不知來歷的男人，彷彿會殺了他。

「你應該不知道長輩的事情，那在你死之前，讓你懂也沒關係。」男人拖著椅子，發出難聽的摩擦聲，坐到卓煜面前，「就當作是睡前故事好了。」

卓煜微弱地呼吸。

男人想了想，說：「很多年前，我兒子喜歡上了一個國外的有夫之婦，在酒吧外面對她一見鍾情。我知道後去調查了一下，知道那個女人叫周年和，在一所大學教書，已婚。但是，如果我兒子想要的話，結了婚也沒關係，所以我拿了一些東西做為交換條件，跟她的丈夫做了交易。」

男人把煙吐到卓煜臉上，看著卓煜發白的臉色，像看到小動物懼怕的模樣，看戲般地皺了皺眉。

「但是你父親拿了我的東西，卻食言了，他報了警。但是有什麼用？他太天真了，我想要先得到人，再慢慢處理你父親，但我等到的卻是我兒子的死訊。他被人一刀捅進心臟，當場死亡，捅死他的人是周年和的學生，Lance。

我找了 Lance 很多年，他卻消失在法國。因為他家庭特殊，把他的資訊封鎖起來了，直到半個月前，我才知道他躲到了另一個國家，還跟周年和的丈夫結了婚。他這段時間一直在這邊做著很大的生意，試圖引起我的注意。我注意到他了，可是我的目標並不是他。」

男人把菸按在卓煜的手背上，卓煜被燙得身體一彈，男人用鞋底踩著他的手，聲音還是慢吞吞的，「Lance 替你父親揹了鍋。他以為我不知道，可惜你父親死了，我殺一個 Lance 也沒有什麼感覺，只有把他心愛的孩子也殺了，才能洩恨。」

男人用鞋底碾著卓煜的手背，「他要是還活著，我也不會殺他，就讓他親眼看著你去死，可惜他躲得太好了。殺了 Lance，我會被他家纏上，而殺了你，就像捏斷一根草一樣隨便。他還想把你藏起來，自己代替你，我真的很佩服他的忠心，可惜他算錯了一步。」

槍口抵上卓煜的後腦杓，男人退開身子，悠閒地在倉庫裡踱步。

卓煜突然說：「我能提最後一個要求嗎？」

男人擺擺手，「說說看。」

卓煜說：「我想跟我母親埋在一起。」

男人笑了一聲，露出遺憾的表情，「不可能，你的屍體會出現在別人找不到的地方，怎麼可能會回到你的國家去？」

卓煜覺得自己現在很可笑，說不上怨恨或者不甘，只覺得無力。

他推算著抵著自己後腦杓的槍管，覺得就這樣死掉好像也不會有什麼痛苦。他不知道世界上所有的臨死之人是不是都像他一樣大腦空白，還是因為他喝醉了。

有人從倉庫外走進來，將電話遞給男人，男人在卓煜面前接起。另一頭似乎是他在意的人，說話的語氣很平和，那人說了什麼，男人就把眼神挪到卓煜身上，似乎在思考。

掛斷電話後，男人示意打手，將抵著卓煜後腦杓的槍管移開。

「把他送到 Paradise 去。」

卓煜被架起來，蒙上了眼睛。

男人在跟別人說話，用的不再是中文，也聽不大清楚，只聽到他大約在說：「……說得對，死有點便宜他了」、「讓他好好享受」、「生不如死」。不知怎麼的，卓煜突然想到了先前連然帶他去的那種地方。

事實上，卓煜每一次的直覺都很準確。他被帶到一個燈光昏暗的會館，帶他來的人說「這是 Fred 交代的人」，然後就把卓煜交給了別人。走了大約五分鐘，卓煜被推進一池水裡，有人把他的衣服脫下，卓煜感覺到應該是女生的手，但是他什麼都看不到。

卓煜趁他們幫自己脫衣服的時候蹭開眼罩。眼罩滑落的瞬間，他看清楚了自己身在一間封閉的浴室裡，但是幫他洗澡的人並不是什麼女孩，而是男孩。男孩長得很漂亮，眼裡沒什麼光，像個木偶一樣，他把溼透的衣服放到浴池邊，又湊過去摸上卓煜的下巴。

卓煜「嘶」了一聲，往後退。

「你受傷了。」男孩的聲音很空洞平淡，「被賣過來的嗎？」

他好像會開口說話的玩偶，讓卓煜有點害怕。

「這裡的大多數人都是被送過來的。剛來的時候會哭得很凶，久了就習慣了。」男孩把卓煜壓在池子旁，冰冷的手按在卓煜胸前，「你會被很多客人喜歡的。」

卓煜抓住男孩的手，把他拉開，「這是哪裡？」

「『天堂』。」

男孩看卓煜一臉不解的樣子，一邊拿起沐浴乳，揉搓出泡沫，一邊說，「這裡不講兩情相悅，只是客人單方面地施虐。他們有錢，性癖奇怪，有的喜歡玩你的尿道，有的喜歡把你當作肉便器，誰給的錢多，你就屬於誰。」他幫卓煜抹上泡沫，看著卓煜黑亮的眼睛，「他們會喜歡你這樣的孩子，我已經哭不出來了，但你會哭，他們會很興奮。」

「靠。」卓煜再次退開了，「神經病。」

他背對著男孩把身上的泡沫清洗乾淨，男孩低頭看到了卓煜從腰部到臀部的紋身。

卓煜感覺到自己被人摸了把屁股，全身雞皮疙瘩都起來了，他轉身按住男孩的肩膀把他推開，「摸什麼啊！」

「漂亮的……蓮花。」男孩湊近問，「你是連先生的人嗎？」

卓煜不想再跟連然扯上什麼關係，裝傻道，「什麼連先生？」

「我隔著很多人看過他，他很漂亮，會在宣紙上畫畫，畫的就是這種蓮花。」男孩看著卓煜，

「他不要你了嗎？」

卓煜突然說不出話來。

浴室的門突然被人打開，男孩還在說話，卓煜一邊被拉去穿衣服，一邊聽到男孩用空洞的聲音說：「他不喜歡你，連你被拍賣、當作性奴都不在意了。你知道嗎？野貓不是最可憐的，最可憐的是被愛過，最後卻被主人拋棄的家貓。」

「他媽的你是什麼品種的狗？」卓煜怎麼掙扎都沒辦法掙脫桎梏，「你他媽是不是以為全世界都跟你一樣，被人摸慣了啊？輪得到你可憐我？」

卓煜被捂住嘴，往門口拖。他赤腳在地上走，他們只給他穿了一件長睡裙，裡面什麼都沒穿。外面有個像鳥籠一樣的籠子，卓煜被推進去，四肢都被人用鐐銬銬住，外面站著一個穿西裝的男人。

剛剛幫卓煜洗澡的男孩走出來跟男人說卓煜太吵，有攻擊性，男人就讓他們對卓煜用了藥。

卓煜的臉被裝上防咬器，男孩蹲在籠子旁問：「現在誰更像寵物？」

卓煜的下巴被緊緊鎖著，不能說話，傷口被金屬器具壓著，疼痛感十分清晰。

卓煜的左邊耳垂被打了一個耳洞，有人幫他戴上數字耳釘，像在檢視產品一樣說：「編號十四，可以推出去了。」

卓煜閉上眼，感覺到自己被推著走，臉頰貼著籠底，沒有力氣。

這種藥比連然之前對他用的還猛，他的腦袋昏沉，身體卻在發燙，全身都很敏感。

布幕外是拍賣所，底下坐著很多人，男女都有。卓煜聽到他們在討論自己，說他很特別，因為是外國男孩，有很標準的東方面孔，還有黑色的漂亮眼睛。

他被現場驗貨，有人拿著卷尺量他的胸、腰、臀和性器。那藥效太強，卓煜都不知道自己的性器什麼時候勃起了。他們報了數字，底下的人興奮地發出歡呼聲，拍賣師說：「十四號的身體還沒被完全開發，還有更多潛力等著客戶們發掘，但是今晚他只賣給一個人，明晚兩個，後晚三個，依此類推，價高者得。」

他宣布，卓煜一夜的底價是十萬，很快就有人把價錢抬到了五十萬。

有無數雙眼睛盯著他看。卓煜反胃、想吐，但聽到某個數字的時候，底下突然安靜了，拍賣師將拍賣槌敲在桌上，大喊「成交」，卓煜就被推了下去。他被換上另一身衣服，有繁複重疊的花紋和荷葉衣領、吊帶褲、小皮靴，然後他跟蹌著，被人帶到一個房間裡，扔到床上，雙手反綁。

防咬器仍舊沒摘下，眼睛也被蒙著。然後過了一會，卓煜聞到菸味，門被關上了。

眼罩被揭開，面前是一個有點壯的男人，他問：「卓煜？」

卓煜懶得理他，自己閉上了眼睛。因為他一睜開眼，就看到房間裡擺滿了「那些玩具」，他一想到自己會受到什麼對待，就恨不得去死。

男人卻沒有動手，只是坐在床邊跟他說話，「是不是不聽話，被下藥了？」

卓煜被藥效刺激得很難受，底下的性器在褲子裡委屈地悶著，他卻死死忍著不出聲，臉漲得通紅，汗也從額角往下滴。

又過了十分鐘，門口響了一聲，男人站起來去迎接。卓煜靠在床頭，半瞇著眼低頭喘氣。

有人走進來，他看到眼前出現一雙黑色皮鞋，往上看是筆直的小腿，一步一步，從容不迫地走到床邊，帶來熟悉的木質香味。

連然伸手摸了摸卓煜的臉，男人識趣地走到了外間，關上內間的門。

防咬器被摘下，連然輕輕抬起卓煜的下巴，把他抱到自己懷裡。

卓煜有些意外，還有很多複雜的感情：「連然？」

連然應了一聲，把卓煜抱起來，跟他一起坐在床上，開始檢查卓煜的傷口。

卓煜的下巴被勒出了幾道紅痕，連然幫他上好藥之後抬眼看著卓煜的眼睛，跟他說對不起。

卓煜別開臉不看他，「別在這裡假惺惺了，這都拜你所賜。」

卓煜的性器隔著褲子硬硬地抵著連然，連然虛抱著他，「小煜要怎樣才會原諒我？」又問卓煜：「我能親你嗎？」

卓煜沒說話。

連然吻了上去，他的嘴唇還是很冰，如果卓煜仔細觀察，還會發現連然握著他腰肢的手在細微地顫抖，但是在連然親上來的時候，卓煜什麼都感覺不到了。

連然的親吻一直都很溫柔，就算做愛的時候下身凶悍，嘴上也親得很克制。而卓煜不怕別人對他不好，卻是個吃軟不吃硬的人，連然每次對他溫柔，他都會築起更堅固的防線，才能跟他勢均力敵。

但是在這種時候，被連然這樣親著的時候，卓煜很難過，他甚至覺得有些委屈。

他的身體除去被藥物刺激出來的感覺之外，又泛起熟悉的本能熱度，他想要連然親得更深一點，但是連然退開了。連然出聲讓門外的那個男人進來，男人帶來一管藥劑，而連然把卓煜的頭按在自己胸前，把藥劑打進卓煜的身體裡。

過了一會，燥熱消退下去，連然問卓煜能不能自己走路，他要帶卓煜離開這裡。

他把買下卓煜的那個男人打暈，估計醒來後，男人會來會館鬧一次，但連然想要帶走卓煜是輕而易舉。他們走到後門的時候，卓煜看到了幫自己洗澡的男孩，他靜靜站在角落看著這一切。卓煜皺著眉，靠近連然一點，之後被連然摟住肩膀帶上了車。

直到車開走，男孩都一直站在那裡看著他們。

連然換了住址，他跟卓煜解釋他還換了門鎖，有派人盯著，防止卓煜出事。

他防著所有人，唯獨沒有防著連詔。

連然握著卓煜的手，按在自己臉上，親他的手心。親著親著，卓煜就被拉到了連然腿上去，卓煜這才注意到連然眼裡的血絲。

「小煜，你若是有什麼事情，可以問我。」連然親著他下巴受傷的地方。卓煜摸起來很瘦，任何見不到光的綠植都會枯萎，卓煜也是，「你這樣不說話，我很擔心。」

卓煜很多次都能問連然關於他父母、關於這一切，以及他想做什麼，但是卓煜從來不問。

「為什麼要問？」卓煜低著頭，很抑鬱的樣子，「答案一點價值都沒有。你弟弟為難我，你就能為了我把他怎麼了？父母做的事情、你做過的事情、你的想法，我問了就能改變嗎？很多餘，你只是想做得更心安理得，所以我問多少遍都沒有用。

等你哪天要放我走時，我就走。我們本來就是沒什麼關係的兩個人，難道我跟你上了幾次床，就是你的誰了嗎？我們就有什麼關係了？你隨時都能不管我，我對你也沒什麼期待，所以沒什麼想問的。」卓煜乖乖地被連然抱著，說的話卻冷冰冰的，「我讓你放過我的時候，你不答應；問你為什麼這樣對我的時候，你不回答。我跟你的關係，不就是只在床上嗎？」

連然沒說話，卓煜說完了也不看他，連然就保持著抱著卓煜的姿勢，直到回到新家。

門一關上，連然就沒再理他，逕自回到房間。卓煜拖著痠麻的身子洗了澡，自己找到止痛藥吃下肚。連然的房門緊閉，卓煜覺得這應該是要分房睡的意思，所以去了另一間沒有鋪床的房間，睡在床墊上。沒有被子，他就蓋著連然脫下來給他的外套，確認自己是安全的之後，才放心地閉上眼睛。

可是卓煜剛睡著沒多久，就被連然抱回房間，放在沒有味道的新床上。連然似乎又要出門，卓煜拉住他的衣服，裝作是無意識的動作。

其實他很害怕連然走，每次連然一走，他都會出一點事情。

幾秒後，卓煜自然放開了連然的衣角。連然抓住卓煜的手，放到自己腰上，低下身親了一下卓煜的額頭。卓煜的手碰到堅硬冰冷的東西，而連然在卓煜耳邊說「晚安」，安慰他說誰都不會再來打擾他了。

卓煜猛地睜開眼，手準確地抓住了那個冷硬的東西，迅速坐起來，另一手抓住連然的衣領。他把槍從連然的腰間抽出來，連然劈手要奪時，卓煜已經用槍管指著他了。

連然一頓，看著卓煜，慢慢舉著手退後。

「你要去哪裡?殺人嗎?」卓煜見過他的外國朋友們玩槍，熟練地上膛。槍發出「喀嗟」聲，卓煜命令連然，「哪裡都不許去，睡在這裡。」

連然思考了一下，說了聲「好」，把剛剛穿上的衣服脫下來，迎著指著他的槍管上前。槍橫在他跟卓煜中間，他仍湊過去吻卓煜。

「小煜需要我，我就一直陪在你身邊。」連然說著，把卓煜壓到床上。

卓煜的內褲被拉下來時，連然突然說：「這裡沒有潤滑劑。」

卓煜的手握著槍，環著連然的脖頸，而槍口對著連然的側臉，「那就不做。」

連然笑了：「怎麼可能呢？不做？」他坐直，把大燈關掉，只留下一盞昏暗的夜燈。皮帶解開，金屬碰撞的聲音很清晰，卓煜看著連然脫下衣褲，第一次那麼清楚地看到連然的身體。

連然的性器早就準備好了，他跪在卓煜的腿間，看著卓煜，手握上自己的性器。燈光讓面前的一切都變得很神祕，也很曖昧。卓煜想要移開眼睛，但身體不受控制，他看著連然望著自己自慰，那精壯的腰隨著手上的動作往前聳動，明明沒有碰到卓煜的身體，卓煜卻全身發熱。

這樣的連然……太性感了，沒有人能拒絕他。

「我很久之前也想著小煜自慰過，但那時候的小煜是在腦子裡，現在是在面前。」連然的眼睛緊盯著卓煜，手上加快了些，手指擦過自己的龜頭，然後放開，把液體擦在卓煜的小腹上，又握著自己的性器套弄。

被連然摸過的地方開始發燙，卓煜扔掉槍要坐起來時，被連然抓著腿翻過去。性器插進卓煜的腿間，戳著他的大腿根部，「跑什麼？真的以為你跑得掉嗎？」

「你要做就做，別玩這些有的沒的……」

連然的聲音帶著笑意，「我在幫小煜製造『潤滑劑』啊。」

他撞進卓煜的腿間，撞著他的臀部。

卓煜低著頭看到連然粗長的性器在他腿間進出，形狀漂亮，卓煜顫巍巍的性器也跟著翹起來。

連然抽插了一會，就重新把卓煜翻回來，用性器在卓煜臉上描摹。

連然的性器又硬又燙，在卓煜的臉頰上輕輕摩擦，居高臨下地看著他，抖動著像是要釋放，又好像離釋放還很遠。

「小煜，能不能幫幫我？」連然問，把性器移到卓煜的唇上，按著他柔軟的嘴唇，想要進去。

卓煜瞪著連然，卻沒有拒絕他。連然很輕鬆就插了進去，找到卓煜的舌頭，饒有興趣地用性器跟他的舌頭玩耍。

卓煜受不了連然的調戲，吸了一下，連然則抽了口氣，猛地往裡面送，頂到卓煜的喉頭。

卓煜「唔」了一聲，距離全部含入還有一段，卓煜想含進去，連然卻就著這樣的姿勢抽插起來，自食其力地找到卓煜的上顎，不停摩擦。

連然在射精前抽出性器，彎腰湊近卓煜，在底下用手擼動幾下，射了出來。

幾乎沒有停頓，射出來的精液被用來潤滑，卓煜敏感的身體被打開。當連然加到第三根手指的時候，卓煜感覺柔軟的指腹離開了體內，換成一個冷硬的物體。

「靠！連然！別拿那個東西弄我！」

可惜連然在床上從來不聽卓煜的，他又把槍管往裡面推了一點，看嬌嫩的後穴咬著槍管，「小煜不是很喜歡嗎？」

「太硬……冷！連然！拔出去！」

連然卻說：「一會就熱了。」

連然真的用槍管上了卓煜一次，直到卓煜眼神渙散才抽出來，他低頭親在卓煜的眼睛上，「給不聽話的小貓咪一點教訓，以後不許拿槍來玩。」

「你這個……變態……」

連然的頂端找到卓煜閉闔不上的後穴，慢慢頂了進去。卓煜發出像貓咪一樣的哼聲，眼睛都瞇了起來。

「還是我上你舒服，對不對？」連然將整根拔出再插進去，抱著卓煜換了個姿勢，讓卓煜坐在自己身上，並按著卓煜的手，就這樣用腰腹的力量頂著他，讓卓煜整個人往後仰，射出來時都滴在了連然的小腹上。

連然滿意地笑著，下身的動作越發凶悍。卓煜的乳頭已經變硬，所有生理反應都是因連然而起。

連然好像頂到了他的胃，卓煜記得自己受不了時叫了連然的名字，而連然說：「不要叫得這麼好聽。」然後把卓煜抱起來，按在牆上做。

連然最後把卓煜的上下兩張嘴都餵了一遍。連然抵著他的喉嚨射進去，讓卓煜都吞下去。

卓煜說自己從沒吞過的時候，連然按著他嫣紅的嘴唇細吻，說：「不是第一次喔。」然後在卓煜反駁前咬住他的乳粒，讓卓煜的聲音消失。

*

連然在卓煜睡醒前出門一趟，回來的時候，卓煜還沒睡醒。明明只是離開連然不到一天，卓煜卻好像疲憊至極，彷彿經歷了什麼讓他很難受的事情。

被子下的身體不著寸縷，連然捏著被角，一點一點地把被子掀開。房間溫度適宜，卓煜感覺到身上的壓力消失，也只是輕輕動了動，抓住連然的手臂之後持續沉睡。

連然任由卓煜拉著自己，單手摸著卓煜的身體，上面布滿了青紫的痕跡。

連然知道卓煜被打過，但按照卓煜的性格，應該不會喊疼也不會叫屈，但這樣就更惹人憐愛了。連然不戳破他，是為了保護卓煜的自尊心，畢竟他很清楚他的小少爺有多愛面子，被人打的事情怎麼能讓別人知道呢。

手機擺在床頭，連然就把那些傷都拍了下來。

半夢半醒間，卓煜覺得有人一直在自己身上抹著清涼的液體，味道很重，卓煜不太高興地揮開在自己身上作亂的手，然後聽見連然的聲音：「是我，寶貝，乖一點。」

卓煜緊繃的背便舒展開來。

連然也察覺到卓煜的變化，怔了一瞬。

好乖。

連然從前養過一隻猛犬，那隻狗在第一次見面的時候，對連然狂吠不止，在馴服的過程中被抓傷都是很正常的事。最後那隻狗被連然馴服，連然摸上牠的背時，牠都會拱起一點點，讓背貼著連然的手心。

連然認為馴服的過程很美妙，無論對方是動物還是人。

他並不是會在卓煜身上壓抑欲望的人，所以他把卓煜壓在床上，再做了一次。卓煜在半睡半醒間被火熱的身體覆蓋，細細密密地喘息。連然扣著他的手背，汗溼的身體貼著他，卓煜不自覺地弓起背，迷糊地睜開眼睛。

連然舔了一口他的左耳耳垂，那裡有很小的傷口，耳釘被取下來後，耳洞很快就開始癒合。

連然沒射在卓煜的身體裡，他在卓煜高潮之後抽出性器，射了出來。

卓煜不知道自己是什麼時候又睡著的，他的身體很沉重，睡了很久。連然曾中途來看過他幾次，叫著卓煜，但卓煜發不出聲音。

好像有醫生來幫他打點滴，站在床邊跟連然說話。連然的聲音很低沉，卓煜盡全力睜開眼，也只能看到連然模糊的輪廓。

卓煜是在一週後才逐漸清醒的。他醒過來的時候，正被連然抱在懷裡。

連然抱他抱得很緊，卓煜推了推他，還以為只過了一天，身體很輕，意識也很清楚。

連然慢慢睜開眼睛，卓煜清楚地看到他眼裡的血絲。

他沒睡好？卓煜在想會有什麼事能讓連然看起來那麼憔悴時，連然已經撐起身子，幫卓煜拿來放在床頭的溫水。他問卓煜要自己喝還是他餵，卓煜想伸手接過來，連然卻退開了手，把杯子湊到卓煜唇邊。

卓煜沒力氣，就著連然的手喝了一杯水後，連然問他要不要吃東西，卓煜說好，之後就被連然抱起來往房間外走，卓煜這才注意到自己露出來的手背上都是針孔。

「這是什麼？你對我做了什麼！」

卓煜驚恐的眼神似乎刺傷了連然，使連然的眼神有些暗下去。

「小煜，你病了一週，這都是打點滴的針孔，我哪會對你做什麼。」連然把他放在椅子上，「你知道我最不願意讓你受傷了。」

卓煜知道連然這副樣子十之八九是裝出來的，但他每次看到連然這樣都會有點心軟。悶悶地「喔」了一聲後，卓煜沒再說話，盯著自己的手背發呆。

昏迷了……一週？

「為什麼？」

連然停下幫卓煜夾菜的手，漫不經心地道：「什麼為什麼？」

「為什麼昏迷了一週？」

連然把餐盤放到卓煜面前，坐到他身邊，「醫生說你受到了驚嚇，加上在虛弱的時候被人用了藥效強烈的藥，身體不支。」連然的眼神裡帶著抱歉，「以後就算是連詔也沒辦法接近你了，再也沒有人能傷害你了。」

連然真的說到做到。

他沒再離開卓煜超過半天，通常是在卓煜還沒有醒來時出門辦事，卓煜醒來的時候，連然已經在家裡了。

連然在家裡辦公，卓家的資料都擺在書房裡。連然也不防備卓煜，卓煜可以隨便看那些資料，包括連然做了什麼、卓家名下還有多少資產。

卓家公司的股份分散在各個旁支手裡，除了卓鳴淵，最大的那一份在舅父那裡。舅父算是陪父親建立起公司的人，但是熟人之間的利益關係更複雜，卓煜知道父親一直苦惱於舅父的無聲逼迫，所以當他在那堆資料裡看到舅父股份的收購合約時，格外震驚。父親這種雷厲風行的人都無法打敗舅父，而連然不過接手不到一個月而已，就讓舅父的股份歸到了自己名下。

是……自己，不是連然！那張合約上的甲方，白紙黑字地寫著卓煜。

「小煜。」

連然的聲音在身後響起，卓煜做賊心虛般立刻放開了那疊合約，轉身看著站在門口、端著營養保健品的連然。

「看完了嗎？過來吃藥了。」

卓煜心事重重地朝連然走去。連然似乎根本不在意他在看什麼，只是關心他身體是不是痊癒了。他們從卓煜醒來之後就沒再做愛，卓煜在連然餵他喝完藥、幫他擦拭嘴角時，說：「你是不是又想當我繼母了？」

連然這次一點反應都沒有。他收拾好杯子，起身要走，卓煜卻拉住了他的衣角。

「不可能，連然，你對我做了那些事情，我們不可能再若無其事地回到從前的關係。」

連然面無表情，聲音也聽不出什麼情緒，「小煜，選擇權不在你。我想怎樣對待你，現在是我說了算。你不是之前那個無憂無慮的小少爺了，我沒必要再像從前那樣對你。你最好乖一點，我不想把對付別人的手段用在你身上。」

卓煜猛地站起來拉住連然，把他手上的玻璃杯揮開。

玻璃杯在地板上摔碎，卓煜抓著連然的衣領，紅著眼眶看他。

連然的眼神厭世而冰冷，好像在看再也沒興趣的玩具。

「你他媽別把我當成你玩過的什麼兔女郎！你敢那樣對我試試！」

「怎樣對你？」連然不忙不慌地問，「不脅你、不看你、不關心你？可是你之前不就是一直想要這些嗎？」

卓煜被問倒了，身體僵了一瞬，又立刻反應過來：「你少跟我玩文字遊戲，你手裡拿著的東西是屬於我的！我會在意你跟不跟我上床？我恨不得你去死，但是死之前，把我的東西還給我！」

連然挑眉，把卓煜從自己身上拉開。

卓煜踉蹌著退後幾步，他說的狠話對連然毫無威脅，連然甚至把桌上的水果刀刀套拿掉，把刀柄放到卓煜的手心，讓他將刀尖對著自己。

「來。」

連然握著卓煜的腰，另一隻手幫他固定握著刀的手，往自己身上帶。卓煜眼睜睜看著刀尖刺向連然，大腦有一瞬間的空白，幾乎是下意識的，他把刀收了回去，將刀尖對著自己。

卓煜被猛地拉開，刀掉落在沙發下的地毯上，連聲音都沒發出來。

連然的表情變得很複雜，他彎腰撿起水果刀，「我給過你機會了，卓煜，以後不要說自己做不到的大話，每次你那樣說，在我耳裡就像笑話一樣。」

連然收拾好玻璃碎片，離開了客廳，晚上卓煜要睡覺的時候，他也沒回房間。

他們開始分房睡。卓煜整夜都沒辦法睡著，連然的書房就在他房間的對面，卓煜卻欲蓋彌彰地鎖上門。對面書房的燈光能透過門縫穿進來，卓煜睡不著的時候會盯著那束光看，看到光線消失，他就閉上眼睛，卻再也沒有聽到連然開鎖的聲音。

他覺得自己完了，得了滲透至骨子裡的斯德哥爾摩症，明明被人當成抹布用完就丟，他卻對連然產生了不該有的感情。

連然洗完澡後在電腦前又確認了一遍，確認完細節後，他將畫面切到卓煜房間。

攝影機能拍到床和正常的活動範圍，卓煜的房間熄了燈，攝影機自動調成了夜視模式。

連然看到卓煜沒有好好蓋被子，整個人蜷成一團，一隻腿還垂在床邊，穿著一隻拖鞋，捂著臉，肩膀在細微顫抖。

連然的長指擦過螢幕，在卓煜的身影上停留，好像在隔著螢幕安慰他，但是他距離那扇門只有幾步之遙，卻沒有動身。

畫面裡的卓煜放開捂著臉的手，坐起來，狠狠擦了把眼角，然後深吸一口氣，站起來往門口走。片刻後，連然聽到對面房門打開的聲音，又過了兩分鐘，他的房門被輕輕敲響。

連然盯著畫面裡空曠的房間，不為所動。

卓煜敲了很久，鍥而不捨。門沒有鎖，他卻沒有按下把手，只是想聽連然說讓他進去。

連然房間的燈一直亮著，卓煜退後一步看著門縫下的光，想著或許再等一等，連然就會打開門了，可是過了一會，門縫下的燈也熄滅了。

卓煜怔了怔，在走廊站了一會，最後貼著門縫，慢慢靠著牆角蹲了下去。

*

卓煜整夜無眠，直到早晨八點，他恍惚地走出房間時，已經能聞到外頭傳來的食物味道。

連然喜歡為他準備一些中式早餐，粥、點心或是麵，跟之前沒什麼不一樣。卓煜站在走廊上時，連然看到了他，「小煜，早，過來坐。」

卓煜站在原地看著連然，很想問昨晚連然為什麼沒有幫他開門，但是他問不出口。他知道自己很有可能被連然拋棄之後就有些灰心喪氣，所以沒有吃幾口就放下了筷子。

他想要起身，連然卻在桌下按住他的腿，慢條斯理地說：「再吃一點。」

「吃不下。」

連然問他：「怎麼樣才吃得下？」

其實連然知道，但他沒有給出卓煜想要的答案，思考了片刻後說：「我帶小煜出去走走好了。」

連然當然不會帶卓煜去顯眼的地方，他讓卓煜換了身衣服，帶他去卓家在國外的分公司。

從進門開始，大家就默認連然為新任董事長，對卓煜態度冷淡。

卓煜以為連然是在對他施加更多壓力，讓他明白現在的掌權人到底是誰，但是卓煜沒心思追

究這些，他連一絲一毫的嫉妒都沒有。

他坐在連然的辦公室裡看著他遊刃有餘地處理工作的樣子，想著自己如果能搶回財產，是不是就能把主導權握在手裡了？

那他應該也會把連然關起來。卓煜無意識地想，他甚至沒有反應到自己在想些什麼。

連然接起一通祕書打來的電話，站起來走到卓煜身邊，揉了揉他的腦袋，「我還有事要忙，如果回得來就帶你回家，如果來不及，我會派人來接小煜。」

卓煜挪開腦袋，連然的手落空後收了回去，離開了辦公室。

卓煜在連然走後的幾個小時裡，在他的辦公室裡翻了一遍。從窗邊能看到法國的主幹道，卓煜站著看了一會，拉上窗簾。

他在沙發上睡了一覺，午飯時被祕書叫醒，但卓煜一口都沒吃，只看了一眼就翻過身。

深秋的天色很快就變暗了，卓煜醒來的時候周身都是暗的，連然沒有回來。

又過了一會，辦公室的燈被人從外面打開，一個人從外頭走了進來。

這個人卓煜認識，是父親生前最信得過的律師何英先生。他看到卓煜坐在裡面的時候怔了怔，有些不敢置信地叫他：「少爺？」

卓煜倒沒有他那麼吃驚，只是反應了一下，便道：「何律。」

何英快步走過來，卓煜站起來時被何英握住肩膀，「您還好嗎？我一直想要見您，但是連先生一直不回應我，我都跟到國外了，他還是不讓我見您。」

「我沒事。」

卓煜心想，他願意讓你見到我就有鬼了。

何英還想說些什麼，卓煜卻輕咳了一聲，用眼神提示他小心隔牆有耳。

他在連然面前說什麼都無所謂，但他不想把別人拖下水。可是何英好像誤會了什麼，他看到卓煜下巴上的傷痕時倒抽了口氣，以為卓煜是被連然威脅了。

「您跟我走！」何英拉著卓煜，「卓董的遺囑絕對被動了手腳，我擔心他對您下手。」

卓煜按住激動的何英，「何律，你覺得我走得了嗎？」

「這裡是公司，是公共場所，眾目睽睽之下，他不能對您怎樣的。」何英拉著卓煜往門口走，「而且是他讓我來接您的，您要是真的繼續留在他身邊才會出事。」

卓煜愣了一下，被何英拉著往前走。

「是連然讓你帶我走的？」

「是啊，我一直想見您卻見不到，半小時前，連然傳了訊息給我，讓我來這裡，說如果您願意跟我走的話，我可以帶您回去。」

何英已經打開了辦公室的門，外頭的祕書不在，整條走廊都是空的。卓煜的腦子亂成一團，被何英拉著進了電梯。

「先到我家再說吧。」何英按下地下一樓的按鈕，「我開車來的，到那裡好好休息一會再談吧，您的臉色太差了。」

卓煜什麼都聽不進去，他根本沒有想到能這麼順利地離開，沒人攔著他。他每往外走一步都覺得下一秒連然就會出現，但是沒有，只有漫長的安靜和何英說話的聲音。

連然要是不想讓他走，他是走不掉的，除非是——連然想讓他走。

意識到這一點的卓煜猛地停下來，何英拉不動他，就試探地叫了一聲：「少爺？」

「抱歉，何律，請留給我你的連繫方式，我以後會連繫你的。」卓煜掙脫何英握著自己手臂的手，退後兩步。

電梯下行，就快要降到地下一樓的停車場。

「少爺……」

卓煜取消了地下一樓的按鈕，按下臨近的樓層。電梯很快就停在二樓，卓煜甚至沒有等何英留下連繫方式，就匆忙跨出了電梯。

二樓是活動室，電梯廳裡沒有人。卓煜轉身就往樓梯走，身後有何英的聲音，但他不在意，他覺得等他慢慢爬到連然位於十樓的辦公室，也許就會冷靜下來。

他從沒有想過連然會這樣放自己走，這不是他預料過的任何場面，但是在他確定自己真的能夠離開的一瞬間，他竟然想回去，回到連然身邊。

可是，連然明明不想要他了。

原本連繫著他們的就只有薄薄的一層關係，父親去世後，多了一層肉體。但是肉體關係又無比脆弱，像戀愛又不是，他們連精神上的連繫都沒有。

連然說得一點都沒有錯，選擇權在他，不在自己。

卓煜在樓梯間站定。這裡沒有暖氣，他的手腳冰涼，轉角處有一扇很高的窗，卓煜透過那扇窗看到了灰暗的天空。

一個月前，他什麼都擁有，一個月後，他連想待在哪裡的資格都沒有了。

身後有腳步聲，是何英追上來了，卓煜一顫，突然清醒過來。

「別傻了，少爺，我會幫您拿回卓先生為您留下的一切的。連然的漏洞很多，我們一定能勝訴的。」

卓煜的眼神有點空洞，在何英第二次嘗試把他帶走的時候，卓煜沒有再掙扎。

直到他坐上何英的車離開公司，都沒有任何人攔著他。

Chapter 4

何英把卓煜帶到他在法國的住處，是一間很普通的公寓。穿過逼仄的走道，房間裡還算清爽。何英幫卓煜泡了杯熱茶，卓煜抬頭說了句「謝謝」，然後小口抿著熱茶，很低落的樣子。

何英很擔心卓煜現在的狀態，他看著卓煜留有痕跡的下巴，語氣裡都是小心翼翼：「連然打您了？」

卓煜在恍神想著別的東西，沒有聽到，落在何英眼裡就是默認，他的表情突然變得很憤怒：「難怪他一直藏著您，不讓我見您！」

卓煜被吼了一句才回過神，迷糊地問了句：「什麼？」

「您身上還有沒有其他傷口？」

何英在卓煜心裡是等同於父母的長輩，他不知道何英在憤怒什麼，事實上，最近他的反應變得有點慢，所以何英問了，他就說有，在背上。

何英馬上就拉著卓煜要去報警，卓煜想要解釋清楚，但是何英堅持要先報警立案，「這對之後搶回財產很重要，要保留好他虐待您的證據，法律就會偏向您這邊。」

「什麼？何律，你誤會了，這不是……」

門外傳來的敲門聲打斷了兩人的對話，何英理了理衣領之後去開門，「估計又是房東，這棟樓的房東很多事，總是有事沒事就上門……」

何英的話隨著槍口頂上他額頭的動作消失。

「你們要做什麼！」卓煜站起來，站在何英身邊的那個男人露出腰間的槍，示意卓煜三思而後行。

卓煜和何英一起被帶上一輛越野車，車子啟動時，其中一個男人想要把他們的眼睛蒙住，另一個卻說沒關係。

「反正他們快死了，看到了又怎麼樣。」

卓煜有些自暴自棄地想，每次都這麼說，又不給個痛快，與其讓他過這種日子，還不如一槍把他結束掉算了。

如果他真的死了，連然……會覺得難過嗎？還是驚訝一瞬就忘了？

好像哪一個都有點沒辦法接受。

比起目眥盡裂的何英，卓煜看上去冷靜得多。他靜靜看著窗外，數著時間過去了多久、路過了多少建築。從狹窄的街道到寬闊的郊外，然後隔著防彈玻璃，他聽到了極其細微的槍聲，接著他失去重心，被甩到座椅下。

「有車在跟！」

車接連遭到射擊，卓煜被卡在座位下。跟男人們擠在一起的感覺不太好受，卓煜趁亂踹了原本坐在何英身邊的男人一腳，就被男人用麻袋一把罩住了頭。

卓煜聽到何英被堵住嘴的唔聲，接著天旋地轉，什麼聲音都有。卓煜感覺車撞到了什麼東西，停了下來，他被粗暴地拉起來，剛踩上地面，拉力就消失了。他聽到有人在咒罵，卓煜不太確定地喊了一聲「何律」，得到回應後才鬆了口氣。

「你沒事就好……」

他實在不想把無辜的人牽扯進來。

周遭都是雜亂的聲音，卓煜灰敗的心死灰復燃等著他想到的那個人把他拉起來。

有人把他拉起來，卓煜猛地拉下套在頭上的麻袋，眼裡的光在看到眼前的場景時黯淡下來。

他折回去，把摔在地上的何英拉起來，「何律，是員警，我們安全了。」

何英藉著卓煜的力氣站起來，擦了把嘴角的血漬，「您有沒有受傷？」

卓煜說沒有，然後有員警上前來請他們去警局做筆錄，說是那棟公寓的房東看見他們被人帶走，便報了警，之後看到卓煜失魂落魄的樣子，問他是不是受到了驚嚇。

「我沒事。」

綁架他的幾個人在另一輛車上，何英拍了拍卓煜的肩。在警局做筆錄的時候他跟何英分開了，他比何英先出來，一出來就看到站在走廊上的連然。

還是早晨那身西裝，外套掛在手臂上，站得筆直。

卓煜站在員警身邊，面對連然。員警有點驚訝這麼漂亮的男人怎麼會出現在這裡，又看到卓煜在跟他對視，「這位是……？」

「小煜，」連然上前幾步，叫了卓煜的名字，再對員警示意，「您好，我來接我的小孩。」

「你是他的哥哥嗎？」員警問。

連然笑了聲，不置可否。他向卓煜伸手示意他到自己身邊來，但卓煜沒有動。

「我就來接你這一次，之後由你決定要跟我走還是跟何律師走。你跟何律師走之後，我不會再來找你。」連然說的是中文，聽上去很溫和，一如大多數時候他對卓煜的態度。

卓煜頓了頓。他沒有想多久就往連然那裡走了一步，被連然抓住手腕，拉到自己身邊。

「麻煩警官了。」他又換回了法文，將拿著的外套披到卓煜身上，把他帶走了。

外頭下著小雨，連然撐了把傘，把卓煜罩住。卓煜每往外走一步，心就變得鮮活一點，連然的體溫穿過布料熨著他的身體，連然的味道在雨中很清冽，種種細節都在提醒他，連然真的在他身邊。

連然沒有說太多話，進家門的時候把卓煜身上的外套脫了下來。房間裡很黑，卓煜在外套被脫掉時抬起臉，而連然低頭，他們就自然地吻在了一起。

連然的手握著卓煜的脖頸，把他的臉往上抬，讓他全盤接納自己。而卓煜被卡在玄關處和櫃子的角落，等他反應過來時已經把連然抱得很緊了，像是害怕失去他。

卓煜的下巴抵在連然肩膀上，聲音低下去，「連然……你到底想做什麼？就不能告訴我嗎？」

連然拉開他，好像看了他一會，但卓煜記不清時間，又跟連然吻在一起。他們從門口親到客廳，然後終於回到那張床上。連然問他這次能不能粗暴一點，接著從床的四個角落拉出鐐銬，把卓煜的雙手雙腳都銬住。

連然附在卓煜耳邊說：「之後無論發生了什麼，答應我，你都要記得尊重證據，而不是真相。」

「你說什……啊！」

卓煜久未被觸碰的地方猛地被插進一隻手指，他仰著下巴，拚命把後穴的異物感壓下去。

連然說要粗暴就真的很粗暴，他草率地潤滑過後就進入卓煜，粗大的肉柱破開卓煜的身體。卓煜掙扎了兩下，鎖鍊發出聲響，但連然沒有給他喘息的機會，整根抽出後再次插入，一捅到底。

「呃……連然！」

無論卓煜怎麼哭著求他，連然都沒有心軟。他沒有抱卓煜，只是從上方低頭看著卓煜被折磨得異常痛苦的樣子。

卓煜眼前模糊一片，他掙扎著要碰連然，後穴痛得快要失去知覺了，但是無論連然怎麼弄，卓煜都沒有再罵他，只是執著地要碰連然。他覺得自己快要痛死了，性器也硬不起來，是他們之間最糟糕的一次性愛。

直到最後連然射精，身體微微伏低，卓煜才終於如願以償，碰到了連然的臉，摸到了……同樣溼潤的臉。

卓煜有些心慌，他不知道連然做這些是為了什麼，他知道連然也哭了之後格外慌亂，想要說話，但連然猛地抽出發洩完的性器，讓卓煜痛得失了聲。

連然移開身子，低頭把自己沾著血和其他體液的性器擦乾淨，披上衣服離開了房間。

卓煜昏過去之前，都沒有想過這是他見到連然的最後一面。

等他再睜開眼，面前已經不是房間，手上也沒有了鐐銬。守在床邊的何英看到他醒了，慌張地站起來按護士鈴。過了一會，有醫生走進來，檢查了卓煜的身體一遍，告知他要好好躺著後，何英就跟著醫生離開了病房。

那場噩夢般的性愛好像真的是噩夢，卓煜有些失神，還是手腕上因為掙扎而弄出來的痕跡提醒著他，那場性愛真的存在過——他真的被連然當成玩具對待過。

卓煜眼眶發熱，他承認到了這一刻，他才真的清醒過來，真的不再對連然抱有任何幻想了。

他總以為自己在連然眼裡會是特別的那個，跟他曾經遇過的人不一樣，起碼連然會捨不得讓他受傷。

何英帶著吃的進來，小心翼翼地把病床搖上來，餵卓煜喝粥。他看著卓煜通紅的眼睛，告訴他：「連然完了，我在警局報案，他竟然趁機把你帶走。員警以非法囚禁的罪名去那座別墅找到你時，你已經……」

卓煜一怔。

「我是想過他會虐待你，沒想到他這麼喪盡天良！他竟然敢強暴你！員警已經在他手機裡找到了證據，他的臥室裡都是工具，他就是個變態。卓煜，我們這次一定要把他告到死，你只需要配合員警就好，證據和訴訟都交給我，不僅連然會完蛋，跟他有關的人也要完蛋。」

何英因為氣憤，所以說了很多。他從小就看著卓煜長大，把卓煜當成自己的小孩看待，卻從沒想過卓煜會被人這樣對待。

「他六年前還在法國殺了一個人，那時候他不知道用什麼手段躲過去了，現在我會重新翻案，就算不是死刑，也要讓他一輩子都待在監獄裡。你知道監獄裡的人對強姦犯是什麼態度嗎？他敢做這種事情，就讓他生不如死。」

卓煜喘了口氣，拉住何英的手，「什麼強姦犯？何律，你是不是誤會了什麼？」

「證據說明得清清楚楚，連然就是強暴了你。不過你剛受到創傷，先養好身體，這些事情交給我就好。」何英放下碗，拍拍卓煜的肩膀，「你放心，不到一個月，一切都會好起來的。」

*

卓煜覺得他的人生突然掉入了一部狗血電影裡，從父親去世的那一刻起，就按下了播放鍵。

連然被立案調查，多年前的殺人案加上他利用卓家資產做的一些違法勾當，全部被拉上檯面，那些資料被何英帶到卓煜面前，而連然以數種罪名，被逮捕入獄。

卓煜的身體完全痊癒的時候，曾詢問何英自己能不能見連然一面，但被何英回絕了。

「你現在是受害者，他的身分太敏感，暫時不適合見他。」何英這段時間一直在為卓家的事情奔波。身在異國他鄉，他想要成為這個小孩的依靠，但是卓煜的反應一直不冷不熱，好像失去了生氣。

何英的腦袋裡湧起很不祥的預感，他直覺卓煜對加害於他的這個人似乎產生了一些特殊的感情。雖然卓煜對連然的任何處境都沒有反應，只是麻木地聽完後繼續過自己的生活，但在做筆錄的時候，他否認了連然強姦的事實。

「他並沒有強迫我。」

卓煜否認得很乾脆，無論換多少種方式、問多少次都是這樣。

當事人的否認，讓警方不得不考慮重新提審已經承認強暴罪行的連然。而與卓煜相反的，連然很乾脆地承認了自己對卓煜施行了強暴。

「他否認，或許是因為已經服從於這種感覺了。他被我精心調教，有斯德哥爾摩傾向，前幾次確實是強暴、迷奸，我承認。」

後來，他們在連然的手機裡找到了施暴的照片證據和強暴的錄音，從卓煜的聲音判斷，前幾次的確不是卓煜自願發生的關係。警方認為卓煜的精神狀況堪憂，在開庭時允許卓煜不參加，將關於連然的一切從他的生命中隔離。

何英答應卓煜，一個月後一切都會好起來。事實上不到一個月，連然的判決就已經下來了，何英與高采烈地告訴卓煜連然被判刑的消息時，卓煜正站在花園裡澆花。

他呆愣了一下，問何英：「他真的被判刑了嗎？」

「千真萬確，財產現在也都回到你名下了，過一段時間我們就回國，一切就都過去了。」

一切都過去了。卓煜覺得很諷刺。

他依稀記得他們最後一次見面的時候，連然要他「相信證據」，原來是這樣的意思。

他早就知道自己會出事了嗎？連然知道他做的這麼多事情，會有敗露的一天嗎？所以他不介意多犯一些錯，所以他才會跟自己上床，後來撐不住了，態度也就變了。

又過幾天，何英看卓煜仍舊狀態不佳，便為他安排了一些行程，讓他到鄉下的田園散心。

何英問過卓煜，想不想把連然留下的那個紋身洗掉，卓煜一直沒有答應。

他覺得就算過去了，留下一點連然的東西也是好的。他不知道自己是什麼時候喜歡上連然的，或許是在他們第一次上床之後，或許是在更久以前，但以後他不會再遇到像連然這樣的人了。

溫柔又殘忍，多情又無情。

他籠統地把他們之間的關係歸結於「強暴」，卓煜心想，自己明明是當事人，為什麼就不能為連然洗清強姦犯的罪名？

夜晚的鄉野很安靜，卓煜沒有跟大家一起聚在屋子裡，披了件長棉衣就走到外頭散步。他覺得自己完了，因為到現在，他還是在心裡為連然開脫，儘管全世界都認定了他是個罪犯。

夜晚的空氣很冷，卓煜呼出白氣，走到湖邊，沿湖有一條公路，延伸到他看不見的地方。有一輛小車駛過，燈光暖黃，路過卓煜身邊時搖下車窗，按了按喇叭。是個很漂亮的男孩，小巧精緻，他在卓煜眼前拿出連然的照片晃了晃，示意卓煜上車。

卓煜沒有一絲猶豫。

車輛飛速行駛，從鄉村到城市，再到一家私人會館，男孩刷開房門的時候，裡面漆黑一片，沒有燈也沒有聲音。卓煜在門口猶豫了一瞬，男孩有些不耐煩，想把卓煜拉進去，裡面的人卻出聲：「郁祁。」

男孩看了房內一眼，轉身離開了。

卓煜在聽到那個人的聲音時，腿都要站不穩了。他每走一步都好像踩在冰上，他一步步走進門內，走向那個被判了數項罪名的男人身邊。

「把門關上。」

卓煜摸到門把，把門關上。

卓煜摸上電燈開關的時候，連然制止了他，「我看起來有點不好看，能不能不要開燈？」

卓煜說好，他轉過身時，被連然抱住。這段時間，卓煜就算聽到連然被判刑都沒有哭，但他確定抱著自己的是連然的時候，卻有種想要落淚的衝動。

「謝謝你肯來，我以為你會怕我。」連然的聲音有點沙啞。他摸過卓煜的背，停在他的臀上，抱歉似的輕輕磨蹭著，跟他說，「對不起。」

「你是不是故意的……」卓煜想要摸連然的長髮，但是他撲了個空。他往上摸了很久，才摸到有點刺的短髮。

連然笑了，「沒有了，小煜。」

卓煜說：「以後還會長的。」

連然親了親他的眼睛，跟他說：「我沒有以後了，我是來跟小煜道別的。那個綁架你的人不會再出現在你面前了，連詔也是，你回國之後好好生活，何英是很忠心的人。你舅父的把柄，我放在家裡的保險櫃裡，還有一些能制衡那些想要跟你搶遺產的人的把柄，但是估計不會用到，就當作以防萬一。」

連然的聲音聽起來很輕鬆，好像在講睡前故事，卓煜卻聽得手腳發涼。

他抓住連然，聲音顫抖，「你要去哪裡？」

連然卻問他：「要接吻嗎？」

然後他低頭親了卓煜。

他們很溫柔地接吻，連然舔過卓煜的嘴唇，纏著他的舌頭。他們接過很多次吻，但是只有這一次讓卓煜覺得很甜，又甜又苦澀。

卓煜嘗到了菸草的味道，連然身上一直存在的香水味消失了，他想要深嗅，卻只聞到菸味。

卓煜移開了臉，「我討厭……菸味。」

「對不起。」連然說。

他親上卓煜的下巴，那裡只剩下一道淺淺的疤。卓煜拉著他的衣服，被連然抱到床上，跟他一起躺上去。

他問連然：「你會活著嗎？」

連然沒有回答，只是親了卓煜很久。卓煜知道連然的吻沒有任何情欲的味道，他盡自己所能地回應連然，直到睏意翻湧。

房間裡有助眠熏香，卓煜睡得很沉。他在第二天快到中午時才醒過來，房間裡是空的，連然已經不在了。

何英因為他又被人帶走而變得緊張，此時連然的案子又出了問題，那些合約被質疑不是連然的親筆簽名，反倒像卓煜父親的字。

連家用了一些手段把連然暫時保釋出來，何英擔心連然會來報復，就急著把卓煜送回國。在飛機落地的時候，卓煜的手機震了震，何英在半小時前傳來一條訊息。

『連然打算逃跑，他的那架私人飛機出事了，墜在海上，估計真的死了。』

卓煜看完之後關上手機，沒有任何反應地往前走了幾步。身後有人叫他，說他走錯了方向，卓煜也沒有聽到。

＊

三年後——

卓煜結束了畢業匯演，在後臺卸妝的時候，有同學跟他說：「有人找你。」

卓煜看過去，何英正抱著一束花走過來，他今天做為卓煜的家長來參加畢業典禮。何英將花放在化妝臺上，神色看起來很欣慰，像在看著自己終於培養成材的孩子。

三年前，連然的事情結束後，何英就幫卓煜辦理了轉校手續，將卓煜轉到另一個國家的大學念書，將卓煜經歷的一切都掩蓋掉。

在學校裡，卓煜就像正常的大男孩一樣生活，定時會有醫生過來為他做心理輔導。何英希望卓煜完全忘記之前發生的一切，事實上，卓煜也從沒有表現出對往事的懼怕和抗拒，很快就適應了新的生活，結束了心理輔導。

唯一的好消息是跟連然在同一架飛機上的，還有另一個人，是先前綁架了卓煜兩次的當地黑手黨頭目，何英說連然常常跟他一起做生意，卓煜被綁架的事，他也脫不了關係，估計是想要跟連然一起避一避風頭，沒想到飛機會出事。

卓煜接受了這些解釋，他開始正常生活，但總是跟別人不親近，也不至於疏離。

每年，卓煜總有一段時間要脫離所有人的視線，連何英都不能打擾，而那段時間正好是連然出事的前後。

他不讓任何人連繫到他，忙著工作的何英也不知道卓煜每次都會回國，回到那間老房子裡。那裡已經沒有人住了，何英之前想賣出去，卻被卓煜攔下來，就留著閒置了好幾年。

但是打開門的時候都不會聞到霉味，因為會有人定時來打掃。裡面的東西都沒什麼變過，連然的臥室裡還能聞到他喜歡用的熏香味道，而連然說的保險櫃，卓煜一次也沒打開過。

何英堅持要處理掉連然留下來的東西，但是每次提到這些，卓煜的態度都很堅決。

他總覺得連然會回來。

他回來之後，肯定什麼都沒有了，卓煜想留下一些東西給他，但不回來就算了，反正也沒在等他。卓煜想，自己只是順便而已，保養一座別墅又不是什麼大問題。

有時候，他又覺得自己異想天開，法律上都認定死亡的人，就算墜機時沒有死掉，也會死在海裡，他又怎麼會覺得連然當然還活著呢？

「晚上有安排嗎？」

何英看著卓煜把妝卸掉，成熟後的小少爺眉眼裡帶著冷靜和思慮，不再像從前那麼無憂無慮了。但這並不是難以接受的變化，何英認為他是從男孩蛻變成了男人，「比如晚會？聚會？你可以去認識一些新的朋友，別老是一個人待著。」

「我知道了。」卓煜漫不經心地回答。他今晚確實有聚會，相處三年多的同學想在最後好好聚一聚，卓煜沒有拒絕的理由。

何英還有工作，將卓煜送回家就離開了。

卓煜很久沒有參加過聚會之類的活動，何英叮囑他要打扮一下，因此卓煜只能換了身衣服，提前去美容室做了個昂貴的造型，看起來光鮮亮眼了一些，約定好的聚會時間也正好到了。

在這個國家，每到上下班的尖峰時段都會變得很擁擠，卓煜原本想要搭車，但想到路上會塞上一陣子，決定還是搭電車比較方便。

他搭過幾次電車，都不是在人流尖峰時段，而是在深夜，橫跨了整個城市再回來。卓煜不會開口承認他想那個人，但是需要更多排解情緒的出口。

可是小少爺第一次在尖峰時段搭電車，人多到他不能理解的地步。他的肩膀被人蹭到，讓卓煜覺得很煩躁，退到角落去，看著擠得密密麻麻的人群，最後選擇不上車。

卓煜還是選擇攔車，在路上塞了半個小時才到飯店。半小時前，同學在群組裡通知除了他們的包廂，其他包廂都被人包下來了，要大家千萬別走錯。

卓煜姍姍來遲，被勸了很多酒，因為自己遲到，卓煜也不好意思拒絕。傳杯換盞後，太久沒碰酒的卓煜有些不支，申請到角落裡坐著休息。

在學校裡，一直對卓煜有好感的女生湊過來跟卓煜攀談。卓煜喝了酒，防備性降低了一點，溫柔地跟她說話，女生受寵若驚，「我一直覺得你身上有種拒人於一段距離之外的感覺呢。」

「拒人於一段距離？」卓煜心想自己只不過是三年沒跟女孩子相處，應該還不至於聽不懂女孩子說的話吧。

「就是別人都能靠近你，但到了一定的距離，就不能再接近你了。」女孩子笑得很害羞，「但是今天……你真的很溫柔。」

依照經驗，卓煜知道自己現在可以深入地跟女孩單獨聊一聊，或者自然而然地攬住女孩的肩膀。畢業當晚，跟一個喜歡自己的女孩子在一起很浪漫，卓煜覺得很不錯。

「我去一下洗手間。」但是卓煜最後這麼說。

女孩退開身子，卓煜站起來晃了兩下，就快要跌倒的樣子。女孩子扶住他，香香軟軟的身子貼著他，讓卓煜穩住自己。

「謝謝。」

女孩堅持要扶著他，「你喝醉了，我送你到洗手間門口吧。」

喝醉的卓煜比較聽話，他被攙扶著走。走廊上很安靜，只有他們兩個人，女孩跟卓煜咬耳朵：「聽說有一個很有錢的先生包下了整個飯店，就為了給他喜歡的人驚喜。」

「這個飯店還有驚喜？」

「你連這都不知道嗎？晚上十點時，飯店頂樓的旋轉餐廳能看到城市煙火，還有噴泉呢。」

卓煜嗤笑了聲，「俗。」

女孩小聲反駁，「但是女孩子都很喜歡嘛。」

她扶著卓煜走到洗手間門口，放開卓煜後，卓煜讓女孩先走，「在走廊上等不方便，我等等就回去了。」

女孩還是在門口等，過了一會，有服務生過來跟她說他們包廂的人在找她。女生覺得卓煜的動作太慢了一點，又看服務生是個男孩，便問他能不能代替自己在這裡等卓煜出來，把他扶回包廂。服務生答應得很爽快，女孩這才離開。

看著女孩子走遠後，服務生看都沒看洗手間一眼，就順著走廊離開了。

卓煜一走進洗手間，就聞到了濃重的菸味。

卓煜一直不懂，菸味這麼難聞，為什麼連然還這麼喜歡抽菸。

卓煜意識到自己又無意識地想到了連然。他從沒有刻意去想連然，但是連然就好像窗臺上養了很多年的花。卓煜養成了澆水的習慣，後來那朵花枯萎了，他還是保持著每天澆水的習慣。

繼續上個問題，連然這麼漂亮的人，有一點陋習也沒有關係，抽就抽吧，反正他忍得了。

但是他真的很暈，洗手間的濃郁檀香加上菸味，簡直是雙重折磨，卓煜在洗手的時候沒忍住乾嘔了一陣子，但什麼也吐不出來，只覺得胃很不舒服。他撐著洗手臺站穩，漱了口之後，有人從後面按住了他的腰。

卓煜如鯉魚打挺般想要掙脫，但被那個人敲了一下後頸，卓煜就倒了下去。

那個人確定卓煜真的昏迷之後，抬起臉看了一下鏡子。鏡子裡是一張有些許瑕疵的臉，傷疤從眉骨的地方延伸到眼皮，但並不影響他的漂亮。

連然把卓煜抱起來，走出了洗手間，搭電梯直接到頂樓。

頂樓的旋轉餐廳能俯瞰整座城市，連然看了眼手上的錶，距離十點還有半個小時，夠讓他對小少爺做一點其他事情。

他把卓煜放到落地窗前的大床上，很快就脫掉了卓煜的褲子。連然藉著外面透進來的光，看到精心打扮過的卓煜眉心不安穩地蹙起，連然伸手把他眉間的褶皺撫平。

他摸到了卓煜的性器，垂在腿間，接著隔著內褲碰了碰，又收回了手。

卓煜躺得筆直，連然跪在他的大腿外側，像很多次看著卓煜那樣對著他自慰。

卓煜是被鬧鈴聲吵醒的。他躺在一張陌生的床上，酒都被嚇醒了一半。他下意識摸摸自己身上，發現沒什麼被扒光的痕跡，房間裡的燈光很亮，一看就知道被人精心布置過。床邊擺著一大束玫瑰，紅得刺眼，上面還鋪著一層滿天星，但是沒有賀卡。

卓煜實在想不起來自己是怎麼到這裡來的，又想到其他包廂都被別人包下了，怕自己誤闖搞砸了別人的約會，因此急匆匆地想要離開。與此同時，他聽到了聲響，落地窗外先是綻開一朵，然後由那一朵延伸出鋪滿整個視野的煙火，卓煜有點移不開目光。

那些煙火好像蓮花。

他想，反正也沒人趕自己，還不如借個人情看看煙火好了。卓煜走到窗邊往下看，底下是萬家燈火，平視著的是不停綻放的煙火，把城市的夜空都點亮了。

還是有點好看的。卓煜心想，如果他是女孩子，哪個男人肯這麼為他費盡心思，就嫁給他吧。

然後，又自然而然地想到連然。

卓煜最後還是感到難受，等煙火結束就離開了房間。隔壁還有一間虛掩著門的房間，有燈光從裡面透出來，卓煜做賊心虛，就快步離開了。

*

卓煜昨晚走得太匆忙，不知道什麼時候把手機遺漏在飯店了，卓煜只能第二天再去飯店拿回手機。

他剛跟櫃檯人員說完，正好有人撿到，對了資料之後卓煜就順利拿回了手機。走到門口時，卓煜想叫車，站在門口的迎賓服務生卻突然越過卓煜，跑向飯店大門另一側的一群人身邊，揮手趕他們。

卓煜看過去，恰好看到一個個子很高、穿得很樸素的男人被人群推搡著。卓煜的呼吸有略微的阻滯，他屏息上前，走近了一些。

「你們要鬧不要來這裡鬧！我們還要做生意，不要影響到我們的客人！」聚在一起的人大多都是中年男人，其中一個扣著那個高大漂亮的男人手腕，想要把他拉走。卓煜眼疾手快，擠開人群喊了一聲。

「連然！」

大家都往出聲的地方看過去，只有被抓住的那個男人呆呆的，一點反應都沒有。卓煜看清了他的臉，更急了，心臟迫切地想要跳出來。他拉住男人的另一隻手腕，但男人被他嚇了一跳，想要縮回去，卓煜卻抓得很緊，像鐵鉗一樣牢牢扣住他。男人幾番掙脫未果，有些著急，臉上都是手足無措。

卓煜語氣不好地吼道：「你掙扎什麼啊！是我！」

連然被吼得一愣，看向卓煜的臉，跟他對視了幾秒，沒再掙扎。

服務生是個有眼力的人，他看得出穿著精緻的卓煜和那些中年男人的區別，語氣也變得客氣了一點：「這是您的家人嗎？」

「放屁！這傻子是市場那家賣海鮮的撿來的，哪有什麼家人！」

傻子？

卓煜震驚極了，他看向連然的眼睛。連然的氣質完全變了，反應很慢，被罵了也不知道，被人這樣抓著也不說一句話。長到胸口的頭髮有些髒亂地垂著，腦袋也低著，一副任人宰割的模樣。

「你怎麼知道他沒有家人？撿來的原本也有家人吧！」

男人被卓煜理直氣壯的語氣震驚了一下，問他：「那你是他原來的家人了？」

「我不是，那你是？」卓煜尖牙利嘴地反擊。

他拍開男人牽著連然的手，把連然往自己這裡拉。連然沒有任何阻力地趔趄著，倒在了卓煜身上，卓煜同時摸到連然身上突出的骨頭，心沉了一下。

他擋在連然身前跟一眾中年男人對峙，硬是把人瞪到怕了。男人退後一步，擺手道：「你是就是，這樣看人做什麼？」

飯店服務生適時打了圓場，卓煜等那群人都離開後想要帶連然回家，連然卻像根柱子一樣杵在原地，卓煜怎麼拉他都拉不動，便有些生氣了，回頭瞪他：「走啊？愣著幹什麼？」

連然搖頭，有些害怕。

卓煜皺著眉上前，想讓他抬起臉來，「怎麼了？是真的傻了還是裝的？」

連然看著卓煜伸過來的手，下意識地閉上眼，護著自己的腦袋，很害怕的樣子。卓煜一頓，手愣在半空。

他在網路上看過，聽說經常被虐待的人會有這種下意識的防備動作，卓煜不知道這三年來連然發生了什麼，為什麼會變成這樣，他過的又是什麼樣的日子，一時間有些手足無措。

而且要是讓何英發現連然還活著……

那早就結案的那些事情會不會再被翻出來，連然還要進去坐牢？

卓煜光是想一想就覺得難受，最後只把手輕輕放在連然頭上，表情仍舊彆扭，說出來的話卻沒那麼衝了：「怕什麼？我又不會傷害你。」

連然頂著卓煜的手抬頭，讓卓煜摸著他腦袋的動作變得有些艱難。連然頓了頓，又低下頭，讓他順利地摸自己的頭。

卓煜順著他的髮絲往下，原來一直很柔順的長髮變得打結凌亂，卓煜的手指插進去就不能往下梳了。他帶著連然到附近的髮廊把他的頭髮洗乾淨，又幫他買了身新的衣服。

連然不說話的樣子有些像從前，結帳後，卓煜回頭看到連然極其不適地坐在商場的沙發上，手不安分地握著又放開。卓煜走過去，坐到連然身邊。

他指著自己，看到自己在連然眼裡的倒影，「你還記得我嗎？」

連然茫然地看著他，半晌，搖了搖頭。

「你記得自己是誰嗎？」

連然點頭，然後似乎是想感謝卓煜，他拉著卓煜的手，帶他往外走。

卓煜跟連然上了公車，坐了十幾站，到城市角落的一家菜市場。他走到一家海鮮店門口，坐在門口的老闆娘看到連然，一下還沒認出來，看清了才震驚地從躺椅上站起來，然後看到連然身後的卓煜。

「小煜？你去哪裡了！」

卓煜怔了一下，不知道老闆娘為什麼這樣叫自己，但他很快就發現她叫的並不是自己，而是面前的連然。

連然跟老闆娘說了什麼，老闆娘就看了卓煜一眼，邀請他進來坐。

她幫卓煜倒了杯茶，屋子裡都是海鮮的味道，好像連茶水都有魚腥味。卓煜皺著眉，假裝喝了一口，老闆娘說：「謝謝你幫小煜解圍，他身上的衣服……是您買的吧？」

卓煜挑眉看著連然，問：「他叫小煜？」

老闆娘剛想回答，卓煜又問：「他不是妳的家人吧？」

「……小煜他……的確是我們在海邊撿回來的。撿到的時候，他什麼都不記得了，我們問他什麼，他都只說得出小煜兩個字，我們就一直叫他小煜。」

卓煜的火氣一下子就上來了，「撿到一個大活人，不會報警嗎？而且他傻了，妳還讓他一個人到處亂跑？萬一出事了怎麼辦？」

老闆娘回答不上來，有些生氣：「先生，小煜跟我們生活了快三年，要是我們養不好，他早就死了，您沒有資格這麼指責我們。」

似乎知道面前的兩個人在爭吵，坐在角落的連然神色變得擔憂，又不敢上前。卓煜看了連然一眼，沒繼續跟她爭下去，只說：

「我是他之前的家人，我要把他帶走。我可以出示證明，並賠償這三年妳花在他身上的所有錢，妳開個價吧。但只有一點——這件事要保密，不能讓其他人知道。」

卓煜開門見山的方式並沒有成功帶走連然，因為連然在感應到自己要被「賣掉」的時候，情緒開始崩潰，卓煜不得不中止了話題。

他先給老闆娘一筆錢，讓她代替自己好好照顧連然，而後他有些不自在地走到連然面前，溫聲詢問連然能不能單獨跟自己相處一下。老闆娘勸了連然幾句，連然才站起來，跟卓煜走出去。

海鮮店旁是一條逼仄的小巷，連然被卓煜堵在角落，而卓煜往他手裡塞了一部只能通話和傳訊息的老人機。

「裡面唯一的號碼是我的，要是你有什麼需要，就打給我——你會用手機吧？」

連然握著手機，沒有要動作的意思，卓煜只能細心地教他。等他終於學會了，卓煜才放心，「你拿好，有事就打給我，別弄丟了。平時別亂跑，我會經常過來看你，到時候再——」

卓煜抬頭說話，連然的吻就罩了下來。他貼著卓煜的嘴唇，親了一下，跟卓煜說：「謝謝。」

卓煜睜大了眼，有些錯愕，但那點欣喜還來不及細品，他就好像知道了什麼事情。卓煜猛地抓住連然的手臂，聲音有些憤怒：「誰教你的！」

連然已經傻了，傻子不會無緣無故就會這些事情，一定是被人教過要這樣說「謝謝」！

卓煜很久沒有這麼生氣過了，他看著連然的眼神裡有太多複雜的感情，也只有在連然傻了之後才肯流露出這些情緒。

他傻了，什麼都不懂，卓煜反倒成了保護他的那一個。

連然被嚇了一跳，不知道卓煜突然又生什麼氣。卓煜看著連然沒有靈氣的眼睛，一字一句地問他：「誰，教你這樣說謝謝的？」

「他們……」

他們……卓煜不用多問，就能想到中午在飯店門口的那群男人。

卓煜氣壞了，他現在就想帶連然走，一刻都不想再等了，小少爺不懂什麼是冷靜。

或許是卓煜看起來太氣憤，連眼睛都開始紅了，連然手足無措地抱著他，跟他說：「別生氣。」

他一抱，卓煜就更生氣了！他聯想到那群男人看著連然的表情，聯想到他們對連然的齷齪心思和連然渾然天成的勾引和誘惑，就知道這三年他有可能經歷了一些很骯髒的事情，氣得手都在顫抖。

「他們抱你了？到哪種程度？」卓煜把連然按在牆上，氣勢很輕易就壓制住了連然。連然的手還放在卓煜腰上，收也不是，繼續抱也不是，漂亮的臉上很快就有了委屈。

「抱、抱過……」

「親呢！」

連然反應了一下，突然抬手要解開襯衫。卓煜沉著臉看他把襯衫解開幾顆釦子，看到他胸前的痕跡。

卓煜罵人還是只會那幾句，「他媽的」、「靠」反覆說了幾遍，之後更被連然拉住手，按在胸前問他：「你也要嗎？」

卓煜沉著臉，一言不發，掙脫連然的手後幫他把釦子扣好，突然問連然有沒有喜歡的東西。

連然想了想說有，說他喜歡看煙火，卓煜便說要帶他去看煙火，把他騙走了。

前一天還嫌棄說俗的煙火，第二天卓煜就帶別人來看了。卓煜幫連然買了瓶果汁，跟他坐在遊樂園的長椅上，但連然不喝果汁，只問卓煜什麼時候放煙火，卓煜問了工作人員，他們說晚上十點，但是現在還是下午四點。

兩個大男人總不能在遊樂園呆坐六個小時。

卓煜便問連然願不願意去他家坐坐，連然似乎認定了卓煜不會傷害他，想了想，同意了。

卓煜的家在市中心附近的一個社區，是何英親自選的，治安很好，社區門口是一條步行街，商鋪一樓有一家花店。連然被卓煜牽著走到花店面前就站著不動了，卓煜順著他的眼神看去，正好看到櫥窗裡的玫瑰花束，卓煜便問他：「想要那個？」

連然點頭。

卓煜看了附近一眼，確定沒什麼危險之後，把連然拉到一根路燈旁邊，叮囑他：「你在這裡等我，我去買給你。」

連然的眼神有些受傷，卻沒說什麼，看著卓煜。

卓煜從他眼裡看出了幾分委屈。小少爺從前從來不會察言觀色，但是他在此刻認真分析了一下連然的想法，得出了幾種可能性。

「你也想進去嗎？」

連然點頭。

卓煜有些猶豫，兩個男人去買一束花嗎……

連然突然拉住卓煜的手，跟他十指相扣，輕輕晃了晃，卓煜就說不出什麼拒絕的話了。他沉默地往花店走，沒有掙脫連然的手。

花店老闆娘聽到門口的風鈴聲後，笑著抬頭說「歡迎光臨」，一眼就認出了昨天中午來訂花的漂亮男人。漂亮男人訂了一束昂貴的進口玫瑰，她都在默默羨慕他的女友有多幸福。

但是……老闆娘注意到了另一個看起來很俊秀的男人。

說是男人都有些牽強，應該還是男孩的年紀，十七、八歲的樣子。

老闆娘考慮了一下，先預設漂亮男人是客戶，迎上去問：「請問想買哪一種花呢？」

看她迎上來，連然往後退了幾步，躲到卓煜身後。卓煜擋在連然面前，跟老闆娘說：「嗯……玫瑰。」

卓煜挑好了花，在製作花束時，老闆娘忍不住問了句：「您是買來送女朋友的嗎？」

卓煜搪塞道：「嗯。」

「那位是您的誰啊？」

卓煜的眼神閃過防備，「無可奉告。」

連然如願拿到了花，這才乖乖跟著卓煜回家。

卓煜刷了門禁後帶著連然進入社區，回到家。

客廳有一扇很大的落地窗，夜晚熄燈後能在落地窗前看到城市的夜景，卓煜把連然安置在客廳，轉身去幫連然倒水。連然乖乖坐在沙發上，有些新奇地看著房子裡的東西，抱著那束玫瑰。

這間公寓在卓煜住過的房子裡不算是最好的，但是連然畏手畏腳的樣子像是從來沒見過世面的人，讓卓煜看著很心痛。

他印象裡的連然從來都是優雅漂亮的，但是今天，他看到的都是連然的窘迫。

卓煜坐到連然身邊，問他：「你喜歡這裡嗎？」

連然點頭。

卓煜繼續說：「你可以住在這裡。」

卓煜摸上連然的後腦，想著連然應該是腦部受到了撞擊，才會變成現在這個樣子。但是他不太敢帶連然去醫院，他也從來沒有照顧過誰，擔心會發生什麼變故。

可是，總不能任由連然這樣傻下去，卓煜還有很多事情想要問他。

卓煜摸上連然眉骨上的那道傷疤。

連然轉過頭看他，眼神很平靜，卓煜便在那上面摸了兩下，順著他的眉揉搓。

連然看了卓煜一會，就湊過去吻他。卓煜知道連然的親吻現在代表不了什麼，但是他沒有推開他，更把連然壓在沙發上和他接吻。

連然身上沒有他熟悉的味道了，也不記得他是誰，或許在連然的認知裡，他跟那群男人沒什麼區別，都一樣對他抱有覬覦之心，想要他的身體。

連然像小動物舔舐人類示好一樣舔著卓煜的嘴唇，卓煜嘴唇上的唇珠被反覆舔過。

連然現在接吻的時候學會閉眼了，睜開眼睛的那個人變成了卓煜。他在連然親吻的時候，迷迷糊糊地數著連然的睫毛，感受著唇上溫軟的觸感。

只有連然抱著他、跟他親近的時候，卓煜才感覺到連然這個人是真實地存在著。不是在夢裡，不是在那片冰冷的海水裡。

卓煜經常反問自己，喜歡的人如果是個罪犯，他還要不要喜歡這個人？但是這樣的問題不會有標準答案，他也就沒有忘記過連然。

連然的手從卓煜的衣角下探進去，摸到卓煜的胸前，跟他說：「要親這裡。」

卓煜看著連然無辜的臉，內心掙扎了片刻，最後還是推開他，「算了，以後不要再跟任何人做這種事情了，如果有人要這樣對你，你也一定要拒絕，知道嗎？」

卓煜撐起身子想要坐直，連然的手卻放在他的後腰，不讓他動彈。他看著卓煜解開的襯衫和袒露的胸部，湊上去吮吸了一口，輕輕咬住他的乳頭。

卓煜想推開，但是連然的力氣很大。

卓煜看不見他的眼睛，越是掙扎，胸口就越是往前。連然學著嬰兒吮吸母乳的頻率吮吸卓煜的乳頭，直到乳頭周圍都被吮得泛紅，酥麻的感覺遍布全身。

卓煜失神的時候，被連然握住了硬起的下身。連然湊過去要幫他口交，卓煜卻抵著連然的肩膀喘著氣道：「不行。」

可是連然不太聽話，他好像碰到了愛不釋手的玩具，在卓煜身上時輕時重地揉捏，又把卓煜的手握住，跟他十指交握，一下一下地親著他的臉，再睜開眼跟卓煜對視。

卓煜看到連然眼裡朦朧且熱烈的情欲，想到老闆娘說「他只記得小煜，所以我們叫他小煜」。所以……他跟那些想要誘姦連然的人是否是不同的？連然是不是也……隱約記得自己是他很重要的人？

卓煜這樣想著，掙扎的力道軟了下去。

連然解開了卓煜的褲子，把性器解放出來，並碰了碰頂端。那裡顫巍巍地沁著一滴透明液體，連然低下頭，輕輕舔過，卓煜便渾身顫慄，抓住了身下的沙發。

就在卓煜以為連然會幫他的時候，連然卻無措地抬起頭，跟他說：「不會。」

卓煜：「……不會就算了。」

這麼說著，他卻沒有推開連然。連然用自己也硬起來的地方隔著褲子蹭了蹭卓煜的，一副欲火纏身又不得解脫的樣子。卓煜就讓他蹭，最後認命地閉上眼，翻身把連然壓在身下，坐在他腹部上。

卓煜居高臨下地看著連然，脫下襯衫，「那好，我就幫你這一次，是你自己要的。」

連然目不轉睛地盯著卓煜。

卓煜解開連然的褲子，拉下來，硬熱的性器便彈了出來。連然傻得絲毫沒有紳士風度，以前的連然不會用性器在他臉上亂蹭。

卓煜承受著連然急著進球般的攻勢，握著他亂頂的性器，用了點力，連然便「嘶」一聲，覺得痛就不再亂動了。

卓煜立即放開他，張嘴含住了連然。

連然將手肘撐在沙發上，胯下往上頂，情動地在卓煜嘴裡自主進出。卓煜感覺到連然的性器捅到他的喉頭又抽出來，牽出細長的銀絲，性器上的青筋猙獰地凸起，蹭著卓煜的嘴唇。卓煜因為連然這樣的攻勢也變得心猿意馬，硬著的性器頂著沙發磨蹭，不用看都知道自己現在的動作有多色情。

連然快要釋放的時候按著卓煜的頭，手指擦著卓煜的耳朵，無用意地在上面刮蹭了幾下。

上。

敏感點被觸碰，太久沒有性生活的卓煜腰猛地一挺，便射了出來，有些還濺到了連然的大腿上。

卓煜的腦袋空白了一瞬，連然的性器也在跳動，但他遲遲沒有射精。卓煜覺得奇怪，撐起身子看他。

「怎麼了？」

連然無措的樣子像初嘗情事的新手，他捂著性器，支吾著說：「不舒服。」

「不舒服就射出來。」卓煜想要幫他打出來，連然卻說要找廁所，卓煜這才反應過來，不由得覺得好笑，「這不是尿。」

他用手指沾了點精液，讓連然看。連然的眸色沉了沉，但卓煜沒有注意到。

「這個不髒，我幫你。」

連然的性器被握住，卓煜憑著直覺幫他自慰，連然很快就射了出來，把卓煜的衣服弄髒了。

卓煜脫下衣服緩了一下，才意識到自己做了些什麼。

真是瘋了才會跟一個傻了的人做這種事情。

連然的手從後面纏上來，下巴抵在卓煜肩膀上，在他耳邊說了句「喜歡」。

卓煜自嘲地笑了：「你是個傻子，懂什麼喜歡？」他看著寬闊而空曠的家，聲音低下去，「你不傻的時候也不懂什麼是喜歡。你從來都沒有喜歡過我。我只能從不斷的肢體接觸獲得安全感，我什麼都不問，是相信你不會做出傷害我的事情，不是在縱容你。但是我什麼都不問，你也就什麼都不說。」

連然的眼睛在卓煜看不到的地方變得很亮，而卓煜認定了他傻，不怕他聽到，「但是你怎麼能做犯法的事情？你做這些事情的時候……有沒有想過我？連然……你有沒有想過你出事之後，我要怎麼活？」

腰間的手抱緊了一點，卓煜的心頭狂跳，想轉過身去，「連然？你聽得懂嗎？」

但是連然的腦袋軟軟地垂在卓煜的肩膀上，呼吸綿長。是睡著了。卓煜頓了頓，放鬆力道，徹底失去了傾訴的欲望。

他把連然小心翼翼地放回沙發，卻被連然圈著腰帶著躺了下去。卓煜在連然的胸口聽到了心跳，一聲一聲，沉穩而堅定。

算了……卓煜心想，傻就傻了吧，人還能找回來就好。

連然帶著卓煜，一覺睡到了晚上七點。卓煜醒來的時候，眼前一片漆黑，落地窗外透著城市的萬家燈火，他心裡突然空了一下，害怕自己剛剛經歷的一切都是夢，但是很快他就摸到了溫熱的身體，聽到了連然的呼吸。

卓煜的身體放鬆下來，把頭埋在連然的胸前片刻，然後坐起身，叫醒了連然。

他從浴室裡拿來梳子，幫連然綁了鬆垮的馬尾，幫他把衣服穿好，然後帶他出門。

「你要牽好我，不要走丟。」卓煜交代他。

那天晚上，他們的確看到了煙火。

連然很安靜地看完了全程，然後卓煜問他能不能跟他住在一起，連然答應了。

就如老闆娘所說，連然只要別人給他一點甜頭，他就會跟著走了。卓煜對他好，所以連然很快就把住了三年的地方忘得一乾二淨，住進了卓煜的家裡。

卓煜不能二十四小時都看著連然，學校還有一些收尾工作要處理，所以他每天會留一些食物在家裡，交代連然有事記得打電話，叮囑他不要到處亂跑，連然都答應了。

卓煜覺得自己好像在家裡養了一隻大型犬，他每天都要為多出來的生命牽腸掛肚。連然不會用蓮蓬頭，每天卓煜都要伺候好他的飲食起居，連然也變得越來越依賴卓煜，越來越頻繁地對卓煜表達喜歡，發展了幾天，連然已經不滿足於口交和自慰了，每次都要把卓煜弄得亂七八糟才勉強射出來。

卓煜直到今天，都沒有要真正跟連然做愛的意思。

＊

早上，卓煜剛幫連然梳好頭髮。他現在已經能流利地綁好一個馬尾了，連然也被他養得很好，容光煥發。卓煜剛幫他弄好就接到了學妹的電話，說她在卓煜家附近的高級服飾店裡訂製了一套中國旗袍，問卓煜能不能先幫她領一下，明天幫她帶到學校。卓煜就問了地址，然後出門。

門剛關上，連然就恢復成了正常的樣子，然後慢吞吞地走到門口的監控螢幕前。從螢幕裡確認到卓煜已經出門了，他轉身走到陽臺，摸出自己藏在陽臺花盆底下的菸。

花盆裡種著仙人掌球。卓煜最近的心思都在連然身上，別的事情都有些忽略，連然忍著菸癮也很辛苦。他抽完半盒菸，然後輕車熟路地下樓扔菸盒，再回來洗了個澡，把菸味洗乾淨。

卓煜在一個小時後回到家，拿了兩套旗袍回來，眼睛裡有躲閃的狡黠。他把其中一套放好，然後把另一套掛在衣架上。

他在店裡問有沒有一百八十五公分左右的女生能穿的旗袍時，覺得自己真的是被連然傳染了弱智，但是店員說有的時候，他又義無反顧地買了下來。

他被連然逼著穿過旗袍，他也想知道連然穿上旗袍是什麼樣子。

連然懵懂地被卓煜脫下衣褲。卓煜看著他的內褲想了片刻，又看了看那件高開衩旗袍，說：「脫下來吧。」

接到指令，連然手腳俐落地脫了，全身赤裸地站在卓煜面前。卓煜研究著旗袍的穿法，笨拙地幫連然套上，並幫他把裙角扯下來。除了胸部有點緊以外，還挺合適的。卓煜侷促地看著連然，只看上半身的話，真的像個漂亮的洋娃娃。

卓煜一直很喜歡這種長相的人，連然的長相碰巧正中了他的所有喜好。無辜的表情、優越的臉部線條和藍色的瞳孔、旗袍下的身體，卓煜看得有些失神，反應過來時已經踮腳往前，親上連然的嘴唇。

連然扣住卓煜的後腰，把他壓向自己，舌尖掃過卓煜的嘴唇、牙齒和上顎，頭髮也像在侵犯卓煜的嘴唇一樣，侵犯卓煜的臉和脖頸，在裸露出來的皮膚上搔刮。

卓煜原本想要抽身，但他對這個樣子的連然毫無抵抗力。

連然用硬熱的地方頂著卓煜的大腿根部，而卓煜抬頭看到連然的臉，就失去了理智。

他們回到房間，連然把卓煜按在床邊親，精瘦的腰弓著，臀翹著，卓煜只看一眼就覺得眼熱，主動摟住連然的腰，問他：「你想不想玩點更刺激的？」

連然看著他，然後再親上去，將腰壓下來，卓煜看到他白得刺眼的腿。連然頂上去，跟卓煜的性器貼在一起，吻得很深，但並沒有進一步。

一切都得由卓煜主導，連然什麼都不會。卓煜咬咬牙翻了個身，把連然壓在身下，連然的長髮散開在床上，唇因為接吻而變得紅潤，歡迎的眼神和糾纏的身體、漂亮的臉，都在勾引卓煜來品嘗他。卓煜煩躁地脫掉衣服，跨坐在連然身上。

他把手指頂進連然的嘴裡，讓連然舔，連然也一點一點、細緻地舔過去。卓煜把手指抽出來，慢慢往自己的後穴裡擠，幫自己擴張。

他太久沒有使用過那裡，以前也都是連然在做這種事。但是現在連然好像發現新大陸一樣看著卓煜擴張，看著卓煜的手指在原本不是用於性交的那處不斷深入，睫毛輕顫，看得很認真。

卓煜深吸一口氣，放鬆了身體，將第一根手指挺入到底，再慢慢加到第二根。

連然似乎有些著急，但是卓煜不說話，他也不敢亂動，只能伸手握著自己的性器，上上下下。卓煜看到連然散在一旁的旗袍裙襬，露出一隻腿，手指還在不斷撥弄自己的性器，這畫面實在太香豔，卓煜差點丟臉地射出來。

卓煜加到第三根手指的時候，已經有些吃不消了，連然一直在輕蹭著他的大腿根部，卓煜狠了狠心，握著連然的性器就要往下坐。但連然托住了卓煜的臀，然後翻了個身，有樣學樣地把自己的手指插了進去。

「你別弄了！啊！」

連然在卓煜體內彎曲手指，無意間碰到了他的敏感點。卓煜的腰繃緊，性器前端滲出一些液體，連然就低頭舔掉。

他把卓煜教他的方式都學以致用了一遍，在前後夾擊下，卓煜很快射了出來，後穴也變鬆了些，連然併起四隻手指都能輕易進出。

但是卓煜高潮之後，連然仍舊沒有停止幫卓煜口交。他的舌頭擦過剛射完、仍舊不斷開闔的頂端小口，間斷頻繁地吸，還想吸出一點東西來。

卓煜剛高潮過的性器不停射精，潮吹一波接著一波，使他的身體都軟了。失禁的感覺越來越強烈，連然的手在他體內毫無章法地亂戳，又每次都能碰巧碰到讓他全身顫慄的點，卓煜的手抖著拉住連然的頭髮，連然便停下來，坐到一邊去。

卓煜花了一分鐘才冷靜下來，他坐起來，看到連然旗袍下撐起的帳篷，揮手讓他過來。

連然湊過去跟卓煜接了個漫長的吻，之後卓煜重新坐回連然身上，跪下來，手撐在連然的腹肌上，低頭看著連然的性器，扶著它、對準自己的後穴，慢慢插了進去。

性器頂端剛進入，甬道就咬住了它。連然感覺到比口交更強烈的快感，哼了一聲，眼睛有點溼。

卓煜怕自己弄痛他，忍著不適放鬆身體，每進入一寸，連然的頭就仰起一些，進入到一半的時候，卓煜已經只能看到他的下巴了。

他湊過去親了連然下巴一口，安撫他：「不想這麼做，我就停下來？」

連然搖頭，拉著卓煜的手跟自己十指相扣，跟他說：「舒服。」

那聲舒服因為情欲而拖得綿長，很像從前連然說話的語氣。卓煜的後穴敏感得絞緊，連然哼了一聲，性器變得更大了些，下意識地往上頂，把剩下的一半都擠了進去。

卓煜驟然被貫穿，腰軟了下去，撲在連然身上。連然的神情不像是自己在上人，倒像是被上的那個，那泫然欲泣的模樣，讓卓煜心裡突然有種自己在侵犯連然的感覺，好像連然的身體現在是屬於自己的一樣。

他的每一寸皮膚、每一聲喘息、每一個沾著情欲，如雨後玫瑰般的眼神，都屬於自己。

卓煜將臀部往上抬起一點，然後坐了下去。

連然的眼睛更紅了，卓煜重複幾次後，連然就學會在卓煜抽身的時候退出，在卓煜坐下的時候往上頂。

騎乘姿讓性器很深入，幾十下後，卓煜就沒力氣了，而連然哭得一塌糊塗，卓煜又好氣又好笑，「你哭屁啊？」

連然握著卓煜的臀上下操弄，「舒、舒服，唔！好舒服，好、小煜……」

卓煜按著他的手，問他：「小煜是誰？」

「是我。」

卓煜搖頭，被連然猛頂了一下，幾秒鐘後才找回自己的聲音，「不對，是、我。你是連然，我才是小煜。」

連然似懂非懂的樣子，卯足了勁進出，每次都用盡力氣。卓煜被弄得差點失禁，射得連然的腰腹上都是。

連然射了兩次，第一次射完就繼續，卓煜還以為他的一次這麼漫長，直到連然抽出性器，從裡面滑出大量的液體，卓煜才知道這個傻子連射精了都不願意拔出來。

「小煜裡面舒服。喜歡，喜歡小煜。」連然要跟卓煜接吻，卻被卓煜推開臉。

連然上半身的旗袍仍舊整齊，眼角還是紅的，像被人欺負了一樣。卓煜看著他的臉發不出脾氣，只能認命地自己去浴室處理。等到他回到床上的時候，連然已經睡著了，旗袍包著他的身體，連然的臉面對著浴室，睡得很安心。

卓煜走過去，不忍心叫醒他，在床邊看了連然一會，忍不住俯身在他眼睛上啄了一口，然後小心地躺到連然身邊，背對他躺著。

不久，連然便翻了個身，長臂纏上來，從背後抱住了卓煜。

＊

從連然把卓煜當成自己「唯一的家人」之後，就變得越來越黏卓煜了。

這天，卓煜送資料去老師家，晚一點回來，就接到了連然的十幾通電話。一開始卓煜還能搪塞安慰過去，但是再過半小時，連然再打過來，背景音已經是雜亂的人聲和汽車鳴笛。

『要去接小煜。』

卓煜馬上被嚇出了一身冷汗，聲音也拔高幾度：「連然？你現在在哪裡？」

連然只說要找他，別的什麼也說不出來，卓煜不得不匆忙離開老師家去找連然。臨近晚上八點，他才在一家夜市裡找到連然。

在夜市擺攤的老闆好心打了電話給卓煜，還幫忙看著連然，卓煜到的時候，連然正坐在那輛餐車前，低頭看著地板。

卓煜快步走過去，有點生氣，但還是壓抑著和別人道了謝，才把連然往旁邊扯。

連然被他扯著走了一段路，卓煜在人少的地方抓著連然的衣領，教訓他：「你亂跑什麼！我忙完就會回去了，還輪得到你這個傻子出來找我？」

連然分辨不出憤怒，他看到卓煜離得很近，就湊過去親他，剛剛猶如棄犬的氣質一掃而空，開心地看著卓煜。

卓煜的怒氣頓時消了一大半，語氣也軟下去，「真討厭，你看看你跑到哪裡來了，這裡連車都叫不到。」

他拉著連然往夜市附近的車站走，在路上看到霜淇淋車，還被迫停下來，買了一支甜筒給連然。

連然應該是用他放在鞋櫃上的零錢，隨便上了一輛電車，中途不會下車，就直接坐到了終點站。現在他們從終點站坐電車原路返回，車廂裡只有他們兩個人。

外頭是黑夜，他們坐的電車有點舊了，車廂裡的燈都壞得差不多了。連然感覺到卓煜的驚魂未定，拉著卓煜的手湊到自己的嘴邊親，卓煜掙扎了一下，無法掙脫便隨連然去了。

車從城市邊緣開往市中心，每一站都上來一些人，座位漸漸坐滿了。某一站有幾位老人家上車，卓煜便拉著連然，把座位讓了出去。

路過商場和廣場站的時候，車廂裡已經擠滿了人，卓煜和連然被擠到一起，身體緊貼著。卓煜不喜歡車廂裡的空氣，轉身面對著門外，連然則從背後抱住他，和他緊貼在一起。

初秋的天氣有點涼了，連然穿著一件風衣，包著卓煜的身體，在人群裡毫無顧忌地跟他擁抱。

卓煜掙脫不了，也不好在人多的地方說什麼，兩人磨蹭了一下，連然的性器抵上他的臀部，卓煜一下子就不敢亂動了。

「靠……你是發情了嗎，這樣都能硬起來？」他小聲罵連然，但連然根本沒聽到，手從卓煜的薄毛衣下襬探了進去，尋到那兩顆可愛的乳粒，揉捏起來。

揉捏的力道輕緩不一，頻率越來越快，帶給乳尖激烈的刺激。連然像玩著愛不釋手的玩具，耐心地弄著卓煜的乳頭，乳頭很快就翹起，變得又硬又麻。

卓煜連大氣都不敢喘，在玻璃的反光裡看到連然高大的身體擋著他，大家都在看其他地方，沒人注意到這邊。但卓煜還是很不安，忍著胸前的酥麻要轉回去，這時一個小孩擠過來，撞到連然的腿，他家長也跟著擠過來，把連然往門邊壓。卓煜被頂到門上，連然硬熱的性器更緊密地貼著他的股縫，手也驟然用力，讓卓煜差點喘出聲。

「離開一點，回家再跟你玩，乖……」

可惜周圍太吵了，大聲一點別人可能會聽到，小聲一點連然又聽不到。連然玩了一會卓煜的乳頭後，在列車到下一站前收回了手。

卓煜鬆了口氣，乘客上上下下，上來的人更多了。連然撐著手臂，把卓煜護在臂彎裡，但在卓煜卸下一點防備時，突然感覺褲頭被人解開了。

「！」

卓煜今天穿的是寬鬆的休閒褲，連然要解開它是易如反掌。連然的手從褲頭探了進去，卓煜只能夾緊腿，用屁股撞開連然，慌張道：「不行！」

連然的呼吸變得灼熱，在卓煜耳後用舌頭舔了一口紅得滴血的耳廓，食指撩開卓煜的內褲伸了進去，握住半硬的性器。

最脆弱的地方被人握著，卓煜立刻失去了反抗的能力。人群密集嘈雜，沒人注意到連然懷裡還抱著一個人，風衣將他整個包住，而連然的手握著卓煜的性器套弄。

卓煜扶著連然的手臂，臉色潮紅，咬牙死死忍著不出聲。在眾人面前被握住性器，身後還有個變態跟著電車行進顛簸的頻率頂著他，卓煜感覺這一切都淫蕩荒謬，為他的感官帶來前所未有的刺激。

連然套弄幾下，突然在卓煜耳邊喘了一聲，卓煜就忍不住挺腰射了出來。精液噴在內褲上，卓煜只能夾著腿，生怕會弄溼褲子。

「你……你幹的好事！把外套給我脫下來！」

這次連然倒是聽到了，脫下風衣遞給卓煜。

卓煜嚴嚴實實地擋住自己，在下一站乘客上下車的時候，趁亂衝進了列車上的廁所。連然跟著擠了進去，兩人共處於私密空間，一下子就全亂了套。

卓煜跪在馬桶蓋上，連然解開褲子就頂了進去。要進入乾澀的甬道有些困難，每一次進入都異常敏感又清晰，卓煜扶著牆，腰部下沉，胯骨被連然握著。

連然進到一半就開始動作，拔出一點又再次插入。

卓煜的性器再次翹起，可憐地在空氣裡上下搖動，他只求連然儘快結束，努力配合他夾緊了腿。而連然抬眼就能看到卓煜線條漂亮的後背和被撞紅的臀部，低喘了一聲，開始大進大出。

他最後不滿足於後入，將卓煜抱起來，使卓煜整個人懸空，只能緊緊攀著連然，被連然抱著進入。全身的著力點都在那根粗長的性器上，每次抽插都讓卓煜瘋狂，他仰著臉，被不斷貫穿。隔壁偶爾會有人來上廁所，卓煜就立刻顫抖著手，去按馬桶的沖水鍵，連然則會趁著沖水的聲音狠狠貫穿卓煜的身體。

兩人連接的地方不斷往下滴著水，早就分不清到底是誰的了。

不知道是不是環境的問題，連然興奮得不得了，卓煜射了三次，連然都未釋放，最後卓煜只能跪下去幫連然含出來。

他幾近失去理智，後穴殘餘著被衝撞的感覺，腸壁還在意猶未盡地蠕動，口腔裡又被連然的性器填滿。卓煜怕坐過站，只能將手繞到連然背後，在腰窩連著屁股的那一截上輕柔地按壓，連然重喘了一聲，按住卓煜的後腦用力衝撞幾下，全數射進了卓煜的嘴裡。

卓煜不知道自己是如何腳軟著回家的，當晚，連然毫不意外地被卓煜踢出了房間。他在卓煜房門前裝傻地敲了半小時的門，卓煜也沒開門。連然確定自己今晚難逃睡沙發的命運之後，低著頭回想著卓煜失控的樣子，輕輕笑了一聲。

然後他腳步輕快地走到客廳，捏著卓煜留在沙發上的小毯子蓋著躺好。

*

卓煜從沒有想過，他跟連然最像戀愛關係的時候，會是其中一方失去了正常判斷能力的時候。

連然的世界縮小到只剩卓煜一個人，卓煜不用再因為種種原因對連然虛張聲勢地惡語相向，他們之間的陰謀和算計都遠去了，只剩下最原始的感情。

從卓煜十八歲，望向連然會心跳加快的時候開始，他沒有想過有朝一日，他會跟這個人親密無間地一起生活。

清晨，卓煜推開房門就看到在門口抱著毛毯坐著的連然，長髮蹭得有點亂，後腦杓靠在門邊，小雞啄米似的點著，不知道在門口等了多久。

卓煜昨晚真的氣到了，才會狠心把他關在房門外，晚上忍不住出去看了幾次，連然都好好地睡在沙發上，誰知道早晨起來就在門口了。

卓煜頓了頓，然後蹲下去，仔細端詳起連然的臉來。

這張臉，他已經看了很多年，但是好像一直都沒有看膩。從第一眼的驚豔，到現在仍舊會在不經意看到時覺得心顫。

連然的美不能用世俗男女涇渭分明的形容詞來定義，他風情萬種，每一處骨骼都蘊藏著新的驚喜。他的皮只是他迷惑外界的產物，骨架才是細品之後才會感覺到甜蜜的最終祕密，沒有人能在連然手下安然無恙地逃出來。

他的目光掃過連然的眉眼。

卓煜想到連然還清醒時，在床上用力時會微瞇著眼，一臉隱忍，向來冷靜的神色微微崩裂，長而窄的眼眸凝視著床上的獵物，充滿了獸性。到達頂點的時候，會從嘴邊溢出些微的喘息，也就是那一點如雲霧般的氣息，代表著肉欲和親密，讓卓煜為之著迷。

他從前拒絕在床上與連然太親密，拒絕與他有其他互動，但總會不經意被他挑逗到，看到那些烙印成他獨特性癖的畫面。

吃過佳餚之後就再也喝不下清湯，卓煜食髓知味，後來的性愛裡，也不全是抗拒和掙扎。他的意志力不堅定，曾有過想拋棄一切、成為一朵菟絲花的衝動，只想要連然一直這樣看著他。但也只是想過，他的自尊不允許。

後來又覺得害怕，因為連然不再這麼看著他了。

所以連然現在的樣子，讓卓煜很安心。他不介意連然為他惹出多少麻煩，只要他在這裡，在他視線所及的地方，看著他一個人就好。

他甚至開始理解連然曾經的那些行為，儘管很荒謬，他以為自己不會是占有欲那麼強的人。

似乎感受到卓煜炙熱的視線，連然慢慢睜開眼，清亮的眸子在對上卓煜的眼神時先愣了愣，然後慢慢溢出委屈，似乎在責怪卓煜昨晚為什麼不和他一起睡覺。

卓煜向來吃軟不吃硬，看到連然一副委屈的樣子，忍著心軟，堅持跟連然講道理：「知道錯了嗎？以後不能在公共場合做那種事情，懂嗎？被看到會出事的。」

連然又怎麼可能聽得懂，卓煜只要離他近一點，他就會貼過去親卓煜。挺翹的鼻尖蹭著卓煜的臉頰，卓煜覺得癢，笑了一下，然後眼睫被溫熱的舌尖舔過。

卓煜招架著連然像狗狗一樣的親熱方式，手自然而然地摸到連然的腿間。

連然什麼都忘了，卻沒忘了男人的本能。現在那處正硬著，連然感覺到卓煜按著自己，抬眼看他，目光清澈，等待他的安撫。

卓煜跪坐在走廊上，拉下連然的褲子。連然的性器硬熱，立在腿間，卓煜低下身去含它，感覺到它的顫抖和脹大，覺得很滿意。

連然的生理反應是真實的，他因為卓煜的觸碰而瘋狂。

卓煜吸了一下連然的頂端，然後就被連然按住後腦，壓了下去。粗長的性器頂到他的喉頭，鼻間都是連然的味道，連然的手到處亂摸，從卓煜的頭頂摸到鬢角，再不得章法地摸摸耳垂、眼睛，還有他含著自己性器的嘴唇。

卓煜的嘴巴要張到很大才能含住連然。頂到喉頭的性器太大，每次都能逼出卓煜的生理性淚水，唾液混合著其他液體流下來，泥濘一片。連然把卓煜的臉抬起來，湊過去跟他接吻。

他拉著卓煜，要他坐到自己腿上來，而卓煜被牽扯到仍舊痛麻的地方，突然清醒過來。

「不行，不能進去，只能用嘴。」

卓煜被連然在電車上頂得太狠了，還沒有緩過來。連然呆愣地看了他一會，然後似乎理解了卓煜的意思，自己握著性器動起來。

卓煜記得從前連然也對自己自慰過，那天他光是看著自慰的連然就快要射了。

他們浪費了一個早上在走廊上親熱，連然的脖頸處留下了很多痕跡，都是卓煜吸吻出來的。

兩人都釋放之後，卓煜跨坐在連然身上，靠在他肩膀上休息，連然的手則放在他腰間，兩人緊貼著，親密無間。

卓煜跟其他人談過戀愛，他會給對方最大限度的自由，在對方需要自己的時候及時出現，但是從來沒有一個人像連然這麼特別，會讓卓煜產生占有欲和愛恨交織。

卓煜並不想恨任何人，但是他當時沒有選擇。

可是現在，他會包庇連然，就好像蚌殼包裹住混入其中的沙土一樣。

卓煜的聲音很輕，事實上那已經是他所有的勇氣了，他說：「連然，我會在。」

正閉眼抱著卓煜休息的連然聽到這句話，眼睛慢慢睜開了。他看到卓煜後腦杓柔軟的髮，鼻間是卓煜放鬆的呼吸。

他曾經把卓煜圈養在他的領域裡，卓煜卻一直不肯低頭，而現在他求仁得仁，曾經希望的東西觸手可及。

他的小少爺說他會在。

所以他們回到床上去，連然把卓煜壓在柔軟的床墊上，親親他的耳朵，又咬著他的頭髮，用下巴蹭他的眼周。卓煜被弄得心底一軟，抬頭跟連然對視，然後連然閉上眼，親了下去。

「小煜。」

「我在。」卓煜問他，「你想回家嗎？」

連然停下動作。

卓煜把連然拉下來，讓連然重新把自己抱緊，然後語氣堅定地說，「回去吧，回我們的家。」

*

他們在一週後回國，老闆娘給了他們連然的身分證，然後在身分證上動了些手腳，讓連然順利回到了他們一起住的地方。

卓煜下車，連然跟在他身後下來，用不是很懂的眼神看著面前的宅邸。

卓煜知道他不記得了，但他還是拉住連然的手，跟他說這裡是他的家。

卓煜說什麼，連然就信什麼，他被卓煜拉進別墅，然後，他看到了坐在客廳的何英。

何英抬眼，在看到連然的瞬間表情凝固，駭然如見鬼一般猛地站起來，卻又不知道在顧忌什麼，不敢走過去。

卓煜莫名感覺到危機，他把連然擋住，呼吸突然重了起來。

「少爺……」何英指著他，「他怎麼……跟你在一起？」

「這是我的事。」卓煜第一次用這種語氣跟何英說話，排斥又激動，「你不應該在這裡。」

「他是連然，他……」

「我知道，」卓煜淡淡道，「他是連然。」

何英的視線遙遙跟連然對上。連然毫不在乎地看著他，很得意的樣子，握著卓煜的手收緊。

卓煜以為他怕了，拉著他就往樓上走。等把連然安置好之後，自己去客廳跟何英談。

「他一定是在騙你，你不要忘了他身上的那些罪名，他還是罪犯！你藏著他，在法律上是會被判包庇的！你會被他連累！」

何英情緒激動，他聽說小少爺帶著連然回國的風聲就匆匆趕來了，在他看來，連然強暴、欺騙的種種罪名都足以讓這位正義的少爺感到噁心，但是他不知道連然用了什麼障眼法，讓卓煜站到了他那一邊。

「何英，這件事你不要管，我只想讓連然待在我身邊，就在這裡。他什麼都不記得了，哪裡都不會去。」

何英還想再說什麼，卓煜就打斷了他，「如果你當作什麼都沒有發生，就什麼都不會發生。但如果你真的要把連然弄死，我不知道會做出什麼事情來。」

「卓煜……」

卓煜從沒有這樣威脅過別人，但是他一想到連然會被帶走，就無法冷靜。

半小時後，連然聽到樓下關門的聲音，他又等了一會，卓煜便從房門口走進來。

連然看著他。

卓煜深吸一口氣，關上房門。連然站起來想去抱他，卓煜卻想到了什麼，突然轉身離開房間。連然跟在他身後，跟他走進了自己之前的房間。那裡的擺設沒有變，整理得乾乾淨淨，卓煜從他的櫃子裡翻出了一個保險箱。

連然瞇了瞇眼。

這三年來，卓煜都沒有想過要動這個東西。他並不想看到誰的把柄，然後跟親人自相殘殺，但是他害怕何英會對連然做些什麼，他必須要留一條後路。

卓煜按上指紋，打開了保險箱，裡面是打包好的幾份文件，卓煜拆開了最上面的那一份。

他坐在連然的房間裡，慢慢將那些文件看完。最上面那一份貼著「鐘」，最下面那一份則是「何」。

屬於何英的文件上，記錄著他為卓鳴淵打的所有官司。他曾是卓鳴淵最信任的心腹，卓煜曾經以為維繫何英跟父親關係的會是感情，直到他看完那些資料。卓煜知道一個人不可能永遠乾乾淨淨，父親白手起家走到這一步，也曾做過錯事，但他看到那些證據後，還是被震撼到了。

連然沒說話，用無辜的神情看著他，卓煜慢慢抬起眼跟他對視，然後又低下去。

他唯一能詢問的連然，現在不能回答他這些資料都是從哪裡來的，但是曾經，連然很清楚，也就代表著……

卓煜不敢往下想。

「你沒有在法庭上出示這些資料嗎？」卓煜呢喃著，收好了那些東西。

他在想，要是連然告訴他時，他就回來打開這個保險箱，會不會就……

連然就不需要逃命，就不會發生之後的事情。

因為那些資料上，明明白白地記錄著卓鳴淵公司逃稅、違法的罪行，那是足以壓垮整間公司的罪行。但三年前，這些罪名全都按在了連然一個人頭上。

「你那時候告訴我，這個保險箱能保住我，以後我不用再擔心其他人會威脅我……」卓煜的聲音低了下去，「這是為什麼？你那時候是想把公司留給我，是嗎？」

連然什麼都不會說，他只會看著卓煜。

卓煜欺身上前，連然抬眼看他，似乎不知道他在生什麼氣。

第二天，那份資料躺在何英的私人信箱裡。何英在看到資料的第一時間就和卓煜約見面，但是卓煜並沒有答應他。

『你只需要從公司辭職，離我遠一點，不再打連然的主意，我們兩個會相安無事。』

『另：沒什麼必要的話，事情就在線上說就好，不必再見面了。』

何英震驚於卓煜不知道從哪裡弄到了這麼機密的東西，又有些懊惱自己小看了卓煜，不得不連繫他一直儘量不主動連繫的人。

三天後，何英飛往國外，在法國的會館裡見到了連詔。

連詔身邊跟著一個漂亮的混血女孩，何英防備地看了她一眼，然後連詔主動介紹，「這是露露，不用擔心她，坐。」

何英在連詔對面坐了下來。

連詔開口問的卻是連然，「哥哥現在跟卓煜在一起？」

何英點頭，「你是不是瞞著我什麼？你說連然已經死了，現在他卻活著，還回來了，要是那些事情被發現，我們很可能會……」

連詔擺擺手，「我說連然會『死』，他會消失。成為別人，也是死，他是我的親哥哥，你以為我真的能看著他離開嗎？」

連詔開玩笑的語氣令何英感到生氣，他拍桌而起，怒道：「連詔先生，我希望你能有契約精神，當初你說『只要把連然的所有都沒收，讓他只能依靠你』，你就會幫我把事情處理乾淨，但是你現在違背了契約！」

連詔抬眼，漫不經心地道：「連然身邊的人殺了 **Fred**，他早就知道我會串通 **Fred** 去綁架他。**Fred** 在機場被人一槍射中了心臟，我就知道我做的所有事情他都知道，並且早就有了打算。」

連詔優雅起身，朝何英伸出手，下一秒卻一把抓住何英的衣領，把他扯向自己，用了狠勁。何英甚至有種被瀕臨發狂的野獸咬住脖頸的錯覺。

「都是你那個小少爺，如果沒有他，哥哥是不會這樣針對我的。我在俄羅斯的資產還出現了大問題，被一個叫郁祁的吞了，這都是因為卓煜！你要我幫你，就要先幫我把卓煜處理掉。」

何英的臉色蒼白，生理性的害怕令他的手臂微微顫抖。一旁那個像洋娃娃一樣的女孩木然地看著面前的一切，連詔接著將一個東西塞進何英的手裡。

「幫你的小少爺辦個宴會吧，把這個放進他的酒裡。」

何英聲音發顫，「這是……什麼。」

「讓人上癮的東西。」連詔笑了笑，「連然不是喜歡他乾乾淨淨的嗎？那他不乾淨了，連然就不會喜歡他了吧？」他的表情變得很病態，眼神帶著偏執的光，「你做好這一切，你的那些記錄，保證會從這個世界上消失得乾乾淨淨。」

何英離開了會館，在門口的時候還踉蹌了一下，差點摔倒。連詔看到，冷冷一笑，攬過露露。

「回家吧，寶貝，時間不早了。」

露露點頭，聽話地跟他下樓。

連詔在會館一樓遇到了老朋友，聊了幾句，然後接到服務生的電話，說露露被陌生人帶到二樓的房間。

「是得罪不起的客人，我們沒辦法，只能連繫您了。」

連詔說好，不緊不慢地去到那間房間，敲了敲門。開門的一瞬，他看到露露的臉，卻突然感覺到危險，但來不及了，他覺得手臂刺痛，低頭一看，才發現有麻醉針刺進了他的手臂。

連詔不敢置信地看向這個他養了許多年、一心愛慕他的小女孩，悶聲倒了下去。

露露身後走出一個漂亮的男孩，他每走一步，都能聽到身上的銀飾叮噹作響。郁祁摸了摸露露的腦袋，笑著誇她「好孩子」。

「我是好孩子了，能見到先生了嗎？」

「當然，」郁祁笑著，給了她一部手機，指向對面的房間，「先生在等妳打電話給他，去吧。」

露露的臉上是從沒有過的開心表情，跟之前那些應付了事的開心不一樣，她宛如變成了一個少女。她向郁祁鞠了一躬，然後跨過連詔的身體，一眼都沒有看他，徑直走進對面的房間。

郁祁等露露離開後才低頭看著連詔，面無表情地把他扶起來，扔到房間的大床上。

郁祁很久沒有做愛了，上一次還停留在半年前，他跟一個客戶在有一整面落地窗的房間裡玩捆綁。他喜歡把他的床伴們綁起來，看他們高潮得滿臉通紅卻只能順從的樣子。他也玩過很多老男人，大多數人一開始都把他當作玩具，後來才在他的床上哭出來。

郁祁將連詔一身整齊的西裝解開，把繁複的正裝一件件脫下，只剩一條內褲，然後將他的手腳捆住。特製的繩子繞過連詔的胸前，勒出形狀，郁祁似乎注意到什麼，低頭盯著連詔的乳頭看了一會。

郁祁露出深感興趣的表情。

連詔的乳頭是向內凹陷的，很少見，郁祁知道這樣的乳頭需要耐心吸吮才會凸出來，會變得很紅、很大。

郁祁檢查了一遍繩索，確認牢固後，走到窗邊點了支菸，等著連詔醒來。

但是一支菸後，郁祁就忍不住走回床邊，跪上床，俯身咬住了那特殊、吸引他的乳粒。

連然用那部老人機跟露露通了電話，露露跟他說了連詔跟何英的見面內容，連然便聲音溫柔地誇她「好孩子」，然後掛掉了電話。

已經下午了，卓煜從清晨出去後就沒有回來，連然有些無聊，晃到之前自己的房間，想要把之前他為卓煜準備的玩具找出來。

但是卓煜好像扔掉了。

有點失望，連然想，他原本覺得卓煜會喜歡的，但是他好像不太喜歡。

連然在家裡晃了第五圈時，卓煜終於回來了，他進門就看到站在樓梯上的連然。連然很高，很寂寞地站在那裡，卓煜的心好像被什麼揪住了一樣，他放下包包，快速走過去，想跟連然說話。

但他快走到連然面前時，連然卻拉下臉，轉過身去。

卓煜愣了一下，「連然？你生氣了嗎？」

連然轉身沒動，直愣愣地站著，不說話。

卓煜賠笑地拉他，「我今天忙到忘了，對不起……下次一定會跟你說清楚。」

連然還是不說話。

卓煜嘆了口氣，踮腳去親他的臉頰，「別生氣了，怎麼脾氣這麼差？嗯？」又親了一口，「連然？」

連然這才轉過身來，摟住卓煜，把臉埋進卓煜的肩膀。

「太久了。」連然說。

卓煜內心酸澀又甜蜜，手順著連然的長髮往下摸。

連然的吻落上他肩膀，他說：「我想你。」

卓煜在心裡暗暗回應，表面上卻什麼都沒說。

Chapter 5

卓煜在今晚有家宴，卓家的親戚們說要為卓煜在瑤煙樓接風洗塵。卓煜不是很喜歡這種場合，但礙於現在的身分，他不得不應付。

當天他出門不到兩個小時，便接到了家裡保姆打來的電話，說連然的情緒很不穩定，需要卓煜回來一趟。

『今早我不小心打碎了玻璃杯，去拿東西清掃的時候，連先生不小心踩了上去，見到血後受到了驚嚇。現在不吃不喝，門也敲不開，沒辦法上藥，可能需要您回來一趟。』

卓煜蹙眉，最終還是回家一趟。

最近卓煜常不在家，就請了一個保姆，或許是連然不適應跟別人相處，再加上生氣於卓煜的不親近，半受到驚嚇半是生氣，連卓煜也敲不開他的房門，最後只能拿鑰匙強行打開。

臥室的小客廳沒人，卓煜就向保姆示意他自己來就好，進門找連然。臥室裡沒人，卓煜叫了幾聲，連然都沒有回應，最後他是在浴室裡找到人的。

浴缸裡的水早就滿溢出來，因為隔音門的良好性能，阻隔了水聲，卓煜推開隔音門時，看到連然整個人趴進浴缸裡，長髮浮在水面上，頓時嚇得呼吸都停止了！

他快步走過去，想要把連然拉上來，但連然的手驟然握住了卓煜的腰，把他一起往下帶。卓煜狼狽地跌進去，耳邊是氣泡的咕嚕聲，眼前一片模糊，卻抓緊了連然的手，然後他被連然拉了上來，近距離看到那對溼漉的眼眸。

卓煜不知道自己是生氣多一些還是心疼多一些，他輕輕搧了連然一巴掌，語氣不穩道：「你是三歲小孩嗎？這樣好玩嗎！」

連然被吼得一愣，然後兀自委屈起來，眉尾垂下，漂亮的瞳孔裡全是不知所措的歉意。握在卓煜腰間的手也鬆開了，身體開始後退，彷彿在害怕卓煜。

他還沒退多遠，就被卓煜拉住。卓煜每次生氣的時候，連然都是差不多的反應，卓煜知道他的委屈很多都是紙老虎，但他就是很吃連然這套，他無法看到連然露出那樣的眼神，語氣緩和了一些，「唉……你就不能乖一點嗎？」

偏偏連然這次沒有那麼好哄了，他仍舊要掙脫卓煜，卓煜怎麼拉都沒用。

連然渾身赤裸地從浴缸裡站起來，卓煜的力氣本來就不如連然，被帶著在浴缸裡打滾一圈，手一鬆，連然就抽出了手臂，轉身往外走。

連然的身體在往下滴水，卓煜抹了把臉上的水珠就站起來追上去。房間裡開著暖氣，連然全身溼著就坐到沙發上，而卓煜自己也溼著，卻認命地拿了一條浴巾，走過去幫連然擦頭髮。

連然甩開了卓煜的手。

卓煜是真的有些生氣了，他強硬地把浴巾扣在連然頭上，命令他：「別動！」

連然抬眼看他。

剛剛太混亂，卓煜才看到連然的手臂上有翻白的傷口，已經滲不出血了。卓煜伸手去抓他，「給我看看。」

連然卻將自己的手收起來。

卓煜正準備生氣，連然卻開口：「小煜，喜歡乖的。」

卓煜一怔。

「不乖，小煜就不喜歡我了。」

卓煜說不出話來，伸手去捧連然的臉，讓連然跟自己對視。

連然藍色的瞳孔茫茫，像是深海，卓煜深吸一口氣，「我喜歡你的。」

「我不想讓別人碰我，那個人卻要碰我。」

連然拉著卓煜，讓他坐到自己腿上，開始慢慢幫卓煜脫掉衣服。溼透的衣服黏在卓煜的皮膚上，連然垂著眼認真地幫他脫掉，「小煜不在，也不要別人。」

卓煜一下子心軟，輕嘆著說，「好。」

褲子被脫下，卓煜的手被連然握著帶到腿間。卓煜握住連然的性器，低頭跟連然接吻，溼潤的唇舌糾纏在一起，連然很快就勃起了，卓煜用一隻手都快握不住，卻還惦記著連然的手臂，「連然，先把傷口處理好。」

連然斜睨了一眼擺在沙發旁的醫藥箱，把卓煜推倒在沙發上，讓卓煜跪趴著。他一隻手抬著卓煜的臀部，讓他跟自己的胯下貼在一起，然後將受傷的手臂放到卓煜身前。

卓煜領會了連然的意思，在心底暗嘆了口氣，伸手去拿醫藥箱。

他從醫藥箱翻出外敷的消炎藥，身後的連然已經用準備好的性器抵著卓煜的尾椎。卓煜縮了縮身子，「等等」還沒說完，後穴就被撐開，連然的性器毫不客氣地捅了進來。

「唔！」

卓煜的手一鬆，藥就掉到了沙發底下。他輕顫著伏低身子，伸手去搆藥盒，連然卻毫不客氣地頂著他。卓煜的身子被頂得一前一後，怎麼也搆不到藥，只能叫著連然的名字。

叫了很多聲，連然才稍微停下來，等卓煜拿到藥後，再次凶狠地頂撞起來。

卓煜被快感折磨到眼睛微微瞇起，臉埋在手臂間，低頭看到自己的性器在空氣中顫巍巍地立著，前端通紅。頂端的小口開闔著，吐出透明的前列腺液，拉成細絲往下淌，後穴也在往下滴著液體。他能看到連然的性器根部和腫脹的囊袋，卓煜強忍著刺激和快感，吃力地拆開藥盒，攀著連然的手臂幫他敷藥。

卓煜的觸碰讓連然更加激動，他開始急促地抽插，次次擦過前列腺的位置。卓煜按著連然的手臂喘出聲來，被快感折磨得快要失去理智。

接著連然把卓煜翻回來，手指捏著他的乳頭，往外拉扯，直到變硬，連然再俯身咬住它。下身凶悍的頂弄突然停下，性器在卓煜體內跳動，只剩胸前的刺激，身體的空虛令卓煜不自覺地挺起胸膛，性器硬邦邦地戳著連然的小腹。

連然將性器抽出來，把卓煜翻了過去，讓卓煜坐到自己腿上，他則靠坐在沙發上。卓煜的身體很軟，任由他擺弄，連然將卓煜往前推，握著他的腰，將後穴對準自己的性器，然後把卓煜的身體重重放下。

性器毫無阻礙地直捅到深處，卓煜被強烈的貫穿感攻擊，身體忍不住要躲，話都說不好了：

「深……太深了，啊，連然……」

連然的手握著卓煜的臀部，甚至在卓煜想逃的時候在他的臀上重重拍了一掌。又痛又麻的觸感令卓煜身體緊繃，後穴縮緊。連然被伺候得很舒服，粗喘著，握著卓煜的臀急促又凶猛地頂了數下。

卓煜的手撐在茶几上，身體前傾，快感集中在下身，被刺激到眼角溼潤。

「連然！你再敢那樣試試！」

連然似乎聽不懂卓煜的意思，以為卓煜是讓他再打一次，便從善如流地抬手，又是一掌拍在卓煜的臀上。

「呃！」

卓煜丟臉地射了出來。

高潮時，全身都變得敏感至極，但連然根本沒有要停下來的意思，他甚至更加急促地插入卓煜、抽出，帶出淋漓的汁水。

卓煜覺得自己就像被撬開的蚌殼，因為外界的刺激不斷分泌出汁液。他不知道自己射出了多少，白稠的精液射完後，性器仍舊因為刺激而挺立著。被連然反覆戳刺了十幾下後，連然甚至將自己的手伸了進來。

下一秒，卓煜感覺到了前所未有的刺激。

性器頂著身體深處，那隻作亂的手卻按在他的前列腺上，使勁按壓，卓煜的身體驟然軟了下去，性器顫抖兩下，就射出一大股透明液體。連然猛地往前頂，甚至都站了起來，使卓煜的上半身撞上茶几，下身失禁地往外噴射，同時後穴死死咬住身體裡粗硬的異物。

連然低吼了一聲，抵著卓煜的敏感點射了出來，卓煜的臉則貼著玻璃茶几，呼吸斷成了幾段。跟這個男人做愛，是會去掉半條命的。卓煜在恍惚中想。

連然射完後才從卓煜的身體裡退出來，抱著卓煜坐回沙發上。

卓煜無力地靠在連然胸前，從浴缸裡帶出來的水早就乾了，現在他們身上都是汗水。連然的手插進卓煜的後穴，用兩隻手指擴張後卓煜輕哼一聲，感覺到有東西源源不斷地從後穴裡流出來。

「小煜，吃了好多。」連然的聲音帶著縱欲過後的低啞，「都是我的東西。」

卓煜卻沒有精力再罵他，任由連然的長指在自己體內摳挖清理。

他時常分不清連然到底是真的傻了，還是有時候是清醒著，但連然在性愛這方面一直天賦異稟，而其他方面都很蠢。

卓煜不是分不清，是他根本沒想過要分清。

最後為了防止今天這種事情再次發生，卓煜選擇將連然一同帶去家宴。他幫連然換了一身衣服，在三個小時後終於順利出了門。

保姆忐忑地在客廳等，看到卓煜出來時臉色泛紅，連嘴唇都有些破皮了。

但是她什麼都不敢說。

＊

卓煜遲到了半個小時，車先停在後門，卓煜哄連然先下車到休息室等自己。連然乖乖下了車，卓煜才讓司機重新開車從前門入場。

連然被帶到了高層休息室，還沒坐一會，郁祁就敲開了房門。連然有些不太讚許地看著他，郁祁則端著果盤，一副服務生的打扮，坐到連然對面的沙發上，隨意散漫的樣子，「放心，人都支開了，小少爺忙得很，暫時沒時間來看你。」

郁祁覺得好笑。之前是連然把卓煜藏起來，現在卻好像反過來了。

郁祁很想問連然玩得開不開心，但是他抬頭對上連然的眼神後，就忍住了話。

他遞給連然一支菸，連然看了一眼，拒絕了，「小煜會聞到。」

「你什麼時候被管得這麼嚴了？」

郁祁將菸含進嘴裡，被連然叫住，「別在這裡抽。」

郁祁訕笑，將菸收起來。

又過了一會，連然站起來，跟著郁祁離開了休息室。他們穿過長廊到監控室，裡頭沒人，其中一個攝影機鎖定著一個人，連然很快就發現了何英。

「他沒得選，卓煜不相信他了，他感受到威脅，只能鋌而走險。飯店的監視器有死角，但是我先前特意為他準備了一個人臉追蹤監控系統，他不知道自己的一舉一動都會暴露在我眼下。」

連然點頭。

郁祁靠在桌旁，隨意問道，「先生，你走到這一步，到底想要什麼？」

連然聞言，認真地想了一下。

他的目標一直都不太明確，因為他的人生太乏味了，直到遇到了一些人後才變得鮮豔起來。

他先是要連詔倒臺，之後因為卓煜放棄，在其他國家用先前留在郁祁名下的資產撐到今天，再次回到卓煜身邊。

好像他想要的，只是陪在卓煜身邊。

郁祁跟著他多年，了解連然的想法，「你要是想，三年前就已經得到他了，沒必要再這麼大費周章。」

連然看著監視器上拍到的，站在人群中的卓煜。的確……長大了很多。

「我第一次見到小煜時，是在周小姐給我看的合照上。那時候小煜才幾歲，她跟我說，她很愛她的兒子，如果可以的話，想再生一個來陪他。」連然難得回憶起之前的事情，「然後她出事了，大太太讓我頂了罪。我想周小姐應該放不下小煜，就跟著卓鳴淵回去，我第一眼看到他時，跟現在差很多。」

連然笑了一聲，他記得卓煜跟他對著幹的日子，在他生命裡占據了一段很重要的時光。

這三年來，他一直都難以忘記。

先是好奇，想要加入周小姐所說的完美家庭，對卓煜的感情也是從保護到占有。連然不知道自己是什麼時候開始在意起卓煜衣服下包裹著的身體，應該是在第一次看到卓煜打籃球的時候，少年蓬勃的生氣是他從未感受過的鮮活。

卓煜在他乾枯的心底點燃了什麼，連然心中的火也沒有在它燃起的那瞬間熄滅，而後經年累月，越燒越旺。

郁祁看著連然，緩緩道：「在跟著你之前，我母親跟我說，以後千萬不要喜歡上比自己小的人，因為你看著他在你身邊長大，身上有你的影子和習慣以後，你會難以放手，不甘心你辛苦照顧的人最後屬於別人。」郁祁的笑有些玩笑的意味，說話也半是玩笑語氣，「先生，你放不開他了，是嗎？」

連然收回放在卓煜身上的眼神，那對常年無波的瞳孔裡有複雜的情緒，但只是垂眼再抬起的幾秒裡，就再次恢復了冷靜。

「我為什麼要放開他？」連然似乎篤定了一件事。

他曾經在很多人身邊逗留，很多人都想要得到他，但是他們都只是短暫地留在他身邊，他的心不曾放在任何人身上。

他好像不會愛上任何人，但實際上是沒有人愛他。

父親看中他的處事風格，為了讓他陪在個性惡劣的連詔身邊才將他帶回家；大太太恨不得讓他死，處處算計、折磨他；連詔的愛是占有欲作祟，而卓鳴淵只是把他當成頂罪的工具。

只有卓煜的愛，是他遇過最笨拙，也最真誠的愛。在他態度轉變的那段時間，就算被那樣對待，卓煜看著連然時，眼中的光也從未熄滅過。

他願意用刀指著自己也不願指著連然，願意大費周章地跟連然吵架卻不願意離開他。

實在太可愛，連然早就不能冷靜。

他在多數時候會欺負卓煜，更多時候則是手足無措地愛他。

連然才發現，他是第一次這樣愛一個人，他能在卓煜身上感覺到安心，不用擔心被拋棄。

他渾渾噩噩那麼久的感情，突然有一張柔軟的網接住了。

「你要裝傻到什麼時候？」郁祁打斷連然的深入思考，他覺得連然裝傻的行為很傻，但他不敢直說，「小少爺要是知道你騙他，一定會很生氣。」

連然篤定道，「小煜沒有懷疑我。」

郁祁噓了一聲，監視器裡終於捕捉到何英在卓煜酒杯裡下藥的畫面，打了個響指，「好了，祝您有一個愉快的夜晚。」

連然緩緩轉頭看他。

「這個酒杯會被換掉，小少爺得到的酒會是下了春藥的酒，我常用在那些男人身上，保證你們今晚會非常愉快。」

郁祁不信連然不喜歡這樣，因為上次卓煜被下藥的時候，連然忍得眼睛都紅了。

誰都喜歡自己的伴侶在床上放蕩一點，更何況是這麼倔強的小少爺，放蕩起來應該很可愛。

卓煜覺得自己的酒量不算很好，他喝了幾杯香檳後有些頭重腳輕。卓煜有些掛念連然，悄悄退到電梯旁，讓侍者帶自己到休息室。

休息室在三樓。走廊上很安靜，跟剛剛喧鬧的宴會廳天差地別，空調溫度開得有點高，卓煜的身體發熱，往裡面走了一段，暈眩感卻更加嚴重。

三二一一。

卓煜數著門牌，感覺自己走了很久才走到三二一一，他掏出房卡想要打開房門，但在他打開之前，房門就被人從裡面打開了。卓煜重心不穩，往前踉蹌了一下，被連然扶住，嗅到連然身上香甜的味道後，感覺更熱了。

他解開領帶和兩顆釦子，去找空調控制器，而連然扣住卓煜的手，把他拉向自己，「你離開太久了，小煜。」

卓煜敷衍地「嗯」了一聲，還是想要找空調控制器，連然頓了頓就放任他去了。

卓煜再回頭的時候，連然已經進入了浴室。

連然待在浴室的期間，卓煜覺得身體越發充斥著一股難以言喻的感覺，像有千萬隻貓爪在他體內輕撓。醉酒不應該是這種反應，卓煜感覺到自己的性器還沒有受到任何刺激，就已經半硬起來了。

他叫了聲連然，連然沒有回應。浴室的水聲很大，卓煜咬著唇解開了自己的西裝褲。

他很少自慰，手法生疏，身體軟得坐不住，只能側躺在沙發上，手不得章法地撫慰自己。他將褲子往下拉一點，露出半截胯骨，毛髮間的性器挺立，前端漲得發紅。

卓煜學著連然的樣子撫慰自己，很快就射了一次，但性器根本沒有疲軟下去，仍舊挺立著。

卓煜紅著眼看了浴室門口一眼，那裡仍舊緊閉著。連然這個澡洗得有點久，卓煜心想，他又叫了一聲連然，連然還是沒有聽到。

卓煜在性事上尤為依賴連然，他不知道自己怎麼了，身體不知為何變成了這個樣子。他從前喝過酒，但不曾有過這種感覺。

連然從浴室裡走出來時正對著浴室門口的沙發，一眼就看到了躺在上面的卓煜。

他側躺在沙發上，緊夾著雙腿，射過一輪的性器往下淌著前列腺液，眼尾緋紅，好像發情期的兔子。

卓煜閉著眼，死死忍著身體中翻湧的熱潮，手粗暴地在性器上套弄。他沒有在自己的動作裡得到快感，但也沒辦法停下來。

迷糊中，卓煜感覺到有人蹲到自己面前，他微微睜開眼，看到連然那張漂亮的臉。

卓煜張了張嘴，沒發出聲音，只洩露出一點喘息。然後卓煜咽了咽口水，漂亮的喉結上下滾動了一次。

連然盯著他，忍住想要咬住他喉結的衝動，卓煜撐著身體湊過來，用鼻尖親暱地蹭了蹭連然的臉。

「連然。」卓煜發出聲音，鼻音很重，「我好難受。」

他拉著連然的手去碰自己的性器。

連然碰到卓煜熱燙的性器後輕輕握住，然後低頭含住了頂端。

「唔……」

卓煜在床上不會發出很大的聲音，他更多時候會發出像小動物一樣的哼聲。忍到受不了時會短促地叫出來，又很快忍了下去。

但是現在他完全失控了。

連然剛含住卓煜的性器，卓煜就挺腰頂進去。連然無聲地彎了一下嘴角，溫柔地將卓煜納進自己的嘴裡，耐心地安撫它。

卓煜的手按在連然的後腦杓上，盡力控制自己的力氣。但是連然的嘴比他自己來舒服太多，卓煜漸漸沒辦法控制自己，他不知道這麼做連然難不難受，但他的身體只剩下本能。

卓煜在連然嘴裡又射了一次，連然蹙眉，將卓煜的精液全數吞下。卓煜高潮的身體不斷顫抖，連然按住卓煜的身體，從一旁的櫃子裡拿出射精控制器，貼著卓煜的囊袋和肉柱套上。

連然低聲哄他，「小煜，你不能射太多次，會受不了的。」

卓煜哼了一聲，拉住連然的手，「連然，難受……」

連然親了親卓煜的唇角，「嗯，我知道，」他把卓煜抱起來，往床鋪走，「不會讓你難受。」

卓煜覺得有哪裡不對，但他現在沒有任何辨別能力，也什麼都想不起來，只將臉靠在連然的胸膛上。

卓煜直接被扔進柔軟的床上，陷進去，然後連然壓上來，幫卓煜將繁複的西裝脫掉。卓煜雙腿圈著連然的腰，把自己往前送，而連然按住他的胯骨，笑容有些無奈，「乖，小煜。」

卓煜的腦袋混沌一片，什麼都想不起來。他仰著下巴，全身上下都只剩下本能。

他本能地靠近連然，被連然抱著翻身，坐到他身上。連然幫他擴張完卻不再動作，只讓卓煜坐著，卓煜則撐著連然的腹部，紅著眼看他，然後自己去找連然的性器。

連然也硬得可怕，性器如一柄肉刃般立著，臉上卻冷靜得很。卓煜在迷糊中記起連然傻了之後，是不會有這種表情的，但下一秒，頂進後穴的性器讓卓煜瞬間高潮，什麼都想不起來了。

「小煜想要我怎麼做？」連然問他。

性器在後穴抽插，發出水聲。卓煜的後穴比以往任何一次性愛都溼，顫抖著緊縮，絞著連然的性器，像是專為他訂製的飛機杯，將連然的每一處輪廓都勾勒出來。

卓煜用胸部去蹭連然，連然的手指就捏住卓煜的乳粒，往外扯了扯，如願聽到卓煜的喘息，「還有嗎？」

卓煜抬起臀部，坐下去，連然也寵溺道：「好。」

他按著卓煜的臀部猛地動起來，卓煜緊貼著連然的身體，聲音都被頂碎了。

太重了，每次頂進深處都好像要把他的腸壁摩擦得更熱一分，將卓煜徹底燃燒。

連然的聲音也很不冷靜，他看起來溫柔，力氣卻好像要把他拆吃入腹。

卓煜在猛烈的抽插中哭出來，他的臀部被連然的手包住，連然同時摩擦著上面的蓮花。輕柔愛撫過後，他按住卓煜的腰，猛地往下按。

「嗯！」

連然眸色一沉，勾起卓煜的腿，將他面對面抱起來，抵在牆上。

卓煜的身體下沉，性器進得更深，他往上掙扎，卻被連然往下按。

卓煜的前端被緊緊控制住，後穴像失禁一樣流著水，不知道用後面高潮了多少次。卓煜知道自己放蕩得像是只會交合的發情野獸，而連然也是。

他被按在地毯上肏，又被拖到床邊。卓煜確定連然也失控了，他的力道變得沒有輕重，吻也粗暴地印在卓煜身上的所有地方。

卓煜的腹部繃得很緊，在連然插進來的時候，甚至能隱約看到那柄凶狠性器的形狀。

連然拉著卓煜的手按在他的腹部上，往更深處磨按，問他：「舒服嗎？」

卓煜的眼神被快感熨得渙散，連然捧著他的臉，不斷親著他的眼角、鼻尖、嘴唇，一遍遍問他：

「舒服嗎？」

「小煜，是不是我讓你最舒服？」

「愛我嗎？」

卓煜被按在牆上，而連然從身後進入他，解開卓煜性器上的禁錮。

卓煜的腿站不穩，忍不住往下滑，連然就乾脆讓他跪著，全身都靠在自己身上，雙腿卡在卓煜的雙腿間，讓性器進入到可怕的深度。

「連然！」

卓煜尖叫一聲射了出來。後穴蠕動著，絞緊了連然。

連然在他耳邊說「我愛你」，卓煜的腹部被連然射進來的精液灌得微微凸起。

不久後，卓煜緊繃的身體軟下來，倒進連然懷裡。連然抱住他，親上他汗溼的鬢角。

「辛苦了，心肝。」他退出來，帶出淋漓汁水，之後把卓煜輕輕抱起，往浴室裡走。

卓煜掉進溫水裡的時候，下意識抓住了連然。連然握著他的手腕，一點一點地親著他的手背。

卓煜最後的記憶是連然溫柔的眼神。很漂亮、很漂亮的眼睛，像是月光下的潮汐，將他包裹住，讓他覺得無限眷戀。

「……然。」

連然低頭，將耳朵湊到卓煜唇邊。

「我也……」卓煜覺得這是一場美夢，於是他的聲音也沙啞溫柔，「愛你。」

卓煜被連然洗乾淨後，抱回床上，體內的燥熱緩和了一些，然後捲土重來。

他不記得自己被快感麻痺了多少次，連神經末梢都是敏感的，被碰一下，身體就會分泌出液體。他感覺到連然的手按在他臉頰上，輕輕拍了拍。

「小煜。」

卓煜沒辦法回答他。

後來連然好像用了什麼方法讓卓煜冷靜下來，很快就昏沉地睡著了。

連然確定卓煜睡了之後，慢慢將卓煜握著自己的手拿開，親了親卓煜的額頭。

郁祁在外間等著，看到連然滿臉陰鬱地走出來時，就知道自己玩過頭了。他縮了縮肩膀，絲毫沒有在外人面前玩世不恭的樣子，「先生，我錯了，我不知道會這樣。」

他從前跟那些男人玩過很多次，那些男人給他的反應令他感到興奮，也就沒有注意到他們真正的感受。

他不疼那些人，但連然疼卓煜。

連然一步步上前，離郁祁越來越近。郁祁矮他一顆頭，這個男人將他從那個地方帶出來，他敬仰也害怕他。郁祁腰間的槍被連然抽出來，連然猛地將他掀過去，冰冷的槍口抵著郁祁的後腦。

「先生！」郁祁喊他，「我不是故意的……我沒想到會這樣！」

連然的聲音很低，沒什麼起伏，但是他生氣的時候就是這個樣子，「那是天堂用的藥，你卻用在他身上。你的小動作太多了，我不喜歡不聽話的。」

連然將槍口移到郁祁的肩膀上。

「我以為你會喜歡，我……我最近有點不理解你的意思，才會這樣……你不喜歡小少爺那個樣子嗎？」

連然蹙眉。

「先生，我保證沒有下次。」

連然沉默著。

半分鐘後，他移開槍口。

「最後一次。」

郁祁被連然猛地放開，推了出去，重重撞到門上。

「滾。」

郁祁回頭看了連然一眼，似乎想要跟他拿回自己的槍，但最後郁祁整了整自己凌亂的上衣，道：「好的，先生。」

郁祁離開之後，連然將槍收好，回房去看卓煜。卓煜睡得很沉，手鬆鬆地抓著被角，眉頭輕蹙。連然俯身親了一下他的眉心，抓過他的手跟自己十指相扣。

卓煜的掌心很溫暖，身體也是。連然的體溫低，而卓煜的體溫一直都很高，每次都能讓連然感到安心。

溫暖的、體貼的，少年的身體。

連然掀開了一點被角鑽進去，從身後抱住了卓煜。卓煜在迷糊間認出是連然，很乖地放鬆身體，靠進了連然懷裡。連然親著卓煜的髮絲，將臉埋進去，上癮般地嗅著他的味道。

不知道過了多久，連空氣中都是旖旎的睡意時，連然聽到了門鈴聲。

一種異樣的感覺從響著的門鈴聲蔓延到連然的心裡。他輕輕下床，拿起放在桌上的槍，從貓眼看出去，是郁祁。

連然握著槍的手鬆了一些，將門打開。

下一秒，門被猛地踢開！連然一驚，抬槍指著郁祁身後的人。郁祁被往後拉，有一把槍抵著郁祁的太陽穴。

連然看到了許久未見的連詔，連詔看著郁祁的眼神像要把他殺掉，「別動。」

連然道，「出去說。」

連詔冷笑，「進去，我隨時都能開槍把他打死。」

郁祁抬眼看連然，又低下去，讓連詔架著他進門，房間裡的氣氛一時降至冰點。

連然想要轉身將臥室的房門鎖上，卻被連詔叫住。槍口頂著郁祁的太陽穴，郁祁舉起雙手投降，覺得自己今天真的有點衰，被兩人輪流用槍指著，能算是他人生中最狼狽的一天之一。

半個月前，他在國外的高級會館裡把連詔綁起來玩了一整晚，將一開始渾身是刺的連詔玩到意識渙散，最後只能承受一次又一次的高潮，然後在連詔醒來之前離開。再後來連詔追著他要把他弄死，郁祁跟他玩了幾輪貓捉老鼠的遊戲，直到今天。

像連詔這麼蛇蠍心腸的男人，被郁祁那樣玩弄過後，是真的會殺了郁祁的。

但是郁祁此刻卻隱隱感到興奮，他很久沒有遇過像連詔這麼有意思的男人了。

但是……郁祁抬眼看了看連然。要是連然知道連詔是因為自己才會不顧一切地追到這裡，估計又要大怒一場。

郁祁往連然身後看去，能看到臥室裡正對面的床上有一小團鼓起動了動，卓煜的臉露了出來。

郁祁：「……」

連詔感覺到動靜，跟著往臥室裡看去，表情鬆動，用槍口敲了敲郁祁的額角，揚了揚下巴示意連然看過去，「哥哥，他醒了。」

連然回頭。

卓煜睜著眼，還沒有反應到發生了什麼，迷茫地看著面前的一切。

幾秒鐘後，卓煜猛地掀開被子，往連然這邊衝過來。連詔不滿地「嘖」了一聲，手速很快地轉了轉槍。

電光火石間，任何人都來不及反應，連詔就朝卓煜身邊的沙發開了一槍。

然後他聽到連然慌亂的聲音：「卓煜！」

在看清楚沒有射中卓煜後，連然失控的表情才微微收回。

卓煜冷不防被嚇了一跳，站在原地不敢妄動。連詔則重新將槍指向郁祁，但這次換了地方，熱燙的槍口頂著郁祁的腰，貼著他的衣料頂了頂，示意郁祁不要想搞小動作。

郁祁用無辜的眼神看著連詔，表示聽話。

「看來我來得很是時候。」連詔的嘴角掛著森冷的笑意，「不過我現在算是孤家寡人，也沒什麼要求，哥哥怎樣都不願意回來，那我就跟哥哥做個交易好了。」

連詔的眼神落在郁祁身上。

「郁祁送我吧，哥哥。」語氣好像只是在跟連然要一個無關緊要的玩具。

連然沒有說話，是卓煜先開了口：「連然現在已經傻了，他聽不懂，你不能這樣對他。」

連詔沒有理他，只是看著連然，無聲詢問他的意見。

郁祁落到連詔手裡的話，連然無比清楚他會得到什麼下場。他從小看著郁祁長大，根本不可能就這樣將他拱手讓人。

連詔給了另一個選擇：「或者哥哥，你乖乖跟我回去，其他一切我都可以不計較，他——」連詔看了卓煜一眼，「也絕對安全，我保證，怎麼樣？」

卓煜突然明白了什麼，看向連然。

連然背對著他，卓煜叫了一聲：「連然。」

連然回頭，眼神是卓煜曾經見過的，很熟悉，既清晰又冰冷，讓卓煜的心也跟著冷下去。然後卓煜看到連然做了一個手勢，將手裡的槍扔在地板上。

連詔滿意地笑了，在連然向他走來的時候放開了郁祁。連詔握著槍，對連然張開了懷抱，並說：「我愛你，哥哥。」

連然被他抱住。

連然沒有回頭看卓煜，不知道卓煜是什麼表情。

然後下一瞬，連詔的手感覺到一陣刺痛——連然不知道什麼時候在袖口藏了一把水果刀，在連詔抬手抱住他的瞬間，將刀刃全數刺入他的手腕。

連詔看到了連然。這一瞬間真實的、沒有任何偽裝的連然。

跟在那個雨夜，對試圖強姦周年和的男人開槍時一樣，憤怒、冷漠的連然。

連詔握著槍的手被釘在門上。而連詔的槍脫落後，郁祁將落在地上的槍撿起來，身分反轉，郁祁用槍口指著連詔，「先生，讓我來吧。」

連然的手上沾滿了連詔的血，他沒什麼表情地抽出刀，退後兩步。

「處理乾淨。」

郁祁點頭。

郁祁看了眼仍用錯愕的表情看著連然的連詔，無端覺得那樣的表情很刺眼，所以他劈手打上連詔的後頸，將他敲暈後帶出了房間。

連然看著門在自己面前關上，才僵硬地用衣服擦了擦手，回頭，走向卓煜。

他的心臟在連詔用槍指著卓煜的瞬間幾乎停止跳動，他第一次這麼害怕，害怕那個瘋子真的會對他的小少爺開槍。

他要碰到卓煜，懸著的心才會落地。

他用另一隻沒有沾上血的手去拉卓煜的衣角，但他還沒有碰到卓煜，卓煜就抬手給了他一記耳光。

耳光並不重，連然沒有感受到痛感。

「連然，又一次，你又騙了我一次。」

卓煜覺得自己這幾個月的所有準備、擔心，都成了笑話。

「我怎麼就……這麼蠢？好玩嗎？連然？跟我在一起的時候，是不是像在扮家家酒一樣開心啊？」

卓煜好像不想跟他吵架，只是用令連然不舒服的眼神看了他一眼，然後轉身想要回到床上。連然跟著上前，把卓煜抱了起來，卓煜沒有力氣掙扎，只是冷冷地看著他。

連然把卓煜放在床上，坐到床邊。卓煜的腿垂在床邊，連然看到他的腿上有恰到好處的肌肉，是從前運動塑造出來的優越身材。

這幾年卓煜在學校裡還是會運動，但是連然回來之後，他就時刻都陪在連然身邊。他擔心自己如果不在連然身邊，連然會出事，怕他一個人在家會害怕、亂跑，還把家裡的桌角都包起來了，也把尖銳的東西都藏了起來。卓煜處處顧及他，甚至……還有將連然就這樣圈養在家裡的打算。

他從來都沒有想過要懷疑連然。

但是連然就算回來了，也還是從欺騙開始。

卓煜想到這段時間自己的所作所為就覺得好笑，他自我放棄般地說：「這段時間，你是怎麼看我的？是不是覺得我像一隻猴子一樣？」

連然半跪著，把卓煜環在自己懷裡。

「小煜，」連然握著卓煜的手，「我們說好了，要一起去城郊的莊園散心的。」

卓煜將手從連然的手心裡抽出來，腿也從連然腿間移走。

「你竟然還有臉跟我提這個。連然，都到這個時候了，你到底有沒有一句真話？我是不是很好騙，讓你根本不擔心我要是發現了會不會難過？你是不是以為你無論做什麼，我都會忍著你？」

連然雙膝都跪在地上，膝行上前，手放在卓煜的大腿上，仰著慣有的無辜表情，「對不起，不是的，是我太愛你了，小煜，我不知道該怎麼做你才能接受我。」

連然低頭親著卓煜的膝蓋，宛如捧著珍寶，將臉貼在卓煜的腿上求他，「我想要你心疼我，可是我很多時候都只能看到你討厭我的樣子。我不應該騙你，我真的錯了，別生氣好不好？」

連然說：「我好害怕你不喜歡我。」

卓煜冷哼了一聲，想要抽出腿，但是連然抱得太緊了，卓煜幾次掙扎都無法掙脫，氣得用連然抱著的腿踩在他的性器上。因為生氣，他沒有注意力道，踩得連然身體顫了顫，但是他沒有躲，反而抱得更緊了一點。

「小煜生氣的話，踩壞它都可以。」連然仰著臉湊上去，想要親卓煜的嘴唇，「只要小煜能消氣，好嗎？」

他頂著胯往前，送上自己，卓煜卻像被燙到一樣，收回了腳。

卓煜知道自己跟連然根本不在同一個頻道上，忍不住罵道：「滾。」

「不要。」連然搖頭，「我錯了。」

卓煜不想跟他鬧，僵直地坐著，也不看他。

他發誓這次絕對不會再被連然騙。

他這輩子最討厭欺騙，從母親和父親虛假的完美婚姻開始，到連然從頭到尾的欺騙、何英的背叛，卓煜都快要喘不過氣了。

他不知道自己做錯了什麼，他對自己在乎的一切奉上真心，卻都只能得到一地狼藉。

「連然，你放過我吧。」卓煜的聲音很冷，像是穿堂風從連然的心上掠過，空落落的，「喜歡你的人那麼多，願意被你騙的人也那麼多，你想要什麼就拿走，再也別來招惹我了。」

連然伸手想要拉住卓煜，卓煜卻猛地躲開，露出疲倦的神情。

「已經夠了，我以為我們之間會有信任可言，但我現在已經不相信你了。」

卓煜還有重話沒有說出口，連然就將臉抬起來，用很悲傷的語氣問卓煜：「你不想愛我了，是嗎？可是你才剛說過……小煜，你不能不愛我。」

卓煜別過臉去。

連然低頭親了親卓煜的手背，像先前很多次那樣，好像卓煜是自己的主人，他對卓煜保有無盡的忠誠。

「我會死的，小煜，你不能不要我。」

卓煜知道自己現在應該一腳踢開面前這個變態，大聲辱罵他、讓他滾，自己也要離這個滿口謊言的混蛋遠一點，但是，他無論如何也說不出「那你就去死」這樣的話。

連然知道卓煜是什麼人，他有底線，但連然擅長找到他的弱點。卓煜突然覺得自己很窩囊，從一開始到現在，處處受人牽制，自己像是個提線木偶，永遠都是最蠢的那一個。

卓煜在意識到這一點後用盡全力，將連然猛地推開。

連然坐在地上，用很悲傷的眼神看著他。

卓煜說：「你跟我有什麼關係？我們之間有什麼好說的？你不就是想要我家的錢嗎？你那麼有手段，想要多少都拿走就好，何必跟我浪費時間？」

連然再次上前想要碰卓煜，卓煜就毫不猶豫地抬腿，再次將連然踢開。

他踹在連然肩膀上，使連然重心不穩，手臂撞到地上，聲音聽起來就很痛。卓煜頓了頓，但沒有看他。

他不斷提醒自己，連然已經用這副模樣騙過自己太多次了，不能每次都毫無條件地心軟。

連然被踹開之後沒再堅持要去碰卓煜，他沉著臉站起來，往門口走，卓煜用眼角餘光看到連然走到房門口，撿起剛才被扔在地上的槍。

他瞥見連然將槍口對準了自己，卓煜的身體反應先於大腦，猛地站起來，而連然將子彈上膛，淡淡地瞥了卓煜一眼。

卓煜覺得連然是瘋子，各種意義上都是，他竟然用這種方式來威脅自己。

「這次不是騙，」連然跟卓煜是截然不同的冷靜，「小煜不要我，我就去死，我是說真的。」

卓煜往前走了幾步。

連然：「十秒鐘——不，三秒好了。」

他還沒開始倒數，卓煜就衝上去，用手心包住槍口，瞪著連然，眼眶通紅。

「你發什麼瘋！」

連然扔掉槍，握住卓煜的手往自己懷裡帶。而卓煜跌進連然的懷裡，被他緊緊抱住。

「小煜，」他幾乎將卓煜勒進自己懷裡，「我愛你。」

卓煜咬牙切齒：「你的愛算什麼。」

連然輕輕搖頭，「小煜要我做什麼我都會做，以後只聽你的話，再也不騙你了。」

卓煜的確很想推開連然，但是他擔心連然瘋起來，真的會做出什麼他不能接受的事情，卓煜只能說：「我給你最後一次機會，要是你再騙我，那你就算死在我面前，我都不會再看你一眼。這不是原諒，只是給你機會而已。」卓煜補充道。

連然將臉埋在卓煜的肩頭，這麼高的一個人，卻像一隻大型犬撒嬌一樣抱著卓煜不放，「小煜說什麼我都聽。」

卓煜冷笑一聲，說：「好。」

連然抱得更緊了，甚至嗚咽了一聲，像受到了什麼天大的委屈，卓煜不耐煩地推開他：「夠了，別裝。」

連然收起手，跟在卓煜身後，看他換回自己的衣服。連然想要幫忙的時候被卓煜狠狠拍了一下，就不敢動了。

卓煜最後還是將連然帶回了家，進房間後連然想跟著一起進去，卻被卓煜關在門外。

「小煜。」連然抵著門，從門縫裡看他。

「你睡你的房間。」卓煜鐵面無情，「我給你時間，將所有事情，從三年前到現在的事都詳盡地告訴我，你說服我了，我再考慮原諒你。」

連然用手臂卡著門，去拉卓煜的衣袖，「會睡不著。」

可惜卓煜不吃連然這套了，跟他說：「別裝可憐。」然後把連然的手拉出去，關上門。

連然只能在門口徘徊一會，最後口袋裡的電話響了，他就移到陽臺上講電話。

電話是大太太打來的，語氣很著急，質問連然對連詔做了什麼事，為何連詔會被送到醫院。

「我捅了他一刀。」連然摸到陽臺花盆下的菸盒，抽出一支菸點燃，「我跟你們已經沒有任何關係了，妳要是再管不好妳兒子，來招惹我的人，下次就不會只是捅一刀這麼簡單了。」

大太太的咒罵連然已經聽過太多了，她罵連然是野種、便宜貨、只會發情和上床的狗、勾引他兒子的賤貨。連然只笑了一聲，將電話掛斷。

他回想起連詔錯愕的眼神。

從他第一次見到連詔到現在，過了漫長的許多年，在很長的一段時間裡，連然是真的把連詔當作弟弟看待，愛護他、憐惜他，盡了做為兄長的責任。就算最後撕破臉，連然也沒有真正為難過連詔，而今天他是第一次對連詔動手，難怪連詔會露出那種表情。

但是現在看來，其他事情都不重要了，連然想，當務之急是要哄好他的小少爺才是。

＊

託連然的福，卓煜第二天睡到快中午的時候才醒來。家裡很安靜，卓煜從樓上下去，連然坐在客廳裡跟人講電話，抬眼就看到卓煜，對那頭說了兩句就掛斷了。

他站起來向卓煜走過去，但卓煜沒看向他，繞過他往餐廳走。桌上的早餐還是溫的，連然從身後抱住卓煜，「小煜早。」

卓煜悶不吭聲，坐下來吃早飯。連然幫他倒了杯熱牛奶，坐到卓煜身邊，「小煜，昨晚睡得好嗎？」

卓煜喝了口牛奶。

「我一整晚都沒有睡好。」連然抱怨，「床又大又冷，下了一晚的雨，雨聲好大，聽得讓人心煩。然後我一大早就起來準備早餐，等小煜起床。」

卓煜對連然討好暗示的話冷處理，等連然說完才「喔」了一聲，表示自己知道了，「你可以不用那麼早準備，我記得我請了阿姨。」

連然：「阿姨做的能跟我做的比嗎？我才是最懂小煜口味的人。」

卓煜沒有否定這句話，連然的廚藝的確比請過的阿姨們都好。

連然看卓煜吃得差不多了，便問他：「小煜今天有什麼打算嗎？」

「去公司。」

卓煜以為連然又會糾纏一陣子，沒想到他很乾脆地點頭，說：「嗯，好，幾點下班？我去接你。」

乖巧得讓人覺得不太正常。

「不用了，」卓煜喝完最後一口粥，「我們的關係，讓別人看到了不好。」

言下之意是連然在名義上是自己的繼母，要是讓人看到他跟自己的繼子走得太近，會落人話柄。卓煜並非柔軟之人，從前他為連然拔掉身上的刺，現在還是會因為連然重新長出來。而長出來的那些刺，也都刺在了連然身上。

連然放在膝上的手握成拳，幾秒後慢慢鬆開，仍舊笑著：「好，都聽小煜的。」

有那麼一瞬間，卓煜甚至覺得自己是不是太過分了，但是他很快就告訴自己，這都是連然自找的。

卓煜放下湯匙，轉身去樓上的衣帽間換衣服。在鏡子前檢查著裝的時候，連然走進來幫卓煜打領帶。連然穿著睡袍，垂眸認真地幫卓煜綁好領結，長指擦過卓煜的下頷，冰涼柔軟的觸感讓卓煜微微後仰，躲了躲，連然便撤回手，退後一步。

「我等小煜回家。」

卓煜轉身離開了衣帽間，司機在門口等著。他上車前回頭看了一眼，連然站在門裡看著他，右手疊在左手上，看上去很可憐。

卓煜只是稍作停頓，便上了車。司機關上車門，連然徹底看不見他了。

卓煜這段時間開始接手公司，對公司的事務很快就上手了。原本他已經請了假，準備帶連然去城郊的莊園住幾天，但現在看來已經沒有必要了。員工突然看見自家老闆出現在公司裡，臉色看起來還不是很好，都有些害怕，整個辦公室都陷入了低氣壓。

所幸卓煜進了辦公室就沒有再出來，不斷有人送文件進去，出來後跟同事在茶水間喝茶，都說他們小卓總還是很好說話的。

卓煜工作到下班時間便準備回去，但是應該在公司門口等的司機卻不見蹤影。卓煜打電話過去，那邊聲音嘈雜，司機著急地解釋：『連先生讓我送他去一個地方，但我們在路上出了車禍。』

卓煜的心突然被揪了起來，聲音也有些著急：「怎麼回事？人沒出事吧？」

司機支吾了一下，道：『沒、沒事，連先生在做檢查，您要跟他說話嗎？』

卓煜沉默許久，才硬邦邦地說：「不用。」

『那連先生……』

「沒什麼大礙的話，檢查完就回來。」卓煜沒好氣。司機知道他這句話是對連然說的，他看著開了擴音的手機，又小心翼翼地看了坐在一旁的連然一眼。

連然嘴裡含著一支菸，對司機擺擺手，司機會意，說：『好，我知道了。』電話便被掛斷了。

卓煜覺得連然沒事，很快就會回來，他忍著回到家只有空蕩蕩客廳的失落，打開燈叫阿姨過來準備晚餐，叮囑阿姨熬一鍋大骨湯，準備一些食補。但等到飯菜都涼透了，連然都沒有回來。

卓煜想起早上離開前，連然站在門內看著自己的樣子，突然有些不安，但他又怕自己的擔心會落空。

這種複雜的情緒直到外面下起大雨時達到巔峰，卓煜煩躁地扔下桌上的文件，打了個電話給連然。

連然很快就接起，背景是很大的雨聲。連然的聲音混雜在雨裡，聽上去更冷了，『小煜。』

「你在哪裡？」

『在醫院門口，』連然說，『下雨了。』

是啊，下雨了，你怎麼還不回來？

卓煜想問，開口卻是：「沒什麼事就叫車回來吧。」

連然說：『好。』然後就不說話了。

卓煜沒有掛，兩個人像對峙一樣從話筒裡聽著彼此的呼吸，背景音有小孩子在哭、救護車的笛聲，然後有人對連然說「讓一讓」，卓煜眼前就有了畫面。連然站在醫院門口，孤立無援的樣子。

卓煜想的是「別的病人都有家屬陪伴，連然卻是一個人」。

他知道這樣為連然求情是不對的，但卓煜無論如何都按不下掛斷鍵。

「算了，我去接你吧。」最後卓煜說。

連然笑了聲，好像卓煜這麼說他就滿足了，『不用，小煜，你在家等我就好。』

「喂，你——」

電話掛斷了。

卓煜感到莫名煩躁，為自己的不爭氣而氣憤。他沒辦法再看文件，從浴室裡拿了一條浴巾就下樓。阿姨早就離開了，他看了一會桌上涼透的飯菜，最後一盤盤拿去熱了一遍，剛好將飯菜熱完，大門就被人從外面打開了。

連然全身溼透，溼髮往下滴著水，下巴尖也有水滴，連他的外套都在滴水，整個人狼狽不堪，但在看到卓煜的一瞬還是露出了開心的笑，對他張開雙臂，「小煜，我回來了。」

之後又覺得自己這個樣子不適合擁抱，便把手放下去，「我先去洗澡。」

卓煜沉著臉上前，扯過掛在門口衣架上的浴巾，罩住了連然。

「你是傻子嗎？把自己弄得這麼狼狽？」

連然被卓煜的力道擦得東倒西歪，「老人機叫不了車，我攔了一輛計程車，但是身上的錢不夠我到家，他就在半路把我放下車了。我覺得離家不遠，就走回來了。」

他扯住浴巾，防止卓煜再用沉重的力道把他擦得頭昏腦脹。他用漂亮的眸子和眷戀的眼神看著卓煜，好像卓煜是他最寶貝的人，聲音也很溫柔：「小煜，對不起。」

卓煜幾乎都要心軟了，但他還是強迫自己清醒一點，「你對不起什麼？快去把衣服換掉。」

連然的眼睛又垂了下去，說「好」。

連然洗澡向來很慢，卓煜擔心菜又冷掉，便上樓催他。卓煜叫連然，連然聽不見，他便敲門叫他。浴室的門被連然從裡面拉開，一隻帶著霧氣的手伸出來，一把將卓煜拉進浴室。

卓煜跌進熱氣蒸騰的浴室裡，被連然抱住。

「下去吃飯。」卓煜的聲音還算冷靜。

連然將下巴放在卓煜頭頂，靠著他，聲音很低，「頭好暈。」

卓煜又緊張起來。

卓家的私人醫生怎麼樣也想不到，自己第一次被最不常連繫的小少爺半夜叫來卓家，竟然只是因為一句難辨真假的「頭好暈」。他坐在連然床前，幫他檢查了一遍，然後對一旁神色肉眼可見緊張的卓煜說：「夫人只是低燒，還有點累，吃藥休息就好。」

卓煜聽到那聲「夫人」，很不滿地挑了挑眉。

但這也是事實，卓煜不能否認，只能記住那些藥的服用注意事項，送走醫生。

最後連然是被卓煜餵著吃下晚餐的。他怎麼樣都不願意自己吃，但卓煜送到他嘴邊，他就會乖乖張嘴。

吃過飯後，卓煜餵他吃藥，藥效發揮後連然說睏，但卓煜不在他身邊他就不願意睡覺，站在走廊求卓煜讓他進去。卓煜沒辦法，只能讓連然跟自己睡了。

連然發熱的身體在被子裡找到卓煜，圈著卓煜的腰抱緊，並將頭埋進他胸口，很依賴地靠著他，很快呼吸變得均勻。

連然在半睡半醒間被卓煜晃了晃，力道不大，正好能讓他無法睡著，又不至於搖碎他好不容易積累起來的睡意。

卓煜的聲音就在耳邊，他問連然：「你愛過父親嗎？」

連然圈緊了卓煜的腰，告訴他：「不愛。」然後嗅著卓煜的味道說，「我愛你。」

卓煜沉默了。

就在連然再次準備跌入睡眠時，他感覺到卓煜的手環過他的頸項，把他輕輕抱住了。

＊

連然的燒退得很快，第二天早晨的時候已經恢復正常了。卓煜放下電子溫度計就想起床，連然放在他腰間的手這時動了動，眼睛微微睜開一條縫，確認身邊的人還在後再次閉上。

「連然，」卓煜推了推他的手臂，「拿開，我要起來了。」

連然的喉嚨裡發出不太滿意的悶哼聲，慢慢放開了卓煜。

直到卓煜換好衣服、準備去公司前，連然都沒有要起床的跡象。卓煜走過去站在床邊看他，連然睡得很沉，手還保持抱著什麼的姿勢，身體微微蜷縮。

卓煜只覺得他是身體不舒服貪睡，把藥放在桌上就離開了。

卓煜接手公司接手得很順利，他從小對此耳濡目染，在一些事情上有人指導，很快就適應了節奏。因為好說話，公司上下都很親切地稱卓煜為「小卓總」。

中午卓煜通常會在辦公室的休息室休息，前一段時間，他讓祕書買了一樣東西，做為給連然的驚喜放在休息室的櫃子裡，卓煜走進來的時候想起來，就拿出來看。

是一個紅絲絨的戒指盒，裡面放著一只婚戒。

卓煜覺得自己是個很俗的男人，他明明一直告訴自己，連然跟他的關係不適合這麼做，但他愛一個人就會想要跟他結婚。

清醒著的連然不願意，但卓煜覺得傻掉的連然應該會願意跟他結婚，所以他把連然藏了起來。婚禮不需要邀請任何人，只有他們兩個就好，連然戴著白手套佩戴新郎禮花，卓煜不需要任何人祝福他們，在一起本來就只是兩個人的事情。

他一直想看看自己能為連然做到哪一步，而現在看來，他對連然幾乎沒有任何底線，所以在知道連然欺騙自己後，也就格外難過。

連然明明可以不用騙他的，但連然連騙都這麼心安理得，被發現了也不願意解釋。卓煜想到這裡，「啪」的一聲蓋上戒指盒，發出清脆的「喀嚏」聲，扔進了抽屜深處。

卓煜晚上回家時，連然在客廳等著，見到他回來就迎上去幫他脫外套，在卓煜的額頭印上一個吻。他還是穿著那件灰色的家居服，看上去很溫柔，讓卓煜有種連然是在家裡等著丈夫回家的人妻的錯覺。

但在飯桌上，連然卻跟卓煜說他要離開一段時間。

卓煜冷笑一聲：「這才兩天，就坐不住了。」

連然放下餐具，看著卓煜說：「過兩天是我母親的忌日。」

卓煜的動作頓了頓，問他：「你母親不是……上次見到的那個夫人嗎？」

連然搖頭，他第一次跟卓煜提起自己的事情：「那是連詔的母親，連家名正言順的大太太，我母親只是一個見不得光的情人而已。」

「那你……」

「我母親很溫柔，也很喜歡父親，她知道自己被父親騙了之後精神就不太好，加上大太太隔三差五地威脅，她最後自殺了，而我被接回了連家。」連然好像在說別人的故事，但這些事，這麼多年來幾乎每天都會在他腦海裡滾過一次，「大太太看似很寬容地接受了我，其實只是因為她兒子喜歡我。她怕我搶連詔的東西，就一直引導我往其他方向發展，往繼承人的反方向——勾引別人、花天酒地，跟人上床。」

卓煜的呼吸都放輕了。

連然抬眼看了卓煜一眼，淡淡道：「十四歲，小煜在度過熱情的青春期的時候，我在酒吧、會館跟不同的人來往。小煜想了解我，但是我的過去真的很不值一提。我自己都不想提，也不想讓你知道，太髒了。

「當時誰喜歡我，誰能暫時庇護我，我就跟誰在一起。我成年那天，大太太甚至想把我跟一個四十多歲的老男人關在一起，讓我吃藥服侍他，換取一些資源，說只要跟著他，我就不用擔心以後的生活了。那天我動了自殺的念頭，然後遇見了小煜的母親。」

連然還在繼續說。

「周小姐用學校課業為由把我留下來，讓我躲過一劫。她在某些方面跟我的母親很像，我常常邀請她一起約會，她開玩笑地認我為乾兒子，說你一直想要有一個哥哥。然後連詔發現了，他就開始跟著我們。

周小姐喜歡我們，還跟我們介紹她的丈夫，卓鳴淵因此得到了跟連家做生意的機會。那段時間我很開心，然後周小姐的簽證到期，要回國了。回國前一天，連詔找來了 Fred 的兒子，讓他毀了周小姐，因為他認為我太喜歡周小姐了，他很嫉妒。」

連然每次回想起那個夜晚都覺得絕望，他原本就滿是泥汙的人生從此陷入沼澤，「我對他開了槍，周小姐離開了，然後她回國的飛機失事。那是我人生中很黑暗的一段時間，我什麼都不相信了。」

卓煜的眼中染上痛色，連然就算用平靜的語氣敘述這些，也重得讓卓煜喘不過氣來。

他從來不知道言語跟刀子有一樣的作用。

「現在想來，卓鳴淵應該是恨我的，才會把我帶回來。說是結婚，卻一直沒有登記、辦婚禮，只是把我當成一個透明人，然後設計我頂下那些罪。連詔為了讓我回去，編了很多謊言，說不是我殺的人，是我頂了罪，說我要先解決連家才能解決他。很多年了，我才終於把連家處理掉。」

連然說了很多，但唯獨沒有說到卓煜。

卓煜想想也是，在連然懷著深仇大恨的人生和復仇計畫中，卓煜這個人根本不算什麼。他沒經歷過，不明白，所以沒有說話。

連然走到卓煜面前，慢慢蹲下，半跪在地上，抱住了卓煜的腰。

「我不是故意要騙你的，我只是從小就習慣說謊，用最不費力的方法達到目的。我沒有愛過誰，不知道該怎麼愛你才好。你是意外飛到我樹枝上的小鳥，是我心臟裡長出來的柔軟，我有些手足無措，是覺得這麼做你才會接受我，我才會那麼做的。」連然感受卓煜起伏的小腹，「我這半輩子都在東躲西藏，無枝可依。我想要給你樹枝，但我沒有，所以才會把你放走，但我又後悔。」

餐廳裡有一盞中央大燈，是波紋狀的。卓煜原本看著它發呆，很快眼睛就變得有點熱，有霧氣蒙住了他的視線。

卓煜說：「你不會，不會學嗎？為什麼要一直騙我？」

連然點頭，很順從地說：「我會，現在就在學，小煜還肯教我嗎？」

卓煜沒說話，但這次他沒有再推開連然了。

「這次有沒有騙我？」卓煜問。

連然堅定道：「沒有。」

「所以你說，我就要相信嗎？我憑什麼再次相信你？連然是可憐的，他做的一切都是有原因的，那我呢？我什麼都沒做，就要毫無怨言地接受你的感情，包括欺騙和隱瞞嗎？」卓煜的聲音顫抖著，抓著連然的肩膀，不知道是想握緊還是推開，「被人綁架、被當作玩具、被拋棄，我就應該被這樣對待嗎？」

卓煜：「你這麼說，我是覺得你可憐，也覺得我更蠢了。」

連然的神色一暗，圈著卓煜的手慢慢鬆開，但中途又被卓煜拉了回去。卓煜低頭撞上連然的額頭，跟他對著鼻尖，兩對眸子極近地對視，對方眼中最細微的情緒也都看得一清二楚。

自己所有的情緒都能在對方的眼睛裡找到，像是在照鏡子：痛苦、掙扎、眷戀、欲望。

連然曾經沒有的情緒，是由卓煜一一點燃的。

卓煜的聲音傳過來，震進連然的身體裡：「所以全部都要重新來過，知道了嗎？」

Chapter 6

連然洗了很久的澡，一邊洗一邊想著今晚有可能發生的事情，要用什麼樣的姿勢。

連然走出浴室的時候沒穿衣服，鑽進被子裡抓住了卓煜的腳踝，用溫柔得膩人的聲音喊他：「sweetie。」

卓煜翻了個身，手放在連然的肩上，閉著眼，半睡半醒的樣子。

這段時間，公司裡事情很多，昨天晚上又因為跟連然鬧彆扭睡不好，卓煜的眼底黑青一片。

連然垂眸看了他幾秒，手指按上卓煜的眼睛摸了摸。

卓煜的睫毛軟軟地刷著他的指腹，連然低頭親了一口，又覺得不滿意，用舌尖掃了一下卓煜的睫毛。卓煜被連然弄得睜開眼，想要把身上的人推開。

連然握住卓煜的手腕，繼續親他：「你睡你的，我親一會就睡。」

卓煜：「……」

卓煜懶得跟連然爭，閉上眼任由連然去。

連然無聲地笑了，將臉埋在卓煜的頸間吸氣，想到每天早晨都要看著西裝革履的男人從自己面前離開，就恨不得把他捆住、鎖在家裡，再把他按在家裡的每個角落做愛才安心。

連然知道這樣的愛不是卓煜的世界觀能接受的愛，他答應卓煜會學習，就不能再像之前一樣了。

卓煜感受到連然微涼的皮膚貼著自己，很快變得暖和。

被連然抱著的時候，卓煜會覺得連然是一條蛇，眼神和動作都如同猛獸，體溫也比常人更低一點。可是卓煜還沒舒服多久，原本親在臉上的人開始轉到別的地方，被子往下一點的地方鼓起一點，窸窸窣窣地動著。

卓煜扭動身子，在被子下按住連然的肩膀，又好氣又好笑：「連然！」

連然含糊地回應著，舌尖掃過卓煜的陰阜，手握著卓煜的手，跟他十指相扣，伸上去。卓煜的手跟連然扣在一起，手背壓上自己的乳頭，被操控著摩擦自己的乳頭。

下面已經被連然舔得微微硬起來，卓煜忘了自己明天還有工作，也是因為連然這樣伏低，讓卓煜有種凌駕於他的感覺。他曲起腿，憑著直覺踩在連然的肩膀上，把他的身子往下踩。

他感覺到連然頓了頓，似乎被卓煜挑釁的動作刺激得興奮起來，長臂繞過卓煜的臀部，抱住他的背並抬起來，將他的性器整個納入口中。

連然在幫人口交這方面天賦異稟，每次都能伺候得卓煜很舒服。被子裡什麼都看不見，越來越熱、越來越燙，連然偏偏不給卓煜喘息的空間，每次都吞到底，吐出時會輕吸一下卓煜的頂端。

卓煜的手從連然肩膀上離開，抓著被角，閉著眼抵抗一波又一波撲上來的欲望。

卓煜不想那麼快就射，看起來像不經人事，尤其是在連然面前。

連然真的很討厭，卓煜想，明明自己都喊停了，他還要這樣。

正想著，連然突然停了下來，熱燙皮膚的觸感從腿間攀上腰腹，再從被子裡冒出來，卓煜看了一眼，呼吸一滯。

連然的臉被悶得透紅，眉眼都被情欲侵染，嘴唇嫣紅，帶著水光，呼吸間吐出熱氣，整個人身上帶著昂揚的欲望，跟他胯間的物體一樣。連然輕輕坐在卓煜的腰上，漫不經心地將頭髮撩到腦後，像是故事書裡媚人的狐狸精。

真要命。

連然俯下身來跟卓煜親吻，舌尖推讓。他按著卓煜的下頷，輕輕摸著卓煜的下巴，下身也輕蹭卓煜。卓煜很快就受不了了，主動湊上去更深地跟連然糾纏。兩人吻得火氣上湧，身體各處都硬得不行。

連然的手移下去，握住自己的性器緩緩動著，被卓煜注意到了。

連然很少讓自己幫他口交，都是自己解決。卓煜被連然的這副模樣蒙蔽了，鬼使神差地喊了連然一聲。

連然抬頭看他，錯以為是警告，連忙解釋道：「寶貝，我不進去。」

一陣天旋地轉，連然被卓煜按在身下。連然的神色錯愕了一瞬，然後開心地張開雙臂，歡迎卓煜抱自己：「雖然沒有試過，但是如果小煜想的話，我願意。」

卓煜：「？」

連然眨眼：「粗暴一點，寶貝。」

卓煜瞪了連然一眼，對上連然戲謔的眼神，知道這個人又在胡說八道了。卓煜懶得理他，按住連然的胯骨，就低頭含住了連然飽滿的頂端。

連然絲毫沒有被伺候的自覺，淡定極了，他摸摸卓煜的耳垂，把他的手拉過來跟自己十指相扣，然後摸著他的指縫，在無名指上逗留，再引著卓煜的手摸上自己的胸口。

「多摸摸我，之後一週都要見不到了。」連然撒嬌，「工作比我重要。」

卓煜要含住連然的性器的確很費力，還要讓他舒服，實在沒心思去理會連然的話。但他還是儘量摸過連然的身體，他漂亮的腹肌和深刻的線條讓卓煜的身體越來越熱，連然卻悠然自得，樂此不疲地跟卓煜玩牽手撫摸的遊戲。

卓煜抬頭，擦了把嘴唇，「不射嗎？不射就算了。」

連然立刻看向他：「怎麼欺負人啊？」

誰欺負誰啊！

連然把卓煜拉向自己，湊在卓煜耳邊說話：「房間裡有一盒粉紅色的保險套。」

「明天還要上班。」卓煜無情否決，「而且上次太激烈了，裡面還不舒服，不行。」又說：「你回來之後才可以。」

連然看著卓煜，陰森森地道：「我贏不過你。」

然後連然把卓煜翻過去，在他腿間進出，將性器貼在一起磨蹭。

連然頂撞的力道不太冷靜，好像真的在侵犯卓煜，將卓煜的臀撞得發紅。卓煜一邊讓連然輕一點，一邊躲開受力，連然的眼睛則瞇了瞇，停下動作，然後拿起脫下衣服時扔在一旁的領帶，將卓煜的手綁了起來。

卓煜不是第一次被連然綁住，這次還是最溫柔的一次，但卓煜不喜歡被綁著，跪趴在床上回頭瞪連然：「誰答應陪你玩這個了！」

連然笑起，卻不像一開始那麼聽話：「我知道，小煜是正經人家的小孩。」

下一秒，領帶被拉緊。

「但是在床上又這麼下流，勾引得我都快要失去理智了，真煩人。」他摸著卓煜赤裸的背，上面鋪著一層薄汗，摸上去溼滑細膩，「小煜知道自己在床上有多好看嗎？」

「我不想知道！」

連然燦然一笑，翻出手機，調出相機，對著兩人貼著的地方。

連然骨節修長的手握著卓煜顏色乾淨的性器，把它的頭部露出來，粉色的頂端沾著透明的液體。鏡頭逼得很近，將性器拍得一清二楚，連然的指尖刮著頂端小口，揉了揉，在卓煜出聲前收回，又拍到卓煜的背和臀，看到自己的性器撞進卓煜泛紅的腿間。

「這樣看著反而更讓人興奮了。」連然說，然後不管卓煜怎麼掙扎說話，都一心一意地頂他、撞他，不再說話了。

就算不插入，連然也有辦法把卓煜的力氣榨乾。卓煜射了兩次，把床單都弄溼了，連然才貼著他的腿間射出來，還將精液全部抹到卓煜背上。

這一切全都被記錄下來。

連然幫卓煜清洗乾淨，抱著他到另一間房間休息時，已經是兩小時後的事情了，卓煜累得癱軟在連然的臂彎裡。連然一邊輕拍卓煜哄他睡覺，另一隻手拿著手機重溫剛剛的糾纏，甚至變態地在卓煜的性器上定格，吻了螢幕。

燈被關上，卓煜從背後被抱住。連然不間斷地親著卓煜的後背，又說了很多句「我愛你」。

連然在卓煜還沒睡醒前就離開了，等落地後才打過去報平安。卓煜接電話的語氣悶悶的，聽上去不太高興，連然知道卓煜在氣什麼，壓低聲音告訴他：「我怕看到你醒了，我就走不了了。」

卓煜「呿」了一聲，沒說話也沒掛斷，直到連然從機場走到出口準備上車，卓煜聽到那邊的人聲才把電話掛斷。

連然低眉聽電話的時候，眼裡有無限的溫柔，但一抬頭，眼中的暖意就退了下去。

大太太身旁的連家管家站在出口等他，對連然鞠了一躬，說：「大太太等著您。」

連家那個一直沉醉在溫柔鄉、毫無繼承家族實力的大兒子連然回來把連家整個摧毀的消息，在當地掀起了很大的波瀾。連然將主宅留給父親和大太太，平常有人盯著，連家名存實亡，二少爺連詔則不知去向。

大太太每天都像瘋了一樣要他將連詔還回來，因此趁連然回來過生母的忌日，費盡心思讓管家出來找他。

連然剛踏進連家，大太太就迎面撲來，被傭人及時按住。連然低頭看到昔日風光的夫人，因為失去兒子而面容枯槁，痛苦萬分，就覺得痛快。

他心底有深仇，結痂脫落後仍是裸露皮肉的傷口，什麼是原諒，他不懂，也不知道。

大太太跪在地上呢喃：「還給我……把我兒子還給我！」

*

「有時候，妳的語氣真像連詔還是個未成年的孩子。」連然嗤笑道，「他二十六了，做人做事還是橫衝直撞，不考慮後果，妳不會管教，自然有人管教。」

女人猛地抬頭，對上連然如毒蛇般的眼神，無端感到恐懼，身子顫抖了一下，「你就是……瘋子，你瘋了……」

連然懶得再跟她多說，整了整衣領，問傭人：「父親呢？」

傭人帶連然到樓上的書房。

連然推門進去，看到坐在落地窗前喝茶的男人。他似乎早就知道連然會回來，沒多驚訝，反而招手讓連然坐下。連然走過去坐下，沒接過他遞來的茶。

男人自嘲道：「我可能真的時運不濟，連我的親兒子都這麼防備我。」

連然不說話，點了一支雪茄，男人繼續說：「你跟你母親一樣，恨一個人就會恨一輩子，就算我怎麼彌補都不會感動。」

「母親可沒有恨你一輩子，你讓她連一輩子都沒活到。」連然深吸一口雪茄，卻突然想到卓煜不太喜歡他抽菸。等這次回去，要慢慢把菸戒了，免得哪天又惹小少爺生氣，「如果你愛她，她不會死。」

男人被連然的話刺痛，向來威嚴的男人此刻說不出任何話。連然抽完一支雪茄後，就不想再在這裡浪費時間，這裡的一切都是腐朽、陳舊、悲傷的。

連然起身時，聽到男人在身後若有似無地辯解了一句什麼，他懶得去聽，徑直離開了宅邸。

最近郁祁越來越懶了，本該由他陪同的行程換成了他的助手林譫。連然坐上車，瞥了林譫一眼，問：「郁祁最近在做什麼？」

林膽翻了個白眼，「連詔不知道是不是為他量身訂做的玩具，郁祁著迷得很，恨不得一天二十四小時都跟他在同一張床上。」

連然只聽到這幾句就不想再聽了，扭過頭看著窗外。

漫長的冬日就要過去了，春天即將到來。

連然回到從前跟母親一起住的單身公寓，在法國的一個小城。那裡的人不知道連然是誰，還以為他在母親離世後就出去工作了，也覺得連然很孝順，每年都會在母親的忌日回來幾天，守著那座空房子。

實際上，一個人待在老房子裡的那幾天是連然最平靜的時光。

平常有太多情緒盤踞在他的身體裡：仇恨、痛苦、怨憎以及無邊無際的孤獨。這個世界只有他的母親愛過他，而他只想待在愛他的人身邊。

母親的墓在城郊一個安靜的墓園裡，連然買了花，站在母親的墓前抽菸，菸灰落了一地，也不說話。

最後他翻出手機，調出卓煜的照片，給墓碑上跟自己有八分像的女人看。

「丈夫。」連然言簡意賅。

墓園有點冷，連然就先離開了。

又一個人睡了兩晚，連然決定提前回去。一個人睡太冷了，木床和棉被讓他感到難以忍受，他無法遏止地懷念著卓煜溫暖的身體。

從前明明能忍受這些的，但卓煜對他太好了，他有點被寵壞了。

原本打算持續一週的行程提前三天結束。

*

卓煜在今天中午結束了一天的工作後約了戒指設計師，要在戒指內環刻上連然的名字。戒指今天送過去，等連然回來的那天正好能拿到、送給他。

對了，還要訂餐廳。上次看連然好像喜歡玫瑰，先訂一束好了。

卓煜這麼想著，在工作室門口被迎入室內。設計師是一個年輕漂亮的女人，跟卓煜有一點親戚關係，她很喜歡卓煜，見卓煜走進來就親親熱熱地摟著他的手臂：「小外甥，你終於來看我了。」又捧著卓煜的臉，「讓姨姨看看你瘦了沒，聽說你工作很認真呢。」

卓煜不太自然地躲了躲，乾咳一聲：「妳別調侃我了。」然後拿出戒指。

女人看到戒指盒，促狹地笑了笑，湊到卓煜耳邊問：「怎麼啦？她不要，退回來了？」

「不是……」卓煜將戒指盒放到櫃檯上，「我想在內環刻上他的名字，這樣比較有誠意。」

女人答應得很爽快：「可以啊，刻什麼？」

卓煜認真道：「連然。」

此刻對著別人出櫃的卓煜不知道，自己掛念的人正坐在馬路對面的車子裡，看著玻璃落地窗裡，帶著別的女人來挑戒指的卓煜。

姑且不說那個女人跟卓煜是什麼關係，光是對卓煜頻繁做出親密摟抱的動作，卓煜還不生氣的話，就代表她的地位很不一般。連然瞇了瞇眼，握著方向盤的手握緊。

他一落地就去公司找人，正好碰到卓煜偷偷摸摸地想去哪裡。他一路跟過來，發現有個漂亮女人等著他。

連然突然有些不安。

他在下車抓人和立即離開之間猶豫了很久，最後選擇打開郁祁傳給他的「正常人戀愛注意事項」，上面列舉了做為一個溫柔得體的戀人需要做到的事情。連然研究了兩分鐘，覺得自己應該裝作什麼都沒有發生，離開愛人出軌的現場，然後回去再慢慢用愛感化他。

但是連然認為卓煜不會出軌，雖然他見證過太多善變的感情、恩愛夫妻離散，對感情很不信任，但他相信卓煜。所以連然下了車，站到工作室門口，看到卓煜捏著那只看上去很簡單的戒指。

卓煜聽到別人的提醒，回頭就看到了連然，還以為自己出現幻覺了。

連然風塵僕僕又優雅得體地走進來，跟卓煜面前的女人打了聲招呼，自然而然地摟過卓煜，「在看戒指嗎？」

卓煜有種祕密被拆穿的尷尬，他還想要給連然一個驚喜呢。

「你怎麼回來了？」卓煜聲音悶悶的，聽上去不是很開心。

連然怔了一下，隨即不太高興地收緊放在卓煜肩上的手，重重捏了他肩膀一下。

卓煜吃痛，不滿地看向他。

「來接你回家。」連然道，目光冷冷地審視那枚戒指，甚至看都沒看一眼面前的女人。

女人反應過來，先跟連然打了招呼，卻又卡在稱呼上。

她從前很少跟連然見面，只聽過他的名字，知道卓鳴淵死後是這位在掌權，後來不知道為什麼出事了，音訊全無，現在又出現。

聽說連然並不是什麼好人，做長輩的她剛想要勸卓煜幾句，抬頭卻看到卓煜看著連然，眼裡都容不下別人了，就算她出聲，卓煜也沒再看過來。

「叫我連然就好。」連然微笑的時候像個禮貌的紳士，在卓煜身邊，就是風度翩翩的完美戀人，「我跟小煜還有事情要談，能先離開嗎？」

卓煜掙扎了一下：「什麼事情……」

連然湊近他的耳朵：「『回來的時候就可以』。」他複述卓煜幾天前的話。

卓煜的耳朵一下子紅了。

連然將卓煜帶回自己的車上，卓煜剛扣上安全帶，就因為連然一腳踩下的油門推力撞到了頭枕，「你開車小心點！」

連然不說話，車速飛快地駛出了商業區，往家的方向開。等進到別墅樓下的停車場、停好車，卓煜解開安全帶，卻被連然按住後頸，按到車門上。

「連……」話還沒說出口，連然就將卓煜的臉扳回來，吻住他。

這個吻來得突然又猛烈，卓煜身體扭曲著，被迫承受太過深入的吻。這個姿勢明明不是很舒服，卻又因為對方是連然，身體開始熱了起來。

他的「不要」還卡在喉嚨裡，連然的另一隻手已經從他的衣襬探了進去，捏住他的乳粒。捏著小巧柔軟的軟肉揉捏，與親吻一樣的頻率，密集而激烈。

卓煜的小腹繃緊，嘴唇溼潤，連然的手指從他的嘴角插進去，跟舌頭一起攪弄。

卓煜的嘴唇闔不上，與連然交換唾液，發出曖昧的吞嚥聲。

連然親夠了才放過卓煜，將卓煜的座椅放下來，自己翻身壓上去。

卓煜沒什麼威脅地抵著連然的胸口：「別在這裡……」

連然的眼神不太冷靜，卓煜感覺到他在生氣，但不知道他的氣從何而來，便試探地問他：「你怎麼了？怎麼提前回來了？」

「我想你，」連然說，「但是小煜為什麼從來不想我？」他摸著卓煜的性器，垂著眼，「跟女人做愛和跟我做愛，哪一個更舒服？」

連然沒有給卓煜回答的餘地，再次壓著卓煜吻上來，扯掉卓煜的褲子。

卓煜在如漲潮般的侵略中勉強找回了主導權，好笑地捧著連然的臉，摸著他細膩的皮膚，「你在胡說什麼呢？那是我小阿姨。」

卓煜看著連然的眼睛，然後學著連然的動作，親了親他的眼皮。

「吃醋就直說，還問那麼傻的問題。」卓煜說，「當然是跟你做愛舒服。」

連然挑眉看向卓煜，說了句：「這樣啊。」

卓煜看不出連然聽完這句話的情緒到底怎麼樣，但是他很在意連然跟他做愛的時候是不是也很享受，所以他問連然：「你呢？」

連然的手伸下去，解開了卓煜的腰帶，把卓煜翻過身。

卓煜跪趴在座椅上，衣冠不整，臉頰泛著不正常的紅，裸露出來的皮膚折射著車窗外透進來的光，如溫潤玉石的光澤。

連然不知道從哪裡摸出了潤滑劑，倒在手上，從卓煜的穴口戳進去擴張。卓煜聽到布料摩擦的聲音，隨即有硬熱的東西抵在自己臀間。

「小煜可以感受一下，我到底有多舒服。」

連然擠進頂端，手也握住卓煜身前翹著的性器，並找到他穴口前列腺的點，用力戳了戳。

卓煜喘了一聲，與此同時性器被刺激了一下，連然套弄著搓到他的馬眼——

「每次戳到這裡，小煜都會一下子縮緊，像剛剛一樣。」

「唔……」

連然繼續深入，不疾不徐，像在開發他喜歡的遊戲，一步一步認真細緻地探索。

猙獰巨大的肉柱一點一點深入，每一寸都如此清晰。卓煜因不得滿足的快感而微微夾緊了臀部，下一秒就被連然一掌拍上屁股。

那裡泛起紅印，連然淡然的聲音傳來：「誰允許你亂動的？」

語氣還算淡定，可身體裡的性器又脹大了幾分。連然突然開始猛頂，把卓煜撞得不停往前，頂進最深處，發出淫靡的水聲，「是喜歡這樣？想要我這樣對待你？」

然後在卓煜被快感俘獲的前一秒突然停下，抽出來一點，手指在卓煜的臉側停留，落下如親吻般的觸碰。

「乖一點，之後想要什麼都給你，先配合我好不好？小煜？」

卓煜感覺從前的連然又回來了，但他不希望自己在性事上處於下風，因此他抬起臀部，讓連然退出來。

下一秒連然的手就按上卓煜的腰，語氣低了一些：「小煜。」

「愛做不做，我不求你。」

卓煜伸手去拿自己的褲子，又被連然翻回來，面對面壓在座位上。連然的臉近在咫尺，卓煜的乳頭磨蹭著連然的襯衫，雙腿被連然分開，連然的性器再次擠進來。

「好，是我求你，我來伺候你。」連然似乎生氣了，手撐在卓煜的身側，低頭看著兩人的交合處，開始大力進出。

粗長的性器幾乎退到穴口，再狠狠插到底，只頂了幾下卓煜就不行了，全身軟成一灘水，攀著連然的手臂防止自己滑下去。連然抽出來的時候他往下滑，頂進去的時候又被頂得往上衝。

連然的長髮垂下來，擋住卓煜的所有視線，只能看到連然。那雙眸子無處不在，觀察著卓煜的所有反應，而卓煜沒有力氣抓住連然的手臂，他感覺自己就像海水裡的沙石，隨著海浪浮沉，沒有一點力氣。

「連然……唔，不要這麼深，要……要抱住我的腰，會、會滑下去，啊！連然！」

連然的確抱住了卓煜，他按著卓煜的腰，抬起來，而後猛地插進去。卓煜的性器頂到連然的小腹，連然的囊袋則卡在穴口，其餘全數沒入。

然後卓煜感覺自己騰空了，又在下沉前被托起。

性器在他的體內轉了一圈，卓煜坐在連然的身上，正對著車子的擋風玻璃。車內燈被關掉了，卓煜什麼也看不見，而連然動了動腰，再次用力地往上頂，卓煜悶哼一聲，靠在車上，被頂得一顛一顛的。

他好幾次都接近高潮，快要射出來，連然卻都在那時候停下，等他清醒一點後再繼續抽插。卓煜在狹小的空間裡綁手綁腳地縮著，被連然大力頂撞，很快就渾身痠軟，求連然別這樣。

「不舒服……不想做了，連然，別這樣……」

連然讓卓煜倒向自己，扳過他的臉跟他接吻。卓煜討好似的吮吸連然的舌頭，軟軟又討好的力道讓連然想到小奶貓吃奶的樣子。

吃奶。連然的眼睛瞇了瞇。

卓家私人停車場裡，一輛車的車門被打開，卓煜只披著一件外套，腿纏在連然的腰上，被抱出來。連然托著他的臀部，抱著他走向電梯，並在電梯裡再次進入卓煜。

卓煜在電梯門的全身鏡裡看到渾身赤裸的自己掛在連然身上，而連然除了皺掉的襯衫外，其餘整整齊齊，只拉下一點褲子，性器在卓煜的體內鞭撻。

卓煜射在電梯裡，連然從背後把他頂得搖搖晃晃，精液射得到處都是。連然拔出來，卓煜就往後倒，被連然再次抱著走出了電梯。

他被連然帶回臥室，連然親了親他的額頭，讓他休息一下，然後離開房間。

過了一會，連然返回，扶起卓煜餵他喝水。卓煜微張著唇，嘴裡卻被塞進一個柔軟如矽膠般的東西。

連然不知道去哪裡找到了一個奶瓶，卓煜的舌頭頂著奶嘴想要吐出來，「嗚嗚」抗議著，而連然看他排斥便不再繼續。

「小煜不玩嗎？那就算了。」

他將奶瓶拿出來，揉了揉卓煜的頭髮，意猶未盡的樣子。

「其實我還有好多玩法想跟小煜玩，小煜不喜歡的話，以後就傳統一些好了。」

卓煜一怔，莫名開始反省起自己。

自己在床上是不是表現得太……古板了？

連然拿著奶瓶，放在腿上。卓煜盯著看了一會，突然像下定決心一樣，俯身下去含住了。

連然低頭看著卓煜。

卓煜的嘴唇因為接吻變得嫣紅，泛著水光。他的嘴唇很薄也很小，含住奶嘴的樣子看上去很軟，因為不適應用奶瓶喝東西，吸進去的時候，嘴唇縫隙間會冒出一點牛奶，又很快被吸了進去。

連然突然抬了抬手，牛奶就從卓煜的唇角溢了出來，卓煜伸出舌尖掃過去，舔乾淨。

「小貓。」連然笑了一聲，把卓煜按回床上，壓在卓煜身上，將奶瓶拿到卓煜嘴邊。

卓煜抬眼看了看連然，張嘴含了進去。

「寶寶。」連然在卓煜耳邊說話，親上他吞嚥時上下滾動的喉結。

卓煜喝得很小口，也很斯文。

「你是最特別的，別的寶寶只需要餵飽上面的嘴，我的寶寶還要餵下面的。」

連然說著，摸過一旁裝在另一個潤滑劑瓶子裡的牛奶，將瓶口插入卓煜的後穴。一擠壓，溫熱的牛奶一下子灌進卓煜的身體裡。

「唔！」

卓煜的身子往上一彈！

連然抽出奶瓶，堵住卓煜的嘴唇，品嘗他嘴裡牛奶的香甜，在水聲攪動中哄他：「乖寶寶，想要什麼都答應你。給我這次，好不好？」

卓煜喘著氣，連然仍在往他身體裡灌入牛奶。他在心裡罵連然變態，手卻抱住了連然的脖頸。

「就這一次……」

「遵命，小少爺。」連然的聲音愉悅，他分開了卓煜的腿，將他翻過去，把一瓶牛奶全數灌入卓煜體內。

潤滑劑的瓶子比較小，灌進去也沒什麼效果。卓煜感覺有一汪溫熱的液體在身體裡流動，然後連然將奶瓶裡剩下的半瓶牛奶也灌了進去。

空氣裡都是牛奶香甜膩人的味道。

卓煜以為這就是連然惡趣味的頂峰了。

連然將手指插進去，抽出來的時候滿意地看到手指沾滿了白色液體。他摸了摸卓煜微微隆起的小腹，然後撐開卓煜的後穴，把自己的性器插進去。

卓煜被刺激到下意識躲開，連然卻毫不費力地控制住他。性器進入卓煜體內的牛奶池裡，攪動的時候發出水聲，「小煜的身體裡最暖、最舒服了。」

他輕輕抽插著，看著穴口被擠出來的牛奶順著後穴流到囊袋，沿著性器，從頂端滴淌下來。

每抽插一次，就有更多牛奶被擠出來，卓煜的叫聲也更大聲一點。他一開始會叫「太滿了」，後來就爽到只會叫連然了。

連然每一聲都回應，每一次抽插都更用力一點。

兩人交合的地方滿是白濁的液體，牛奶混著精液，淫蕩至極。淺處的牛奶流出來之後，卓煜被按坐在連然身上，騎乘著他。前面已經射了兩次，什麼都射不出來了，只能流出一點透明液體。水聲很響，床單沾滿了牛奶，一片狼藉，連然托著卓煜的臀部上下狠狠頂弄，直到牛奶全部流出來，連然才射在卓煜身體裡。

「嗯！太脹了，啊……」

連然射了很多，將卓煜的腸道再次撐滿，而卓煜的前面射出了不是精液的液體。不知道是不是被灌入太多牛奶的緣故，出來的東西好像都帶著奶香。

連然最後還要使壞，拍拍卓煜的臀部：「乖寶寶，自己拔出來。」

卓煜眼睛通紅地看了連然一眼，連然挑釁似的又頂了頂，「再不拔出來又要硬了，我不介意再來一次，寶寶。」

卓煜只能撐著連然的胸膛，抬起自己的身體。身體裡的液體和腸肉都在攪動，挽留堵著它們的肉柱，直到全部拔出來的瞬間，所有液體都從穴口流出來，淅淅瀝瀝地滴在連然的小腹上，還是溫熱的。

連然滿意地看著眼前的一切，抱著渾身奶香的卓煜，咬牙喊了幾聲「小煜」才壓下繼續侵犯他的欲望，抱著他去浴室清理。

這次做得實在太過火了，卓煜到半夜就發起低燒。連然貼著他的皮膚，感覺到卓煜不正常的體溫，馬上就醒了，撐起身子拉開床頭燈，手探上卓煜的額頭。

卓煜在迷迷糊糊間感覺到身邊的人要走，下意識抓住了連然。

連然身體一頓，馬上握住了卓煜的手。

「我去拿溫度計，你在發燒。」

卓煜或許是因為半睡半醒，又或許是身體不舒服，意志力格外薄弱，睜開的眼裡有霧氣，似哀似怨地看著連然，就是不放手。

連然嘆了口氣，將他裹在毯子裡抱起來。卓煜把頭靠在連然的肩膀上，這才將手換到自己舒服的地方，不再動了。

連然抱著卓煜走出房間，穿過走廊，來到放著醫藥箱的房間。

走廊很長，只有兩個人的別墅安靜得能聽清一切動靜。先是腳步聲，呼吸聲和卓煜不舒服的呢喃聲，後來是心跳聲。

卓煜被抱得太緊，感覺很不舒服，掙扎了一下，然後被抱得更緊了。他睜開眼看了連然一眼，像是在確認抱著自己的人是連然，之後就不再掙扎了。

對卓煜來說，他有很多這麼平和溫柔的夜晚，但對連然來說，這樣的夜晚就像流星一樣罕見，他第一次在一個人身上感覺到自己被需要、被相信。

他走到房間，把卓煜放到靠椅上，翻出了耳溫槍，幫卓煜量了體溫，然後餵他吃下退燒藥，再把他抱回房間。

卓煜靠在床頭都快要睡著了，連然卻跟他說：「先不要睡。」卓煜便撐著意識醒著等連然。

連然到一旁翻找一下，然後走到床邊，把卓煜拉到床邊坐著，卓煜不太清醒地看著連然，「又怎麼了？」

連然看著他。

他的小少爺是長得很俊朗的類型，有很多女孩子想接近他、喜歡他，但他身邊沒有過男孩，因為卓煜實在太正直了，直到不會有人把他往直男之外的類型想。

卓煜看上去橫衝直撞、不會愛人，但事實上，連然知道卓煜愛一個人是什麼樣子。

卓煜將他的柔軟全都給了自己。連然沒擁有過，所以他稀罕，放不開，變得越來越需要卓煜，總是想看看卓煜能為自己做到哪一步。

卓煜從沒有考慮過愛上他這樣的人是災禍還是苦難，他只要愛上一個人就不會再去計較。連然到後來才慢慢明白這一點。

卓煜感覺指尖涼了一下，彎了彎手指，連然就按著他的骨節重新伸直，把戒指推到底。

這是為卓煜量身訂做的戒指。三年前的那個雨夜，連然從公館跟人談完出來，覺得現在的卓煜還太年輕，想等他念完大學再告訴他自己的難處，然後把戒指送給他。而連詔在車上等他，看著那枚戒指問連然是不是想要跟卓煜結婚，連然說是。

然後就是雨夜，他被連詔算計，失去了卓煜。

那枚戒指被連詔套到自己手上，因為尺寸不對，連詔就當成尾戒戴著。連然醒來後知道卓煜被帶走，第一次用槍指著連詔。

他活了三十多年，軟肋寥寥可數，在母親死後他波瀾不驚，直到卓煜成為他新的軟肋。軟肋遭到反覆擊打，連然每天晚上閉上眼，都看到卓煜就像母親去世那天一樣，喝下一杯水後無聲無息地離開了自己。

把戒指搶回來後，連然將它藏了起來，就如同對卓煜漫長七年的覬覦一樣。他重新回歸暗處，將卓煜送回亮處。

有很長一段時間，連然都認為自己的存在就是一次節外生枝，所有他珍視的人事物最後都會離開他，或者由他親手送走。

他的意志淪陷於郁祁故意將卓煜的近照放在他桌上的第一眼。

時間回到現在，卓煜的意識清醒了一大半，愣愣地看著手上的戒指。

半晌，他才將手握緊，用手指摩娑著戒指。

「給我的？」卓煜說。

連然覺得卓煜的反應很有趣，撐著下巴看他：「嗯，給你的。」

卓煜的眼神從戒指轉到連然臉上，問他：「你知道送戒指的意義嗎？你就隨便亂送。」

跟之前送那對翡翠對牌一樣。

連然聞言，表情變得認真了一些，單膝跪地，捧著卓煜的手，用他從未用過的正式語氣對卓煜說：「我知道，小煜，我不知道你願不願意跟我結婚？」

卓煜以為真的到了跟連然認真談這些的時候，會有很多顧忌，但事實上，連然開口的時候卓煜已經不記得什麼隔閡、深溝了，他只想說好。

所以他說：「願意。」又說：「我其實也為你準備了戒指，但現在不在身邊。」

連然湊過去抱住卓煜的腰，頭貼著他的小腹，用很依賴的姿勢說，「嗯，我不急。我想要先把你綁在身邊。」

卓煜的手摸著連然如綢緞般的長髮，垂下頭靠著連然的頭頂，覺得很安心。

他不知道自己為什麼會喜歡這個人，在連然確認死亡的那段時間裡，卓煜覺得他無處不在，甚至干擾到他的正常生活。

卓煜在白天時做一個正常人，夜晚則做一個神經病。

他做很劇烈的運動、在浴缸裡憋氣，因為只有在大汗淋漓、短暫窒息到筋疲力盡時，才能將連然暫時從腦海裡剔除。

連然跪了很久，直到卓煜睡著了，他才起身把卓煜抱到床上。

連然的求婚發生得很突然也很沒有道理，卓煜後來想起來都覺得有些可惜。

好在他的戒指還沒有給，卓煜仍舊想要按照原計畫訂飯店、玫瑰花和燭光晚餐。

那天晚上，連然穿了正裝，甚至戴上了白手套，乖順地聽卓煜說完，接過他的玫瑰，收下戒指，然後在卓煜準備叫菜的時候喊停。

「在用餐前，我還想做別的事情。」

卓煜一怔，繼而反應過來，看向一旁拉小提琴的侍者，面露難色。

連然給了侍者一個手勢，讓他出去。在琴聲停下的那一刻，連然站起來，侍者關上包廂門時他已經走到卓煜身邊，俯身親上了卓煜的嘴唇。

卓煜仰著臉，而連然彎腰站著，接了個漫長的吻。

連然的手撐在桌上，看上去依舊完美得無懈可擊，哪怕是被求婚表白，仍舊冷靜。但他放在上面的手指因為用力而微微彎曲著，洩露出一絲藏得很深的緊張。

因為包廂裡身分尊貴的客人讓誰都不要進來，上菜時間便無限往後延。

服務生在門口隨時待命，而在一門之隔的包廂裡，卓煜坐在連然腿上，連然把卓煜往上托起來一點，發出一點水聲。

房間裡只有燭光，連然低頭看著兩人緊緊相連的地方。

連然沒有摘掉手套，抱著卓煜，因為地點特殊，做得比以往任何一次都還克制。他用適中的力道頂著卓煜，慢慢地磨他，卓煜卻因為這悖德而瘋狂的行為敏感異常，沒多久就悶哼一聲，告訴連然：「我要射了。」

連然「嗯」了一聲，讓卓煜坐到椅子上，含住他的性器，幫他咬了出來。

他很溫柔地對待卓煜，嚥下精液後重新把卓煜抱起來，進入他，注意著卓煜衣服的平整，一次一次進出。卓煜輕輕哼了幾聲，連然便把他拉下去，射到卓煜嘴裡。

然後他像照顧洋娃娃一樣把卓煜的褲子拉上、整理好衣服，點燃香薰，十分鐘後打開包廂的門，示意服務生可以上菜了。

上菜的服務生不敢亂看，只不經意地看到年輕一點的男人嘴唇似乎有點紅，臉也是。

那一頓飯兩人都吃得心不在焉，意不在此。

兩人早早回家，卓煜先上樓，走在前頭，連然進門後則站在玄關處叫卓煜。

卓煜回頭一看，玄關處亮起一盞暖黃的燈，連然站在那裡，衣領整齊，長髮束起，白手套握著玫瑰花束，漂亮得不真實。

卓煜走過去，親上連然的唇角。

連然笑了，摟著卓煜的腰，問他：「這麼急？」

「連然。」卓煜的手指按著他的下巴，往上摸過他每一寸皮膚。

連然垂眸，濃密的睫毛在眼下打出一片陰影，任由卓煜觸摸。

卓煜道，「你真漂亮，像假的一樣，真的……很漂亮。」

連然笑，卻是山雨欲來的平靜，「小煜難得誇我。」

卓煜被捆在床上，繩子打結的地方沒有綁緊，一掙脫就會鬆開。但是卓煜沒掙扎，他躺在床上，繩子從胸前綁到腹部，用的是彩帶，而他全身赤裸，性器高高翹起，嘴裡含著一截玫瑰花枝，花朵卡在嘴唇外。

後穴也插著一截，花朵卡在穴口。

連然坐在床邊，花束散開，他一手握著花，另一隻手拿著剪刀修剪過長的枝條，將花朵覆蓋在卓煜的胸前兩點。麥色皮膚和鮮紅的花朵很相襯，連然將花朵都放上他喜歡的地方之後站起來，站在床邊看著卓煜。

連然摸上後穴處的花，往外扯出一段，惹得卓煜哼了一聲，連然又插了回去。

他在卓煜耳邊說：「謝謝小煜送的花。」

然後將剩下的玫瑰花瓣扯下，撒到卓煜身上。戴著手套的手按上卓煜胸前的那朵花，按住花心，往下壓、磨蹭。

花瓣很快就不堪蹂躪，變得殘破，花瓣碎片和溢出來的汁水都黏在卓煜的乳頭上，淫靡而豔麗，連然的手套也沾上了汁液。

看著含住玫瑰的卓煜，連然脫掉手套，張嘴咬住卓煜嘴裡的花，含到自己嘴裡。枝條被掐斷，兩人的嘴唇都被花液沾染，紅得像塗壞了的口紅。

連然就著汁液，吻過卓煜的下巴、脖頸、鎖骨，連上卓煜胸前的紅。

卓煜不用看也知道自己現在是什麼樣子，他催促連然：「不要再玩了。」

連然說「好」，握住卓煜後穴的玫瑰便用花枝抽插著。花枝被修掉尖銳，凹凸不平的表面摩擦著卓煜溼軟的後穴。卓煜不知道自己的身體什麼時候變得那麼淫蕩敏感了，只是用那麼細的花枝插進來就很有感覺，加上抬眼就能看到連然用極其溫柔的眼神看著自己，快感就越加熱烈。

卓煜掙脫掉繩索，用腿纏著連然的腰，「不想要這個。」

連然把卓煜的手拉過來，按在自己的皮帶上。卓煜抖著手解開，並在連然的示意下握著他的性器，另一隻手則抽出花，把連然的性器送入自己體內。

被連然頂撞的時候，卓煜也會大汗淋漓，高潮的時候會爽到短暫窒息。

那和卓煜在失去連然的那幾年，想要忘記他時所做的那些事不一樣。那時候卓煜只覺得痛苦，但跟連然做愛、在他懷裡高潮的時候，卓煜覺得很幸福。

卓煜做愛時，眼神會先離開連然，再回到他身上，但無論卓煜什麼時候看連然，連然的眼神

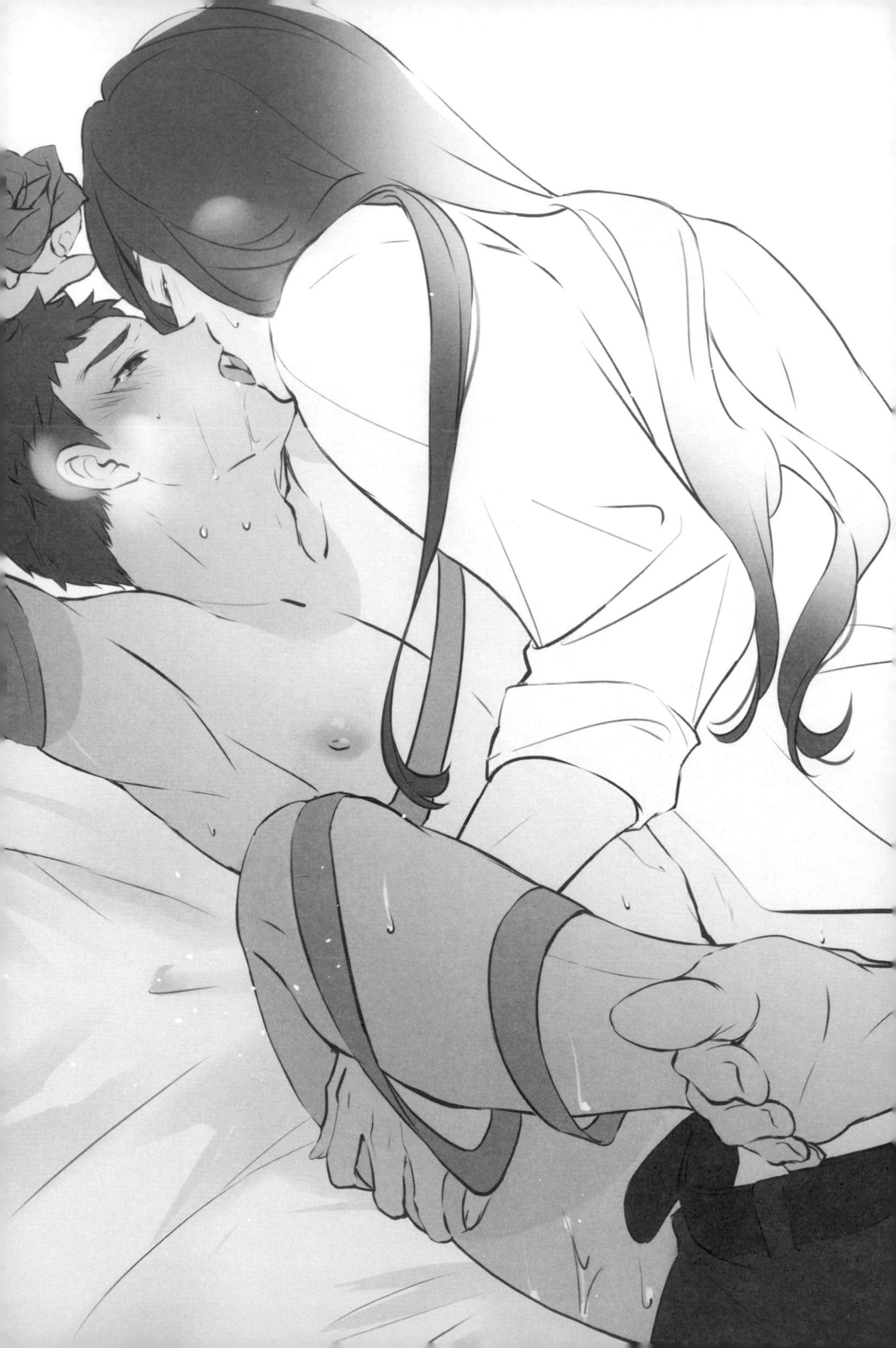

都是在他身上，那是痴迷、眷戀、無可救藥地喜歡的眼神。

卓煜抖著身子射完精，靠著連然跟他接吻。連然仍在一下一下地頂著。卓煜的後穴猛烈痙攣，連然沒幾下就射在了裡面。

「連然，」卓煜說，「我愛你。」

連然沒說話，但他很快又硬了起來，把卓煜壓在床上，繼續進出。

Final Chapter

隔年，連然母親忌日的時候，卓煜請假陪他一起去了法國。

卓煜陪連然一起在機場落地，連然開了五個小時的車，抵達那個小城市的時候已經是傍晚。卓煜看著窗外的景色變換，連然時而開車，時而將手心朝上，放到卓煜面前，要跟卓煜牽手。

車子駛入城市，停到破舊的停車場裡，連然下車去後車廂拿行李箱，帶著卓煜走進公寓。

公寓的樓梯狹小，連然仍輕鬆地扛著箱子，踩亮聲控燈。

燈亮了也很暗，卓煜有點夜盲，便拉著連然的衣角，連然很慢地帶著卓煜爬樓梯。

有晚上散步回來的居民碰到連然，很熱情地跟他打招呼：「Lance，回來了。」又看向他身後的卓煜，「這次帶了朋友嗎？」

連然笑著搖頭，用空著的左手去拉卓煜的左手，把手上的戒指亮給他看：「是愛人。」

進門後，連然放下行李箱，讓卓煜先坐。不久前，他安排人來打掃過，屋子裡乾乾淨淨的。

卓煜坐在沙發上，看著連然打開行李箱，拿出他常用的熏香，放在桌子上點燃，又把他們的衣服拿出來，掛到房間的衣櫃裡，然後從壁櫥裡翻出一只牛奶鍋，幫卓煜熱牛奶。

他問卓煜：「餓不餓？」

卓煜點頭，連然就從冰箱裡拿出準備好的食材，幫卓煜做了一份奶油義大利麵。卓煜吃麵的時候，連然到浴室幫他放水，卓煜吃完時，連然便走過來幫他把衣服脫了。卓煜伸手，連然就把他抱進浴室，試了試水溫，放入浴球，再將卓煜放進浴缸裡。

卓煜泡澡的時候連然退出去，收拾碗筷。

很快，連然回到浴室，脫下衣服，跟卓煜一起擠進浴缸。水從浴缸邊沿漫出來，卓煜屈腿坐在浴缸裡，靠在連然的胸前。連然沾了些洗髮乳，慢慢幫卓煜洗頭。

一開始，連然默默包攬所有家務的時候，卓煜還想跟他一起分擔，但後來公司忙起來，卓煜有段時間沒回家，連然便天天到公司去照顧卓煜，順便幫他處理事務。

後來卓煜跟連然在一起就什麼都不用做，衣來伸手、飯來張口，逍遙得很。

卓煜曾經開玩笑說自己跟連然結婚，也等同於娶了一個妻子，除了不能被他上之外，剩下其他女人能做的，連然也能做。

當然，這麼說的後果就是被連然壓著肏到失語，被逼著叫了無數句老公才罷休。

當時，連然的汗滴在卓煜身上，很性感地問他：『誰是丈夫？』

卓煜被頂到敏感處，前端又被束縛著射不出來，就抱著連然說：『是你……你是丈夫。』

連然又頂了他一下：『那你要叫我什麼？』

『老、老公……老公。』

想到這些事情，卓煜的臉又開始發熱，性器也半硬著。連然幫卓煜將頭髮沖乾淨，開始幫他抹沐浴乳，掰開卓煜夾著的腿時，摸到了他的性器。

連然帶著笑意的聲音從身後傳來：「摸摸頭就硬了？小煜？」

一邊說著，另一隻抹沐浴乳的手還捏著卓煜的乳頭挑逗他。卓煜很快就完全硬了，乾脆轉過去面對連然坐著。

連然看著他，道：「轉回去。」

雖然在很多事情上，看起來像是連然對卓煜惟命是從，但事實上，連然開口要求什麼的話，卓煜對他也是言聽計從的。

所以他立刻轉回去，連然托著他的腰，讓卓煜的穴口對著自己的性器頂端，戳了戳。

「小時候我跟母親住在這裡，母親也會幫我洗澡。」連然說。

卓煜還是很在意連然小時候的事，所以很有精神地回頭看連然：「嗯。」示意他繼續說。

「我母親會講故事給我聽。」連然把卓煜放下一點，又戳了戳卓煜的後穴，「大灰狼敲門，兔子幫他開了門。」

卓煜覺得不太對：「不是沒有開——啊！」

連然的性器一下子強勢地插進了半截。沒有潤滑過的甬道猝不及防地被侵入，下意識絞緊了入侵的物體，把連然夾得很舒服。

連然喘了一下，拍了拍卓煜的臀部，「我記得開了，那首歌是怎麼唱的？」

連然退了出去，抵著卓煜的臀縫，聲音很低。與其說是唱，不如說是低吟。

「小兔子乖乖，把門兒開開。」

連然頂了頂卓煜，面不改色地道：「敲門了，讓我進去嗎？」

「你別毀我童年——變態。」

連然瞇起眼，又頂了一下卓煜，將飽滿的頂端擠進去又退出來，聽著卓煜欲求不得的喘息，又問他：「讓我進去嗎？」

卓煜抓著連然的手臂，認命道：「好……」

連然頂了進去，繼續問他：「那大灰狼進去沒有？」

卓煜覺得，連然有時候是腦袋被門夾到才會問出這種弱智問題，還在做愛時搬出童話故事跟他辯論，但是他對連然一點辦法都沒有，只能順著他說：「是。」

「所以是你記錯了，小白兔幫大灰狼開了門，然後被吃掉了。」

卓煜被頂到舒服的地方，抽了一口氣，「是、是……被吃掉了。」

連然沒胡鬧太久，水溫有點涼了便把卓煜抱出來。兩人躺到床上，卓煜睏了就枕著連然的手臂睡覺，連然則精神抖擻，垂眸看著睡在自己懷裡的人。

奇怪，明明是去年睡得渾身冰涼的床，今年卻很溫暖。連然心想，看著卓煜。

卓煜的手環在連然腰上，另一隻手抓著連然的一簇頭髮，睡得香甜。

連然覺得，他願意跟卓煜一直過著這樣的生活，也能為卓煜去除一切障礙，而卓煜只要做他想要做的事情。連然不需要卓煜付出任何東西，只要卓煜給他愛就夠了。

他也會很愛卓煜。

第二天，卓煜跟著連然去了公墓，看到連然母親的照片，是個很漂亮的女人。

連然長得跟母親很像。

卓煜陪連然看完母親，回來時跟他說：「第一次見到大太太和你父親，我就覺得你不是他們生的小孩，連詔像大太太，但你誰都不像。」

「我是長得跟母親很像。」連然跟卓煜牽著手，又湊近一點看著卓煜，從卓煜的眼裡看自己，「但他們說兩個人長期在一起生活的話，就會慢慢長得像對方，我現在覺得我更像你一點。」

卓煜怔了一下，「這麼說，我也會像你了？」

連然笑了，「嗯，畢竟小煜吃了那麼多我的東西，肯定會變得像我一點。」

卓煜不說話了，別開臉。連然把卓煜的手湊到唇邊親，一邊親一邊把他往車上拖。

連然發動車子，沒有駛動，又看向公墓門口。卓煜不曉得他在想什麼，連然身上那種孤獨感又出現了。卓煜有些難過，就抓住連然的手，放到自己唇邊。

「晚上吃牛排好嗎？」卓煜問他。

連然回神，扭頭看向卓煜。小少爺的眼睛很亮，帶著愛意、包容和心疼，以及其他很多情緒，是連然看到就很想吻的一對眼睛。

他把卓煜拉過來，接了個很長的吻，然後告訴他：「我在想母親跟父親相愛時的事情。」

卓煜玩著連然額前垂下來的頭髮，想著待會要怎麼安慰他才好，連然則繼續說：「那時候母親每天都是笑著的，她會在父親回家時念情詩給他聽，每天都買新鮮的花插在花瓶裡，跟父親說她愛他，永遠。

她告訴我，等我以後愛上一個人就會明白，相愛的人是無法接受與其他人共用愛人的，就算愛他，也不能接受不愛和背叛，她讓我愛一個單純愛我的人。我曾以為這輩子，我都不會找到這個人——我會繼承母親的一切，包括命運。」

卓煜咬了一口連然的指尖，告訴他：「我不會。」

連然的手指擦過卓煜的嘴唇，「我知道，小煜不會騙我。」

「還有愛你。」卓煜憋紅了臉，實在不適應外放的感情，「還有忠誠和永遠，我都能給你，我不會讓你繼承什麼命運。」

說著說著，卓煜的聲音變小，臉色也變了。

連然感覺到卓煜情緒低落，安撫性地抱住他：「我不是這樣想的，我相信小煜。」

「是嗎？」

「小煜每次看著我，我都會安心，每一次。」連然把卓煜拉到自己腿上，「我也永遠愛你。」

說出這句話時，連續幾天壟罩在城市上空的烏雲散開了。這麼多年以來，連然第一次看到母親忌日的秋季有和煦的陽光，他最後一點的不安也消失了。

他獲得了他想要的，安寧平和的生活。

他這一生都在找尋愛，在遇見的人身上感受過廉價短暫的被愛，從不在意會釀成什麼後果，直到在那扇門後看到卓煜。

要是我以前乾乾淨淨的就好了。連然這樣心想。

現在卓煜卻對他說：「要是早一點遇到你就好了。」

連然仰頭看著他的小少爺，告訴他：「無論什麼時候都可以，因為很多事情在遇到你之後，就不再那麼灰敗了。」

車窗旁照進一束光，卓煜的手指在光束裡，像把光帶進來一樣。

而這束光，終於完全照進了連然灰沉的心底。

END

Outside Chapter 1 出差

仲冬的時候，連然出國處理事務，在國外遇到暴風雪，航線受到影響關閉，連然被迫滯留。那一整個月的天氣都不算好，連然在國外待了一個多月後，在某天早晨接到了卓煜的視訊電話。

連然睡得不太好，到了凌晨才淺淺入眠。沒過多久，又被跨洋而來的視訊通話叫醒，他按下接聽鍵，畫面片刻後顯示出卓煜的臉。

卓煜將手機擺在桌上，看著螢幕對面的連然。

連然赤裸著上半身，露出鎖骨和胸膛，靠在床頭，撐著臉，半瞇著眼看著他。

窗簾是拉上的，只有一點點亮光，看起來很模糊也很情色。卓煜不知道情色從何而來，大概是因為連然看著他的眼神。

卓煜剛洗完澡，穿著睡衣坐在辦公桌前。連然沒有要說話的意思，只是撐著臉看他，卓煜便主動跟他說話：『我查了法國那邊最近一週的天氣，貌似都不太好。』

連然彎著唇角：「嗯？」

『就是說，你不要急著回來，等天氣好一點了再回來也可以。』卓煜說得正正經經，彷彿真的在叮囑連然。

連然敲了敲手機螢幕：「真的嗎？是你的真心話嗎？」

卓煜沒怎麼猶豫便正色道：『是。』

連然便笑了：「法國冬天很少有天氣好的時候，我聽小煜的，等冬天過去了再回去。」

螢幕那頭的卓煜眼睛便睜大了些，蹙眉看著連然，頗有指責的味道。

連然覺得卓煜的表情很有趣，便湊近一些。卓煜被嚇了一跳，心虛地往後躲了躲，被連然嘲笑：「躲什麼？我又碰不到你。」

卓煜的表情便沉了下去。

他跟連然僵持了一下，最後終於小聲嘟囔了一句：『可是三個月有點久啊。』

連然聳聳肩：「對我來說很久，對小煜來說不久吧？畢竟小煜平時對我感到很厭煩，巴不得我離你遠一點。」

卓煜猛地抬頭：『我哪有——』然後就卡住了，聲音低下去，『還不是你……每天都要做……我要工作啊，腰腿總是疼痛要怎麼上班……』

「喔，好吧。」連然緩緩道，「小煜不想做，那我讓小煜放三個月的長假，怎麼樣？」

『連然！』卓煜聽出了他的試探，又羞又惱，又講不過連然，只能說：『不說了，掛了。』

連然這才有些反應，握住手機拉近，讓卓煜看到自己帶著血絲的眼睛：「我凌晨四點才睡著，小煜不陪我說說話嗎？」

卓煜原本也只是想嚇嚇他，聽到連然訴苦便軟下來，『你怎麼那麼晚睡？』

連然笑，「嗯，因為想你。」他的手往下摸，盯著卓煜的臉，看上去漫不經心，「小煜想我嗎？」

但是連然永遠不能在卓煜嘴裡聽到很直白的話，卓煜說：『白天還好，白天工作很忙。』

連然便笑著幫他把後半句說完：「晚上很想。」

卓煜不說話，默認了。

「現在你那裡是不是晚上？小煜想我的話會做什麼？」連然好奇地問。他狀似無辜，卻把鏡頭往下移，讓卓煜看到自己正在做的事情，「我想小煜的時候，都會這樣自慰。」

卓煜不是不知道連然是個變態，但是每次面對連然，他都會變得很奇怪。他覺得是跟連然一起生活太久的緣故，他也受連然影響變色了，否則在看到那柄性器的時候，為什麼小腹會跟著緊了緊，燥熱從身體的每個角落蔓延出來？

卓煜喜歡看連然自慰，看他原本漂亮禁欲的臉露出一些情欲的倦態和放縱。一想到這樣的人是因為自己變成這樣的，是因為自己擁有七情六欲、露出這樣的表情，就很有成就感。

你看他，喜歡我喜歡得不得了呢。卓煜心想，光是看著就這麼硬了。

卓煜的手碰上螢幕，在粗長的性器上碰了一下，又立刻收回。

連然似乎知道卓煜是認真在看，便旋開了一盞燈，讓卓煜看得更清楚。

『你怎麼這麼……色？不怕我錄下來，傳出去嗎？』卓煜問。

鏡頭立刻往上移，卓煜重新看到連然的臉，他的肩膀在微微聳動，「小煜開始錄了嗎？從臉開始吧？要傳到哪裡去？最好把小煜的聲音也錄進去，讓大家知道我是因為誰變成這樣的，我很開心大家能都知道我對小煜欲罷不能。」

卓煜抽了口氣：『連然！你還要不要臉啊？』

連然笑出聲來，看著卓煜震驚於他的大膽說辭而睜大的雙眼，又把鏡頭往下移。

細長骨感的手握著粗長的性器，飽滿的頂端滲出一些晶亮的液體，連然坦然而毫無保留地讓卓煜看到自己身體的每一處角落、最私密的地方，看得卓煜臉紅心跳，怎麼樣也移不開眼，甚至開始想到，平時這個東西是怎麼在自己身體裡馳騁、進出，把自己弄到什麼都想不起來的……

原本沒看到連然，什麼事都沒有，現在看到了，反倒開始想了。

「小煜，」連然叫他，「回房間去。」

卓煜便知道連然的意思了。

卓煜那邊的畫面開始變換，等鏡頭固定下來，卓煜已經坐到了他們房間的沙發上。曾經，連然在這張沙發上咬著卓煜的乳頭，在他身上灑滿牛奶。

卓煜並沒有想到這些，他聽連然的話把手機放到桌上，拍到他整個身體。

連然剛剛沒有注意到，現在看清楚了，便笑著說：「小煜穿的不是自己的睡衣？」

卓煜揪著腰上的睡衣帶子，理直氣壯地道：『是啊，怎麼了？』

看著卓煜那身略大的灰色睡衣，連然溫柔哄道：「沒什麼，好看。」

卓煜的耳尖更紅了些。

他脫掉睡衣，露出下半身，衣袖疊在手臂上，睡衣下的性器正硬著。卓煜剛握住，連然卻喊停，「只刺激前面，小煜能滿足嗎？」

卓煜很倔強，他不想隔著螢幕還是由連然來主導，便主動找出放在櫃子裡的自慰棒，將連然靜音，然後上半身靠在沙發上，背對著連然，將潤滑劑擠在手上，打轉後插進後穴。

卓煜很少自己弄後面，擠了半罐潤滑劑才慢吞吞地將自慰棒開到最低檔，放進自己的後穴。甬道溼滑，自慰棒插到底，細微的震動卻沒辦法滿足卓煜。

他便將東西拿出來，調高了一階。

餘光瞥見那邊的連然臉色有些變了，卓煜又看了一眼。

連然的眼神宛如猛獸，隔著玻璃看著獵物，虎視眈眈，卓煜光是被他這樣看著就感到戰慄。

連然說了句什麼，但卓煜按了靜音聽不到，所以他將自慰棒固定好，伸手關掉靜音。

「怎麼？」卓煜挑釁連然，「是誰不能沒有誰？你那裡……」卓煜看著連然的下身，「都硬熱到快爆炸了吧？」

連然不說話，卓煜便坐回去，當著連然的面戳著自己的後穴，握著自己的前面自慰，直到射精。

他是舒服了，連然卻沒那麼好受，滿腦子都是卓煜漂亮的身體在燈光下背著他自慰、打開自己身體的樣子，這個差也出不下去了，快速處理完事情就立刻趕回去。

連然去辦公室抓人的時候，卓煜在辦公室的休息室裡午休。祕書說他熬夜改文件累壞了，剛睡著半小時，任何人都不能進去打擾他。

但是這任何人中，並不包括連然。

連然走進休息室，休息室裡的窗簾拉得很嚴實，只看到床上的人側躺著。連然走過去，手剛碰上卓煜的臉，卓煜的身體便猛地一顫，驚慌失措地轉頭，看到連然，愣住了。

連然摘下卓煜戴著的耳機，「怎麼睡覺還戴著耳機？」

卓煜劈手要奪：「還給我！」

連然瞇了瞇眼，伸長手臂，卓煜撲了個空，下一秒，耳機便被塞入了連然耳內。

自己做愛時的喘息聲從耳機裡傳來，連然若有所思地看著卓煜通紅的臉，道：「小煜想我時不願意打電話給我，卻偷偷聽我的聲音？什麼時候錄的？」

連然捏著被角，一下子掀開。卓煜沒有防備，被子下赤裸的身體和後穴插著的東西全部呈現在連然眼前。

卓煜羞得快哭了，欲蓋彌彰地遮著自己的下身，手腕卻被連然扣住。

後穴的自慰棒被連然一下子拔出來，發出「啵」的一聲，卓煜忍不住發出一點聲音，又捂住自己的嘴。

連然將震動頻率調至最大，再次塞回了卓煜的後穴。卓煜被猛烈地刺激，眼淚立刻湧出來。但他的掙扎對連然絲毫不管用，因此覺得自己很委屈，控訴連然：「不是你說，冬天過了才要回來的嗎？」

連然微怔。

他摸著卓煜的手腕，抬起來親了親，問他：「你相信了？」

卓煜別開臉，點了點頭。

連然無奈地笑了，湊過去親卓煜的嘴唇，把他按在床上接吻，然後握著他的手引導他去摸自己早就硬了的性器。

「你怎麼會信這些話？小煜，你感覺不到我有多想你嗎？要是不信我的話，那它呢？它根本等不了一個冬天。」

卓煜碰到的東西又熱又硬，那熱度從手心侵蝕到他的四肢百骸。

卓煜的聲音低了下去，「你這個變態……」

連然咬住卓煜的乳頭，含糊道：「嗯，我想你。」

不知道連然今天怎麼了，他不在床上做愛，只把卓煜按在牆上做，讓卓煜的背被磨到紅了一大片。連然親得比以往每一次都凶猛，他捏著卓煜的下頷，不讓他闔上，舔過他因為闔不上嘴而漫出來的唾液，從下巴舔到嘴角，再舔他的眼皮、鼻梁、鎖骨。

那根自慰棒一直到卓煜射過一次才被拿出來，卓煜半瞇著眼喘息，又被連然插入。

意亂情迷時，專線卻響了。卓煜才想起這是在公司，他不知道跟連然在裡面胡鬧了多久。

「電、電話……」卓煜有氣無力。

連然應了一聲，抱著卓煜走到專線電話旁，幫他接通，在卓煜震驚的眼神中遞到他耳邊。

『老闆，上班時間到了。』祕書說。

那邊發出東西被撞倒的聲音，夾雜著卓煜的悶哼，祕書愣了一下，『卓總？』

「嗯。」卓煜終於說話了，「我在……跟連然分析一份報告，等一下……」

前半句還在跟祕書說話，但那句「等一下」，祕書不知道卓煜是跟自己還是跟別人說，她總覺得老闆的聲音跟平時……有點不一樣？

「半小時後叫我。」

卓煜說完這句便掛了電話。

剛掛掉，卓煜便氣得轉過身，不輕不重的一耳光打在連然的臉上，在他白皙的皮膚上留下幾道紅印，「你他媽……不知道我在講電話嗎！頂什麼頂啊？」

連然將卓煜的腿往兩邊分開，大力進出，「夾緊點，寶貝，不然只有半小時我很難做。」

卓煜說不出話了，他仰著頭倒在桌子上，皮肉都在細微顫抖。腿沒辦法闔攏，聽著自己的身體跟連然的性器碰撞、發出肉體拍打聲和水聲，被快感麻痺。

不知道過了多久，肯定不只半小時，連然才把他拉起來，射到了卓煜的嘴裡。

祕書不敢再打電話過去，過了快一小時，自家老闆才從休息室裡走出來，去開延遲的會議。

祕書覺得老闆沒休息夠，坐在椅子上聽報告的時候總是往旁邊歪。

後來的兩個會議更變成連然幫他開，卓煜又回休息室了。

祕書見怪不怪，每次連然過來時，老闆都會偷懶，她已經習慣了。連然先生秀外慧中，是老闆的心腹、最佳助手，老闆有這樣的伙伴在身邊，想偷懶也是正常的吧。

Outside Chapter 2 校園平行世界

卓煜剛從教務主任那裡走出來的時候，迎面撞上了要來交資料的連然。

卓煜對這個高他一屆、品學兼優的學長沒有好印象，他總覺得這個人無論是在國旗下講話，還是在跟人交談的時候，總是會透出一股虛偽的味道，讓卓煜心裡很不舒服。

卓煜不喜歡一個人的時候會表現得很明顯，他經過連然時不大不小地「哼」了一聲。

他確定連然聽到了，但是連然還是對他和煦一笑，什麼反應都沒有，就好像對所有人都是那種態度。

連然進門前，轉身看了走遠的卓煜一眼。

卓煜的背影極其囂張，昂首挺胸，絲毫不像剛被教務主任訓斥過的樣子。

高大的人擋在門口，教務主任很快就發現連然到了，原本被卓煜氣到發黑的臉色有所緩和，招手讓連然過來：「小連，你來了。」

連然這才收回眼神，走進辦公室，將手上的資料遞給他，狀似不經意地隨口問了句：「剛剛在門口碰到的學弟……」

教導主任正在煩惱沒人聽他說呢！連然一開口，就開始跟他數落起卓煜的種種事蹟：翹課、翻牆、騷擾女同學等等。

「騷擾女同學？」連然眉頭微蹙。

教導主任一拍桌子：「就是啊！我昨天放學巡邏，就看到卓煜跟二班班長在走廊轉角處拉拉扯扯，他一個男孩子，總不會是女孩強迫他的吧！」

連然笑了，「那倒是不可能。」

「這孩子屬實品德敗壞，要不是看在他每學期都能在縣市國中運動會幫學校拿幾塊獎牌，我早就讓他滾蛋回家了！」

連然安撫著教務主任，離開了辦公室。他穿過綜合大樓和教學大樓中間的小路，抄近路回教室，走到圍牆旁時，連然後退了一步，砸向他的石頭便落在他鞋尖。

連然抬頭，看到坐在牆邊的卓煜。

卓煜的書包不好好揹著，把雙肩書包揹成了單肩，吊兒郎當地坐在圍牆上，指了指連然手臂上的風紀委員紅袖章。然後直接翻身過牆，那邊傳來他穩當落地的聲音後，卓煜故意吹了聲口哨。很赤裸的挑釁。連然抬頭看著卓煜太久，回過神時肩頸有點痠，但他覺得這一趟沒白來。

卓煜在網咖玩夠了，才想起自己的手機放在學校裡。

現在是放學時間，卓煜覺得二班那個喜歡騷擾自己的女孩應該早就走了，便回去學校拿了手機。下樓的時候，他故意穿過高年級樓層，果不其然看到了還留在教室裡的連然。

連然和幾個女孩子坐在裡面，幫人講解題目。卓煜經過的時候，連然還抬眼看了他一眼。

卓煜昂首挺胸地走開了。

但是意外的，第二天，卓煜的名字沒有出現在記過名單裡，班導師也不知道他翹掉自習課的事情。卓煜的腦海裡浮現連然的那張臉，不知道連然為什麼沒有記他的過。

所以他再次在那條小路上堵連然，仰著頭看著比自己高出一顆頭的學長，很沒有禮貌地問：「昨天的事情，你怎麼不記我啊？」

連然笑著看卓煜，過了一會才做出恍然大悟的表情，「我忘記了。」

然後他笑著伸手想要揉卓煜的頭，被卓煜一掌拍開。

卓煜像隻炸毛的公雞一樣退後兩步：「你幹嘛？別碰我。」

連然露出低落的表情。卓煜一怔，心想自己好像也沒有做多過分的事情，怎麼會讓他露出這種表情？

卓煜僵硬地說：「我不喜歡別人摸我的頭。」

「因為我是男的嗎？」連然半蹲著和卓煜平視。

卓煜看到他藍色的瞳孔，想起那些女生私下談論這位混血學長的話。她們都說他的眼睛會說話，卓煜之前覺得很扯，現在倒覺得挺有真實性，因為他好像從連然眼裡看到了委屈，「小煜會讓女孩子碰，卻不允許男孩碰。」

卓煜心想本來就是啊，我一個男的不讓女的碰，不然給誰碰呢？但是看著連然的模樣，他說出來的話卻是：「沒有，誰都不准碰我。」

「前天的記過表上，小煜的記錄是騷擾女孩子。」連然看著他。

「有病啊？」卓煜想到這件事就氣個半死，「騷擾她？我瞎了才會去騷擾她。她塞給我她做的愛心巧克力，我說我不吃，她就開始哭，我覺得厭煩，就搶過來說我吃就行了吧？結果被那個老頭看見了，就說我騷擾女同學，我真是——」卓煜氣得不得了。
連然看著他氣成一隻河豚的樣子，覺得很新奇，眼神都亮了一些。
卓煜意識到自己失言，立刻止住話，轉身走了。
走之前還說了一句：「不關你的事。」
卓煜今天照例翹掉了最後兩節自習課。玩夠時，放學時間已經過了快一個小時，卓煜準備叫車回家，卻意外看到幾個混混簇擁著一個人來到小巷角落。
卓煜一眼就認出那個人是連然，心中一動，抬腿跟著走過去。
他離得有點遠，聽不清他們在跟連然聊什麼，只看到其中一個混混遞給連然一支菸，連然接過來捏在手指間，沒有點燃。
他們說了些什麼，然後一個看上去凶神惡煞的混混抬手，拍了拍連然的肩膀。
卓煜想到有些混混是會玩那些東西的，沒錢的時候還會搶劫經過的學生。他看著連然垂著頭的樣子，有些看不下去。
「喂——警察來了！」卓煜大喊。
然而什麼都沒有發生。
連然捏著菸抬眼看過去，卓煜站在不遠處，眼神有些著急地看著他，示意他快點走過來。
不知道是不是卓煜的錯覺，連然似乎彎了彎唇角，但是等他仔細看的時候又沒有了。
連然扭頭跟那些混混說了些什麼，那些人愣了一下，其中一個才上前推了連然一下。
連然踉蹌幾步，跌到卓煜面前。卓煜下意識地伸手去接，連然便靠在他身上。

卓煜抓著連然往外跑，跑了很遠才停下來。

連然一臉驚慌，說他不知道怎麼了，突然就被人拖進了巷子裡。

「你這個人怎麼喜歡走小路啊？」卓煜又吼他了，「你知不知道這樣多容易被人暗算？」

這種只會讀書，在學校裡是老師們掌上明珠的好學生不懂社會險惡。

連然抓著卓煜的手，真的害怕極了，「我真的不知道，我就是想快點回家……」

卓煜睨他一眼，就當作是自己積德行善，問連然：「你家在哪裡？」

結果到了連然家，連然堅持要請卓煜進去坐坐。卓煜覺得連然失落的樣子很可憐，不得不答應他。

連然住在一間一百二十坪的公寓裡，裝飾簡潔，沒有人情味。

連然為卓煜倒了杯水果酒，卓煜覺得很甜，有些貪杯，但誰知道水果酒的後勁那麼大，卓煜便倒在連然家的沙發上睡著了，醒來就看到連然抱著自己，一起躺在沙發上。

卓煜下意識想要推開他，連然卻收緊了手臂，像是夢到什麼痛苦的事情一樣開始顫抖、哭泣。

燈光下，連然的臉好看得不像真人，卓煜不知道自己是被什麼蠱惑了，沒再推開他。

第二天早晨，連然醒來時，卓煜已經走了，桌上擺著豆漿油條，還是熱的。

早餐下壓著紙條，上面是卓煜龍飛鳳舞的字。

『下次別來煩我。』

*

卓煜鐵了心要跟連然劃清界線，他覺得自己已經對連然夠寬容了，從他懂事起，連他媽媽都沒能抱著他一起睡覺過。

但是天不遂人意，第二天，卓煜恰好又撞見連然被混混威脅，他只能再次大發慈悲地去救下連然。他把連然從混混堆裡撿出來的時候，連然的頭髮都被扯亂了，紅著眼睛一邊跑一邊顫抖。卓煜把連然扔在安全的地方後，甩開他緊握著自己的手。

連然愣了一下才放開卓煜，退後一步跟他說謝謝。

「你怎麼這麼招人『喜歡』啊，學長？」卓煜又氣又急，挖苦連然，「你家不是很有錢嗎？請個司機接你上下課都不行？上次是搶錢，這次是什麼？」

連然的表情一下子變得很寂寞，他說：「我很少見到我父母，一個人生活了很久很久。」

卓煜無語了。他無意間提到了連然的傷心事，但他好像每次都會精準地踩到雷，這實在不是他想要的結果。

「可能是我的錯吧，以後你再碰到，直接走開就好了，不用再管我了。」連然沒有再笑了，他整理好自己的衣領，將被扯亂的頭髮重新綁好，避開卓煜的眼神，轉身就要走。

卓煜卻心亂如麻。他習慣說話很衝，但沒想到會讓連然難受。仔細想想，連然也不想被混混糾纏，他這麼說倒像都是連然的錯。

卓煜一這麼想，就覺得不好受。

連然走了幾步又回頭，對仍站在原地看著自己背影的卓煜擠出一個難看的笑容：「還是要謝謝你，要是沒有你就糟了。」

下一秒，卓煜便快步走過來，站到連然面前。

連然低頭看他，卓煜擺出一副迫不得已的架勢，抱著手臂看連然：「走啊。」

連然應了一聲，往前走了幾步。卓煜就在他身後保持著不遠不近的距離，跟他走了一段路，直到連然走到捷運站入口，卓煜才轉身準備離開。

連然叫住了他。

「小煜學弟也是一個人在家吧？我做飯還不錯，今晚我們要不要一起吃飯？」

卓煜放下抱著的雙臂，猶豫了一陣子才拖拖拉拉地朝連然走過去。

「你記住，我是看你可憐……」

連然一把摟過卓煜的肩膀，笑著說：「嗯，是。」

那是卓煜第一次吃到家人以外的人親手為他做的飯，他清楚地記得連然做的菜。

看上去如皎皎月光的連然為他洗手做羹湯，像變戲法一般在他打完一局遊戲後端上了飯菜。

卓煜準備吃完飯就立刻離開，但是一隻野貓喝到了陌生人給的香甜牛奶，就有點走不動了。

連然讓卓煜留下來洗碗的時候，卓煜留下來了。洗完碗，連然又給卓煜喝了那天喝過的很甜的水果酒，卓煜再次睡在了連然家。

只不過這次，連然將卓煜從沙發抱到自己房間，卓煜第二天醒來時，又在連然的雙臂間。

卓煜覺得自己需要跟連然談談他這個喜歡抱著人睡覺的毛病。他們都是男的，不合適抱著睡覺。

但是連然醒來後睜著惺松睡眼，散落的長髮和漂亮的臉對著卓煜時，卓煜又不說出口了。

卓煜不知道自己是什麼時候跟連然成為「朋友」的，他們在學校還是不常見面、不常說話，但只要最後兩節課是自習課，連然總是會在圍牆旁抓到卓煜，然後卓煜會在連然的注視下翻過牆，在放學之前在校門口等，護送連然這朵金花回家。

卓煜覺得自己跟連然這叫革命友情，互相取暖。連然幫他做熱飯熱菜，他委曲求全、讓連然抱一下也不是不可以，大男人能屈能伸。

這段革命友情，最終斷送在中秋節。

學校放了三天假，連然在放假當晚邀請卓煜到他那裡吃飯，誰知吃到一半，連然父母那邊傳來訊息，連然跟他們吵了一架，心情低落就拉著卓煜喝酒。卓煜擔心連然又露出受傷的表情，陪他多喝了一點，然後他喝醉了，做了個夢。

夢裡，他被連然脫光按在沙發上，連然的頭髮落在他胸膛上，癢癢的，而連然低頭親他的乳頭、囁吻他，把他舔硬了。

然後連然跟他玩六九體位。連然將與他本人極其不符的粗長性器塞進卓煜嘴裡，在下面吸吮的卓煜情不自禁地張著嘴被連然抽插。卓煜在連然嘴裡射了兩次，但連然都沒射，然後連然把他壓在身下腿交，紫紅的性器跟他的磨在一起。

卓煜醒來時是第二天中午，連然沒有睡在他身邊。

卓煜走出連然房間，才發現連然一個人站在陽臺發呆，卓煜叫他，他才反應過來。

連然在清晨的光裡看上去那麼乾淨整齊，卓煜覺得自己昨晚的夢是在玷汙這個人。

連然走進來，拿出熱好的三明治和牛奶讓卓煜吃。卓煜吃完後，連然問他：「要是我走了，小煜會想我嗎？」

卓煜一怔，緩緩抬頭看他。

連然：「我可能要出國了。」

卓煜：「那——」

「不會回來了。」

卓煜的話便卡在喉頭。

「這間房子的鑰匙可以留給你，以後小煜沒事，能來幫我暖暖房子，但是明年六月就要到期啦。」連然說著讓卓煜無法接受的話，「不過小煜應該不會想我的，這樣才好，我給小煜添太多麻煩了。」

半晌，卓煜才擠出一句：「又沒說你麻煩……」

「還是要謝謝小煜。」

卓煜猛地站起來，因為太激動，還撞到一下：「那、那個，我先走了。」

「小煜！」

連然的聲音在身後響起，下一秒，連然猛地從身後抱住了卓煜。

卓煜只看到連然的長髮掃在空氣裡，跟細微的粉塵糾纏，又溫暖又明亮。

卓煜覺得難受，也覺得委屈。自己一直以來都沒什麼朋友，好不容易碰到一個談得來的，還為了他不蹺課、好好念書了，現在卻說要離開，再也不回來了。

「我會在下個月十號離開。」連然往卓煜手心塞了一串鑰匙，將鑰匙圈像戴戒指一樣，戴到卓煜的手指上，讓卓煜握緊手心，「真的……太匆忙了，原本我還以為……」

連然沒繼續說下去。

卓煜覺得連然這是在跟他告別，氣得一週沒有理他。

但是想到連然快離開了，卓煜又很著急，連然怎麼還不給他臺階下？真的打算冷戰到底嗎？

但連然看起來還真的有這個意思。

卓煜著急了，他用連然給他的鑰匙，在連然回家前溜進他家。卓煜也不知道自己在幹嘛，他覺得連然看到他在家裡的話，應該就會原諒他了。

但是連然不是一個人回來的。卓煜躲在衣櫃裡，看到連然帶著另一個男孩回來。

那個紋了無數個刺青的男孩叫郁祁，是當地的混混首領，長得倒是眉清目秀，跟連然親親熱熱地在說話。

卓煜躲在衣櫃裡越想越氣。自己因為連然睡不著覺，他卻轉頭就有了更好的朋友，還是混混首領，比自己有用多了。連然跟郁祁做朋友，這裡的混混肯定都不敢招惹他了。

卓煜紅著眼從衣櫃裡衝出來時，嚇到了連然和郁祁。連然率先反應過來，上前拉住人，但卓煜猛地掙扎，連然就扣著他的手腕，讓郁祁先走。

「連然，你他媽就是詐騙分子！靠！還捨不捨得！虧你說得出來！轉眼就跟別人混了！」卓煜扭著身體掙扎，看著眼神變得不太友善的連然，心裡害怕，但表面上還是要跟他吵。

連然抓著他一會，突然露出了狡黠的笑。
卓煜因為那個笑，恍神了一下。
連然說：「原本想要放過你的，等我回來再吃掉也不遲。但是，」連然把卓煜拉進懷裡，「現在我後悔了。」

＊

卓煜的臉撞上連然的胸膛。
在卓煜的認知裡，連然是瘦弱的，但他撞到的地方有硬實的肌肉，包括之前顫抖著拉住他的手、支撐著他的手臂，都變得堅實強勢。
卓煜幾番掙扎未果，反而被連然越抱越緊。他將聲音提高了一些，卻明顯底氣不足：「連然你幹什麼？放開我！」
連然將卓煜甩到沙發上，伸手扯下了領帶，朝卓煜走過來。
「放開你？我什麼時候沒有放開你，小煜學弟？」
卓煜一怔。
「每次都是你自己走進來的，包括今天，我有沒有逼過你？」
連然將卓煜按在沙發上。長髮在跟卓煜僵持時被扯散了，他的胯骨卡在卓煜腿間，卓煜的腿被他分開至兩邊。

「你這是什麼眼神？」連然的手指撫過卓煜的眼皮，「之前不跑，現在想跑了？卓煜，晚了。」

連然撕開卓煜的制服襯衫，在卓煜的驚叫聲中掐住他的胸，在那上面留下紅印。

卓煜沒被人碰過那個地方，一股難言的酥麻感竄起，卓煜想逃開這種陌生的感覺卻沒辦法，因為連然扣著他的身體，掌控著他。

「卓煜，你都是這樣跟人交朋友的嗎？只接受別人好的一面，卻不能接受陰暗面。」卓煜到了此刻，才發現連然的眼裡不是永遠都柔和溫暖。

比如現在，連然的眼裡寫滿了壓抑的瘋狂，他的唇舌流連在卓煜的脖頸、鎖骨和胸膛。

卓煜被舔硬了，跟那個夢裡一樣。

但是連然沒有再繼續下去，他猛地放開卓煜，手掌在卓煜泛紅的臉上輕拍，聲音再次變得溫柔：「你看到了，我是什麼人？所以小煜離我遠一點，不要再來找我了。」

明明連然也硬到不行了，卻抽身離開，走進浴室，將卓煜留在沙發上。

卓煜失魂落魄地在沙發上坐了一會，抬眼看到了茶几上的申請書。

連然成功申請到了國外的大學。

卓煜意識到，連然就要走了。

連然聽到浴室門被打開的聲音時沒有轉身，過了一會，卓煜在他身後叫他，聲音很小。

連然抬手將水關掉，溼髮往下滴著水。

他聽到卓煜說：「我沒有怎麼樣。我沒有不接受你是同性戀。」

連然冷笑，「我從頭到尾都在騙你，那群混混是我的朋友，是來找我的，不是來搶劫。」

他沒有回頭看卓煜，卻能感覺到卓煜的眼神停在他赤裸的後背上。

「我只是覺得你好玩，想逗逗你，你就自己走過來了。」

連然轉身，一步步將卓煜逼到浴缸旁。

卓煜沒穿鞋，腳底一打滑就跌進了浴缸。耳鼻灌入水，眼睛睜不開，他被連然撈起來，之後將他抵在浴缸旁，用審視的眼光看著他。

「我就算這樣騙你，你都不走嗎？之前的氣勢去哪裡了？」

不等卓煜說話，連然用再次硬起來的性器頂著卓煜的大腿根部，「你知道你留下來，會發生什麼嗎？」

卓煜紅著眼看了連然一會，連然的態度就軟了下來。他拉著卓煜的手，放在自己腰間，按著卓煜的頭讓他看自己的身體——白皙又蓄勢待發。

那天晚上發生的事情順理成章，水到渠成，卓煜不知道自己在那個浴缸裡被連然壓著做了多久，下身麻痺到不像是自己的，抱著連然的手也痠軟得不像話。

連然讓卓煜騎在自己身上，他們溼透了，裡外都是。

初嘗情欲的卓煜被弄得很糟糕，最後甚至哭出來，求連然快點結束。

第二天，是連然親自打電話幫卓煜請的假。卓煜直到中午才清醒，這時連然已經回到家了，將飯菜擺在桌上，抱著卓煜洗漱、餵他吃飯。

卓煜平時常常在運動會上獲獎，體力不算差，但對上連然就好像被剝了一層皮。

他連抬手吃飯的力氣都沒有，連然就一口一口地餵他。卓煜吃過飯後在連然身上睡著，連然垂眸看他，摸過他仍舊泛紅的眼角。

昨晚做太久，卓煜也哭了太久，到最後精神都渙散了，只會抓著連然的手指求饒。

或許是因為連然要離開了，卓煜和連然待在一起的時間突然多了起來。每次在連然家，他們幾乎都會上床，連然的房間裡多了一些卓煜的東西，讓原本沒有人情味的家看起來溫暖了一些。

但是沒過多久，連然出國的日子就到了。

卓煜沒有像之前一樣情緒失控，他甚至幫連然把東西收拾好。正在檢查連然的護照和簽證的時候連然坐在床上叫他過去，卓煜才不情不願地放下東西走過去。

連然把卓煜抱到自己腿上，圈著他的腰：「這些我會自己檢查，小煜不需要那麼操心。」

卓煜小聲說：「萬一你忘記了……」

「那不就更好了嗎？」連然笑道，「那樣我就走不了了。」

卓煜心裡泛起苦澀，覺得這個玩笑一點都不好笑。

他不知道要用什麼辦法才能讓連然留下來，他沒什麼能留住連然的東西，也不敢問連然還會不會回來。他們現在算什麼呢？他們甚至沒有真正說過要在一起。

「你走的時候我在比賽，不能去送你，我也不想送你。」卓煜跟連然說話，「我真的很不喜歡這樣。」

連然跟他說「對不起」，然後卓煜說「算了」，把連然按在那張床上，「租約不是明年才到期嗎？在這之前我會打掃好這裡。」

連然笑著說好，讓卓煜坐在自己身上、進入他。

卓煜的手被連然反剪在身後，挺著腰，在他身體上起伏承受。

地上散落著用過的套子，卓煜這次睡著後將連然抱得很緊，像在害怕他離開自己。

但是連然最後還是走了，他們之間沒有告別，也沒有任何儀式。卓煜比完賽，站上領獎臺的時候心裡一空，下意識望著天，感覺到了連然的離去。

走出體育館，卓煜被一個意想不到的人攔下。郁祁吊兒郎當地站在場館門口叫住他，卓煜走過去後，他遞給卓煜一個東西。

是一個絲絨禮盒，很小，郁祁告訴他：「連然讓我交給你。」

卓煜打開小盒子，裡面是一枚戒指。

「他說你也可以不等，因為他不知道什麼時候才會回來。你如果和別人談戀愛的話，他還是會愛著你，就是不會再來找你了。」

郁祁的語氣很隨意，像在說一個沒那麼慎重的話題。

「還有他一定要我跟你解釋，我跟他只是朋友，什麼都沒有，你不要多想了，我們對彼此都沒有什麼感情。」

見卓煜不說話，郁祁就走了。

那天下午下了一場雨，夏日長得漫無邊際，羊城的冬日終於姍姍來遲。

卓煜從前其實更喜歡冬天一些，但是從那年起，他就開始厭惡冬天。

冬天又冷又蕭瑟，他一個人待在連然那間那麼大的房子裡，也沒人跟他說話。

他連連然的連繫方式都沒有。

但是連然房子到期的那天，被卓煜續租了。卓煜也在羊城念大學，從大二就開始幫父親處理工作，父親在羊城的分公司也由卓煜接手。

那枚戒指被卓煜用一條銀鍊串起來，戴在脖子上。

然後過了四年，他一個人度過了四個冬天。

但真要算的話，應該算是四個四個冬天，也就是十六個冬天。

連然仍舊沒有回來。

卓煜沒有刻意等連然，他現在是事業上升期，出現在他身邊的人也不少，但卓煜不會讓他們留下來。

事業要緊，其他事情就暫時先放在一邊好了。

卓煜的分公司做得頗有成果，卓煜提前完成了學業，全心投入到工作中，在一次競標中得到了與另一家公司合作的機會。

卓煜很重視這次合作，親自去見負責人。

但是這位負責人的脾氣很怪，他不像普通人一樣約在飯店或公司裡見面，他選的地方是一家日式酒館，需要客人換上寬鬆的睡袍才能入內。

卓煜提前半小時就在飯店裡等，負責人遲到了十分鐘，是卓煜親自去開的門。

卓煜第一眼看到的是金黃的長髮，和來人裸露一大半的胸膛。

來人似乎比四年前更高了一些，也更瘦了，氣質大變。他的臉色冰冷疏離，看著卓煜像在看一個初次見面的陌生人。

＊

連然的眼神落在卓煜身上，在他的身體上逡巡。

卓煜不知道自己應該怎麼說重逢的第一句話，連然便問他：「我能進去了嗎？卓總？」

卓煜這才回過神來，讓開身子。

連然走進去，坐在榻榻米上。暖爐上熱著一盅黃酒，連然夾了一顆話梅放入酒杯裡，倒了黃酒燙好，遞給卓煜。

卓煜喝了。

連然幫他倒了很多杯酒，卓煜都喝下了，但是每喝一杯，他的心就更涼一點。

他想起連然的履歷。雖然現在卓煜也是有本事的人，但他的本事跟連然比起來，還是差太多了。

「連然，我……」

連然抬眼看他，眼裡沒什麼情緒，又幫卓煜斟滿了一杯酒，「您叫我什麼？」

卓煜突然不敢說話，他支吾地說著「沒什麼」，然後將剛倒滿的酒一飲而盡。

他有點不敢面對連然，萬一他真的不記得自己，卓煜不知道能不能接受這個事實。

卓煜喝至微醺，連然才開始跟他講起合作的事。卓煜強打起精神，聽連然說他的計畫和意見，酒後的腦子反應沒有平時那麼快，對方又是連然，卓煜在連然低頭、露出整片胸膛時愣了一下，沒有回答出連然的問題，連然的臉色便沉了下去。

「卓總，我認為我們之間的合作是雙贏的，而不是像您這樣沒有誠意的。」

卓煜一怔。

「如果您做為負責人，卻對這個計畫不甚了解的話，這次見面將毫無意義。」

卓煜的心臟變得很沉，他覺得自己還是太天真了。

連然怎麼可能還記得自己，四、五年前才多少歲，十幾歲的承諾怎麼能當真？他還沉浸在重逢的驚喜中，那邊卻已經完全抽身，做為一個局外人指責他的不專業了。

卓煜清醒過來，撐著沉重的腦袋站起來，朝連然鞠了一躬。

「是我沒有準備好，讓連負責人看笑話了。我會連夜趕製一份報告交給您，之後的對接也將表現得更加專業，抱歉。」

卓煜踉蹌地走出那間包廂，換回自己的衣服，連夜做好報告就傳過去。

連然那邊回得也很快，說想要盡快做好這個案子，明天早晨就要開會。

卓煜只睡了兩、三個小時就趕去公司。

等卓煜強撐著身體講完策畫，坐在底下的連然臉色也沒有緩和。

他讓別人先走，打算再跟卓煜聊聊。卓煜走近他的時候，連然蹙眉，問他：「你怎麼酒氣這麼重？」

卓煜解釋道：「我已經洗過澡了，但是時間太趕，估計還殘存了一些。」

已經是很微弱的味道了，但是連然偏偏很挑剔，讓卓煜站得很遠重新彙報。有一點連然不是很了解，卓煜便反覆講了幾遍，口乾舌燥。

連然還是說：「不行。」

「這已經是當下能拿出來的最好方案了，如果您還是不滿意，不如您把您的訴求告訴我，我再通知下去修改。」

連然的眉頭還是皺著，「卓總，我以為您會有第二個方案。從昨天到今天，我沒看到您一點誠意，您根本不像一位決策者。」連然將文件退回，「建議您再好好理解一下文件。」

卓煜咬著唇，說「好」。

連然點頭，起身準備離開，卓煜在身後叫他：「等一等。」

連然回頭。

「公事談完了，我還有點私事要跟連負責人談。」卓煜解開衣領，當著連然的面從裡面扯出他戴了很多年的項鍊，那枚戒指還帶著卓煜的體溫，曾貼在卓煜的心臟附近，靠著卓煜的心跳生存。

「想將連先生的東西還給您。」

連然的臉色變了變。

「多謝您的『照顧』，之前是，現在也是。」卓煜將戒指扔到桌上，發出細微的聲響，「我會換另一個更專業的人士來跟您對接，我可能無法勝任這次的負責人。」

卓煜說完，就要越過連然離開。經過連然身邊的時候卻被抓住手臂，卓煜掙脫了一下，沒成功掙脫。

「怎麼不戴著？藏在那裡，我怎麼看得到？」連然的聲音突然變得很溫柔，拉著卓煜坐下，「我以為你把它扔掉了。」

卓煜覺得很委屈，別過臉不看他。

連然摸著卓煜的臉頰，跟他道歉，「是我錯了，我看到你身上沒有戒指，氣得不得了才會那樣。」

他把戒指重新拿起來，戴到卓煜的手指上。

卓煜握著拳不讓連然戴上，「不浪費連先生的時間了。」

「小煜，」連然湊近去看他，「我不是故意的，我第一眼就認出你了。是我不好，我應該直接問你的，不該自己亂想，故意為難你。」

這四年，卓煜不是沒有受過委屈，大多數的委屈，他都當作必經之路，發生就發生了，也沒有真的難受過。但是連然只是刁難他一下，卓煜就覺得沒辦法忍受。

他能接受任何人對他不好，但他不能接受連然對他不好，不能接受連然不愛他、不記得他。

連然在辦公室裡哄了卓煜將近兩個多小時，卓煜走出會議室的時候，腿還有點軟。連然從後面扶著卓煜的腰，跟外頭的祕書說卓煜需要單獨跟自己聊聊，就將卓煜帶走了。

他纏著卓煜，帶他回卓煜的家，牽著卓煜的手開車，而跟卓煜扣著的手指上，是跟卓煜同款的戒指。

等卓煜報出地址的時候，連然愣了一下。

「你一直住在那裡？」連然問他。

卓煜看向窗外，不看連然，「是，你不是讓我等你嗎？我怕你回來時不知道要去哪裡找我，就乾脆住在你那裡。」然後聲音又低了下去，「誰知道你這麼多年都……」

卓煜一進門，就被連然按在門口。他把卓煜紮進褲子裡的襯衫抽出來，手探進去，摸著卓煜的腰和小腹。

卓煜的身體緊繃著，想到在會議室裡連然沒插入就把他弄得腿軟的事。

連然在曾經的房間跟卓煜做愛。房間裡還保留著他的東西，也多了很多卓煜這四年的生活軌跡。連然一邊頂弄卓煜，一邊跟他解釋自己這幾年是如何在連家以私生子的身分，和他的弟弟連詔爭奪財產，如何忍辱負重、怎麼爭取機會，然後回到卓煜身邊的。

連然說「對不起」。

「我讓小煜等太久了。」

他突然想起卓煜曾經穿著制服，跟他在體育器材室裡廝混的那次，便在房子裡翻出了卓煜的制服，逼卓煜穿上，坐在他身上跟他做愛。

卓煜一整晚都沒睡好，第二天又被精神、肉體雙重折磨，到最後睡著了，連然還要壓在身上進入他。

像要把這四年多的分量全部補回來。

當天，連然就住進了卓煜的房子裡，方案也不需要再修改，兩家公司順利合作。

一個月後，卓煜加班到深夜，祕書跟卓煜告別後，在停車場撞見卓煜與另一個男人在車邊接吻。那個男人看上去很眼熟，祕書偷偷湊近去看，那個男人把卓煜按在車門上，壓著他親。足足親了五分鐘，男人才放開他，露出半張臉來。

祕書看清了那張臉，一下子臉色煞白。她覺得老闆為自己的公司付出了太多心血，也不太懂感情方面的事，就被對手有機可趁、纏上了，實在可恨。但是最近老闆一副紅光滿面的樣子，看起來也不像是被強迫的樣子。

祕書很頭痛，她擔心老闆被騙。

直到又過了一個月，連然空降他們公司，成為掛職經理。

連然在整個公司裡，最愛去的就是卓煜的辦公室，他一進去就要待半天才會出來，過程中誰都不許進去。

又一次，祕書因為有緊急文件要批改，就進去了，進門就看到連然坐在沙發上，用卓煜的電腦辦公，卓煜則躺在連然腿上休息。祕書看過去的時候，連然豎起一根手指示意她噤聲，指了指桌面，讓她把文件放在那裡。

連然沒有像祕書猜想的一樣騙財騙色，反而給了公司很多資源，讓公司越做越大。

後來也不只祕書一個人撞見連然親卓煜，大家看多了，也就習以為常了，甚至還一起滿懷祝福地參加了他們的訂婚宴。

祕書對老闆準備遠嫁他國表示惋惜，卓煜笑了笑。

人類的悲歡並不相通，卓煜只覺得開心。

大家在正廳喝酒狂歡的時候，卓煜跟連然偷偷溜到陽臺上。連然在寬闊的陽臺上，於月色照耀下吻卓煜，跟他說「我愛你」。

卓煜摸著連然的黑髮。在高中的時候，連然就是黑髮，但連然說他原本其實是金髮，因為上學才染黑的，後來因為卓煜想看他黑髮的樣子，連然就染回去了。

卓煜只要開口，連然就有求必應。

卓煜跟連然站了一會，又黏到他身上去。連然會意一笑，帶卓煜先行離場，到飯店的頂樓。

那晚有很漂亮的煙火，而在飯店的溫泉浴池裡，連然和卓煜溫柔地做愛。

他們好像沒有經歷過對方不在的那四年。現在，他們在一起的時間會比離開的時間更長，連然也會用比十幾歲時更多的寵愛，去寵卓煜。

以後，卓煜人生中的冬天也不會再那麼冷了。

Outside Chapter 3 ABO平行世界

今天是休息日，坐落在城郊的赫德研究所大門緊閉，保全聽到有人刷開大門，探出頭看了一眼，見到是卓煜，和他打了個招呼又坐回去。

研究所門口設有嚴格的門禁，除了這間研究所的研究人員之外禁止外人進入。

卓煜的父親是這間研究所的特聘研究員，卓煜因為有父親的這層關係，大學還沒畢業就能來研究所實習。

卓煜父親最近的研究是關於如何讓兩個α結合標記後，像正常的α、Ω結合一樣受孕。

卓父的研究看似荒謬，實則不然。總統換屆選舉在即，卓父被拉入競選人連詔的陣營。連詔是高等α，也是個追求血統純正的瘋子，他對Ω沒有任何興趣，推崇α與α的結合，因此得到了眾多上流階級α的鼎力支持。雖然他的觀念在民間飽受詬病，但他背後有雄厚的財團，因此屹立不搖。

若卓煜的父親能成功研發出讓α受孕的特效藥，那麼兩個α結合生下的後代，一定會是更優秀的α，這對連詔的成功有著極大的推動力。

而連詔最強勁的競爭對手是一個Ω——郁祁，他秉持著與連詔截然不同的觀念，承諾任職總統後會推動ABO性別平等，正視Ω群體的合理訴求，因此呼聲也很高。連詔擔心郁祁會威脅到自己，便一直催促研究所盡快研發出讓α生子的特效藥。

但卓煜認為這個特效藥注定是不可能出現的，連詔的雙α結合論有悖自然科學，無論是對生理還是心理，對α都是一種損害。

這是他在見到連然之前的想法。

某一天，研究所送來一個人。他穿著防護服，被安置在無菌病房內，研究員說那是「活體實驗品」。卓煜父親不知道用了什麼手段把他找來，讓他心甘情願簽署了合約，成為研究院的活體實驗品。

卓煜只覺得荒唐，那是一條人命。

他翻看了那個實驗品的資料，沒什麼特別的，唯一特別的是性別那欄上寫著「**Enigma**」。

正常的生理課上，老師會教學生如何分辨自己是α、β和Ω，而**Enigma**是生理課外的存在，也是這個世界上多出來的另一種性別。

人類對**Enigma**的研究甚少，卓煜一度以為那只是科學家的猜想罷了，沒想到會在研究所裡見到活生生的**Enigma**。

「連然，」卓煜不自覺地念出實驗品的名字，「**Enigma**有什麼特點呢？」

「跟**Enigma**有關的研究資料太少了，但聽說是曾被實驗品臨時標記的β說自己的身體出現了變化，半年後突然發情，才發現自己二次分化成了Ω，和記載的**Enigma**特徵相同。這是一個突破口，掌握實驗品的身體構造，或許能解開α生子的問題。」卓父的助理回答了卓煜的疑問，「連先生大選在即，這是很好的機會。」

卓煜跟著看了幾次實驗，他們在連然的身體裡注入各種藥水，定時記錄連然的身體變化和信息素變化。連然除了第一天穿著防護服之外，之後在實驗時一直都全身赤裸。

卓煜第一眼看到連然，就無法移開眼睛。

雖然對研究員來說，連然只是一個樣品，不該對他摻入過多的感情，但連然實在太美了——長髮包裹著他的身體，根根分明，深邃的眼睛和高挺的鼻梁，長相美麗得如同家裡收藏的油畫中的天使，更遑論他的身體，比卓煜見過的所有人都白，像一塊上好的羊脂玉，肌肉形狀優越，宛如雕塑般美好。

卓煜的眼睛無法離開連然，在他眼裡，連然不只是一個實驗品，他做為研究員擅自對樣品動了感情。

在一次實驗中，連然對藥物產生排斥反應，昏迷後被取了樣。大家取完樣就離開了，只有卓煜放不下心留了下來，偷偷進入無菌病房。

他看著昏迷時眉心緊蹙的連然，心生憐憫，忍不住碰了碰他的臉。

病房裡瀰漫著連然的信息素，像是高山上孤冷的松杉，散發著沉重的木頭香氣和清新的廣藿香。卓煜只吸進一點，瞬間就愛上了這個味道。

他將連然凌亂的頭髮用手指梳順，連然卻突然睜開眼睛。那雙漂亮的眸子注視著卓煜，卓煜的心跳幾乎停滯。

「你——」

連然沒說話，將卓煜拉倒在床上，翻身將他壓在身下。

連然的長髮傾瀉而下，擋住了卓煜的所有視線，只能看到連然的臉。

「……」

卓煜沒聽清楚：「什麼？」

「痛……痛。」連然的聲音軟得像棉花。他壓下來，蹭著卓煜的肩膀，可憐到不行，「好痛，嗚……」

哭了？

卓煜的胸口很悶，不知道是被連然壓的，還是知道他哭了。

他試著抱住連然，在他背上輕輕拍了拍：「哪裡痛？」

連然蹭了片刻，停下來，拉下卓煜抱著自己的手，牽著他往下，按上自己的小腹。

卓煜以為他小腹痛，結果又被往下拉，停在……硬熱的某處。

卓煜隔著手套感受那一處，只覺得炙熱硬燙，他像觸電般縮回手，震驚地看著連然。

連然不明所以，仍舊死死壓著卓煜，並自己握住，看著卓煜的臉弄自己。

卓煜在十五歲分化，評級為優質α，信息素是清新的柑橘味。他有過幾個Ω伴侶，談過中規中矩的戀愛，對親密行為的記憶都是Ω柔軟的身體，第一次嘗到不屬於Ω的觸碰。

連然的嘴唇是軟的，貼著卓煜的赤裸身體又是堅硬的，每一寸肌肉都沉悶緊實地壓著卓煜，說不上有多痛，只是觸感無比明顯，比α溫柔一點，比Ω激烈一些。

卓煜呆滯地聽著耳邊的動靜，在他隱約有掙扎的意圖時，連然將他下巴抬起。

卓煜看到連然眼底閃過一抹精光，而後他像對上了美杜莎之眼般，停止了動作，愣愣地看著連然，眼裡只剩下連然那對漂亮的眼睛。

星系聚裂融合，時間變得無比漫長又好像只是剎那，卓煜凝視著那對沾染著情欲的含笑眼眸，鬼使神差地擁住了連然，把連然拉下來，和他貼在一起。

「卓煜……卓煜……」連然在叫他，拉著卓煜的手，和自己的握在一起。

直到警報聲響起，連然移開眼睛的那一瞬，理智瞬間回到卓煜的腦袋。

他猛地打了個冷顫，眼睛重新變得清明。

他的白袍上沾著白色汙濁，而連然坐在床上，面無表情地看著闖進來的研究員們。

*

卓煜被活體實驗品誘惑，活體實驗品也對卓煜產生了極大的興趣。

這幾天，大家一直對連然注射催情藥物，連然卻毫無反應。Enigma 的身體不能用常規藥物來控制，大家正一籌莫展時，他卻對卓煜這個 α 發情了。

這真是……詭異的巧合。

「α 在易感期時會用信息素引誘 Ω，Enigma 同理，他壓制了所有性別。他剛剛在誘惑你，你沒感覺到嗎？」幫卓煜檢查身體的醫生問他，「你聞到他的信息素了嗎？」

卓煜頓了頓，說：「聞到了，是很冷的木頭味，只是一點我就失去了反抗能力。我也不知道自己怎麼了，那一瞬間什麼都感受不到，只看得到他，覺得……他很美，還有宇宙……星系……」

「那是 Enigma 的手段，他會麻痺獵物，達到自己的目的。也可能是催情藥劑延遲產生反應，正好你進去了，他才會那樣。」醫生在紙上記錄下來，又說，「不過這也難說，Enigma 比 α 更像野獸，他如果真的對你有興趣，那你以後要小心了。」
卓煜問：「小心什麼？」
「小心被他標記，他能夠把α變成Ω，很可怕的。」
卓煜感到一股惡寒，他可不能接受自己變成Ω，雌伏在別人身下。
他並不歧視Ω，只是不能想像做為α生活這麼多年的自己，一朝變為Ω要如何自處。
卓煜離開醫務室後，被叫去了父親的辦公室。
父親聽說剛才的事，問了卓煜幾句，然後叮囑他下次不能這麼草率地靠近連然。
「他到底為什麼會來到這裡，成為實驗品？」卓煜沒忍住，問了一直想要問的問題。
「是連詔先生的意思。連然是他的兄長，因為競選問題，就將連然強行送過來。不過你不必擔心，連詔先生比你更擔心他，叮囑我們千萬不能讓連然受傷。你該擔心的是你自己，剛剛要不是有人發現，你要是被標記了怎麼辦？」
卓煜無話可說。
他要離開時路過無菌病房，透過玻璃往裡面看了一眼。連然穿上了條紋病人服，身體連接著儀器，靠坐在床上休息，周圍圍著幾個記錄資料的研究員。
似乎感覺到有人在看自己，連然抬眼朝這邊看過來，和卓煜對上視線。
卓煜匆忙躲開了連然的視線，轉身離去。
之後幾天，卓煜都沒有去研究所。他本就是實習生，不去也沒什麼影響，但過了幾天，父親突然把他傳喚到研究所。

卓父開口第一句就是問卓煜：「你是否有標記連然？」

連然被連詔逼迫成為實驗品，一直不太配合研究，研究所連他的信息素都收集不到。直到上次和卓煜的意外事件發生，才從卓煜嘴裡得知連然的信息素味道。

在那之後，研究再次陷入瓶頸，連然比之前更不願意配合，卓父不得不與他談談，而連然只說要見卓煜。被問到為什麼時，連然竟釋放出了柑橘味的信息素。

卓父這才懷疑是不是卓煜標記了連然，連然的信息素裡才會有卓煜的味道。

如今看來，卓煜是唯一的突破口，卓父不得不將卓煜叫來幫忙。

「他對你很特別，你哄他兩句，用這個把他的信息素收集起來。」助理遞給卓煜一個收集信息素的迷你儀器，藏在卓煜的口袋裡，「到時候你進入無菌病房，打開它就行了。」

「不會有事的，大家都在。」

卓煜只能進入連然所在的無菌病房。

連然原本背對著卓煜發呆，卓煜打開儀器，走到連然面前。

連然抬頭看到卓煜，心情立刻有了明顯的波動，他張開手臂抱住卓煜，把他拉到自己腿間。

「你來了，卓煜。」

卓煜嗅到連然身上消毒水的味道，沒有一點信息素。卓煜搭上連然的肩膀，輕輕拍了拍。

「最近……還好嗎？」

「不好，我太想見到你了，卓煜，你這幾天去哪裡了？」

卓煜撒了謊：「我學校有點事，所以沒來。」

連然在卓煜身上蹭了蹭，說：「我被迫來到這裡，這裡的人都用冷漠的眼神看著我，只有你會擔心我。如果是你在我身上做實驗，我會配合你。」

卓煜說：「這怎麼行？我只是個實習生，這種事太危險了，我還沒資格操作。」

連然抬眼看向外面的人們，把卓煜抱得更緊。

「我討厭看到他們。」

卓煜只能讓別人先離開。

他試著散發出一些安撫信息素，連然聞到了，把他抱得更緊，深嗅著他的信息素：「……真好聞，是橘子的味道嗎？好獨特……」

「那你的呢？」卓煜問，「他們都走了，沒事了，你的信息素……也讓我聞聞吧。」

連然問：「你想聞我的嗎？」

卓煜點點頭。

「可是最近注射太多藥物，我的信息素有點不受控制。」連然拉著卓煜坐到床上，牽著他的手按在自己身上。

卓煜感覺到手心裡緊繃的皮肉觸感，一頭霧水。

連然把卓煜的手伸進自己敞開的衣領裡，低聲說：「你幫我放鬆下來的話，我可能就能控制信息素了，所以，你摸摸我。」

卓煜有任務在身，不得不順著連然的意，被他拉到床上，一顆顆解開連然的紐釦。

連然垂眸看著卓煜俊朗的面容，黑長的睫毛像為眼睛上了一道眼線，年輕乾淨且朝氣蓬勃，是連然身上所沒有的東西。

連然忍不住想要破壞卓煜，想在他乾淨的人生中留下自己的痕跡，所以他拉著卓煜、碰上自己的身體。卓煜的手指都不知道該往哪裡放，最後被連然攤開掌心，壓在自己的胸口上。

一絲若有似無的柑橘香味掠過連然鼻尖，連然輕輕呼吸，將信息素一點也不剩地全部吸入。

這個小α知道自己很好聞、很可口嗎？估計不知道吧，畢竟是個涉世未深的α，毫不曉得自己即將成為 **Enigma** 的獵物。

卓煜想像自己是在幫連然按摩，手指在他的皮肉上揉捏輕按。

連然突然貼近卓煜，在他耳邊輕輕喘息起來。

卓煜停下來，閉上眼。連然側過臉問他怎麼了，嘴唇從他耳廓上擦過，卓煜說「沒什麼」，調整了姿勢，翹起二郎腿。

監視著無菌室的研究員蹙眉看著螢幕上貼在一起的兩人。連然的雙手撐在卓煜身側，和他耳語。旁人聽得不真切，而卓煜的手在連然身上遊走。這個除了注射，不允許別人觸碰的 **Enigma** 讓卓煜肆意撫摸自己的身體，甚至是腺體。

「……有點燙。」卓煜低聲說，他的耳朵紅得就快滴血了——連然總是舔那裡。

「嗯，只是有點燙嗎？」連然抱著卓煜的腰，「我感覺像要爆炸了一樣。」

「疼？」

「你舔舔那裡。」

卓煜的手指從連然後頸那片透明的皮膚上滑過，引起連然一陣顫慄，卓煜說：「不行，腺體是很私人的地方，我不能……」

話音未落，連然溼潤滾燙的嘴唇就在卓煜的腺體上擦過，輕輕吮了一口：「好甜，橘子味。」

他按著卓煜的後頸，「你也舔舔我的。」

卓煜還是不動。

空氣中飄出一絲淡淡的烏木香氣。

「小煜，」連然的聲音低下去，「舔。」

卓煜再次感到身體不受控制，思想也是，像中邪了一般只聽得到連然的指令。因此湊過去，嘴唇輕輕貼上連然的後頸。

「唔。」連然把卓煜抱得更緊，手伸向卓煜的腿間，「咬下去，小煜。」

卓煜張開嘴唇，標記用的犬牙露出。

警報聲再次響起。

卓煜如夢初醒，一把推開連然，猛地站起來，劇烈呼吸。

好險……剛剛差點就……

卓煜的父親推開門，臉色沉重地叫走了卓煜。

連然看向走進來的一群人，方才溫柔的神色隱去，又恢復成冷漠的表情，躺回了床上。

卓煜收集到了連然的信息素，雖然很淡，卻能引導一個優質α按照自己的想法行動。若是濃度更高一些，任何人都會被連然迷惑。

之後幾天，卓煜不被允許進入實驗室。他不知道他們得到連然的信息素後會怎麼樣，見不到連然，卓煜內心總是很不安。他不是不能控制自己的行為，只不過在面對連然的時候，他猶豫了一瞬，就錯失了掙脫他的最佳時機。

連然怎麼會想要自己標記他？卓煜想不通，只能從自己貧瘠的經驗裡找尋答案。之前的戀人也希望自己標記他們，因為他們喜歡自己，難道連然也喜歡自己嗎？

卓煜躺在床上，想到連然抱著自己的雙臂、說話時呵出來的熱氣，用懇求般的聲音讓卓煜碰自己。卓煜起了反應，他無法逃離連然的吸引力，他想見連然，親自問連然為什麼是他。

有那麼多研究員，為什麼偏偏是他？

所以卓煜在研究所放假時，偷偷來到研究所。保全認識卓煜，並未產生懷疑，因此卓煜輕車熟路地來到無菌室門口，輸入密碼，打開了房門。

雖然無菌室每天都會有人打掃，但是信息素是無法徹底清除的，尤其是優質Ω和連然的信息素更難完全清除。

所以卓煜在房門打開的瞬間就聞到了連然的信息素，以及一道甜膩的Ω信息素。

他心頭一緊，快步走向中央的大床。

「連然！」

走近了才發現床上的人衣衫不整，卓煜扶起連然晃了晃：「為什麼會有Ω在這裡！」

連然抬起臉。

面前的 Enigma 美麗而脆弱，眼眶通紅。他悲傷地注視著卓煜，輕輕吐出一句：「難道不是你希望的嗎？」

「什麼……」

「你幫他們收集我的信息素，他們就找了契合我信息素的α，讓我跟他結合標記，把他變成了Ω。」連然伸出手，白皙的手腕上布滿牙印，告知卓煜他曾努力壓抑過自己，「他們現在知道我的作用了，我以後會變成真正的實驗品。不只這次，以後我還會跟很多個α交配，這樣你滿意了嗎，卓煜？」

卓煜的大腦變得空白，他不知道會是這種後果。

他怎麼願意？他不願意！

卓煜握著連然的肩膀，每一個字都說得很艱難：「你……和別人……了？」

連然別開臉，眼中帶淚，不回答卓煜。

這落在卓煜眼裡，無異於默認。卓煜的心底猛地竄起一把火，想到連然被迫和別人結合，卓煜就瞬間失去了理智。

「我帶你走，離開這裡。」卓煜拉起連然，「對不起……我會跟你解釋的，你先跟我走。」

連然被卓煜拉起來。卓煜注意到他身上的衣服沒扣好，便脫下自己的外套，一把攏住連然。

連然被他扯得踉蹌了一下，撲在卓煜身上，卓煜抱住了他。

「放心，沒事的……會沒事的。」卓煜釋放出極濃的安撫信息素安撫連然，用力抱著他。

連然順從地被卓煜抱著，聽到卓煜這麼說，便逐漸冷靜下來，不再流淚了。

卓煜最終帶著連然離開了研究所，他熟知研究所的門禁，沒有觸發警報。

連然坐上卓煜的車，順利地離開了研究所。

連然告訴卓煜自己的另一個住址，位於研究所對角線的另一個城郊，卓煜開了三個小時的車抵達。

而在兩人離開後半小時，研究所發現卓煜帶著連然離開，卓煜的電話不斷擠入新的通話，他乾脆關機，認真開車。

連然蜷縮在副駕駛座，不主動跟卓煜說話。

卓煜將車停在一臺自動販賣機前，下車幫連然買了瓶水。

「不管你怎麼想……我絕對不是想要讓你做實驗才親近你的。」卓煜重新發動車子，組織語言跟連然解釋，「我只是個實習研究員，我不知道他們的實驗流程，也不知道會有這麼一環……如果我知道，我是不會配合他們取得你的信息素的，真的。」

「為什麼不願意？」連然輕聲問。

「廢話！誰會想看到自己喜歡的人和別人親近啊！」卓煜突然意識到自己脫口而出了，連忙解釋，「不是，我的喜歡只是代表……我覺得你挺好的，你不是也……很喜歡我嗎？」

連然沉默片刻，才說：「嗯。」

卓煜鬆了口氣。

「你的確很單純，被你父親保護得很好。我原本還不相信，但現在看來，你真的跟你父親那個精明的老狐狸不一樣。」連然突然說了一些卓煜聽不懂的話，「利用你，比我想像的還要簡單。」

卓煜看向連然：「你說什……」

連然對卓煜笑起來，卓煜瞬間被連然釋放出來的濃烈信息素包裹住。他的腺體開始發熱，身體發燙，卓煜將車停下來，捂住自己後頸，不可置信地看向連然。

「你……」

他想要用信息素抵抗連然，但毫無作用——Enigma 的信息素太強烈了，卓煜的信息素在他面前跟Ω對α一樣，毫無懸念地被壓制。

卓煜軟倒在連然懷裡。

連然貼近卓煜的後頸，在卓煜微微腫起的腺體上印了一個吻。

「我本來對你沒有多大的興趣，不過你實在很可愛，再跟你玩一會也未嘗不可。不知道卓鳴淵看到自己心愛的兒子變成Ω時，會是什麼反應？」

連然露出標記用的犬牙，輕輕切進了卓煜的腺體。濃烈的柑橘味信息素噴湧而出，卓煜哼了一聲，握緊連然的手臂。

連然把他抱緊，持續標記到清新的柑橘味信息素與自己的烏木味信息素完全融合。

他把神志不清的卓煜抱到腿上，一手輕拍他的後背，一手拿過卓煜的手機，開機，撥通了一串號碼。

撥通電話後不久，一輛通體漆黑的車停在兩人的車邊。從外頭看進去，無法看到車內任何情況，連然打開車門，抱著卓煜坐進了那輛車。

在連然離開後不久，卓煜的車被引爆，在少有車子經過的馬路上雖沒有造成人員傷亡，但也燒掉了附近一大片護林。馬路變得漆黑，車輛殘骸所剩無幾，更無從尋找坐在車裡的兩個人。

那輛黑色SUV疾行半小時後，停在一處幽靜的宅邸門口。

在門口等的人跑過來拉開後座車門，連然先踏出來，然後轉身抱出卓煜。

卓煜被連然的信息素包裹著，連然一碰到他，他就立刻蜷縮到連然懷裡，連然便釋放出更多信息素引誘卓煜，用大衣嚴嚴實實地將卓煜裹起來，然後才看向迎上來的保鏢：「晚上八點讓郁祁過來一趟。」

「好的，連先生。」

「在那之前不要讓任何人打擾我們。」連然扔下這句話後，抱著卓煜進入宅邸。

在決定扳倒連詔後，連然雖然仍舊住在連家祖宅裡，卻以郁祁的名義在郊外建了這座宅邸，沒想到這麼快就有了用處。

連然將卓煜放到臥室的床上，然後到吧檯倒了杯酒，倚著吧檯觀察卓煜。

卓煜被他標記，注入大量Enigma信息素後立刻進入易感期，此刻正是對連然最依賴的時候。感覺到連然離開自己身邊，卓煜微睜開眼，在房間裡環視一圈，找到站在吧檯旁的連然，對他伸出手。

「唔……連……連然……」

連然不是第一次見到α像個Ω一樣向自己求歡，那些試圖霸占他的α們被他壓在身下標記過後，都是這副樣子。但他看著別人時覺得可笑，看著卓煜這個樣子，卻有一絲憐愛。

可能是卓煜實在太符合他的心意了。

連然招招手，卓煜便搖搖晃晃地從床上下來，走到連然面前。連然撫摸著卓煜的脖頸，卓煜的皮膚上浮著一層薄汗，摸起來有點滑。他按住卓煜的喉結，讓卓煜露出脖頸，卓煜則微張著嘴，眼神迷離地看著連然。

他隱約感覺到自己最脆弱的地方被人按著，但他想討好面前的人，達到跟他交配的目的，所以沒有掙扎。

「跪下去，把我的褲子拉下來……對，很好，心肝。」連然按著卓煜的頭，讓卓煜用炙熱的臉貼上自己的性器，「舔舔它。」

卓煜照做了。溼潤的口腔含著連然，連然的性器立刻硬脹起來，拍在卓煜的臉邊。

連然靠在吧檯上，好整以暇地抿了口酒，低頭看著卓煜賣力的樣子，頭一次覺得一個在易感期的α可愛。

「小煜？」

卓煜仰起臉看他。

「你知道接下來要怎麼做嗎？」

卓煜點點頭，站起來，臉色潮紅，把連然壓在吧檯上。

連然挑眉。

卓煜完全是憑本能在親近連然。手伸進連然的衣服裡不得章法地亂摸，硬燙的東西在連然的大腿根部壓擠，不知想擠進哪裡。

連然放下酒杯，配合卓煜把衣服脫下，露出身體。卓煜舔上去，像隻正值發情期，急切地需要交配，剛成年的小獅子。

連然把他拎到床上。

他從床頭翻出手銬，銬住卓煜的雙手，把卓煜翻轉過去，背對著自己。

卓煜扭動著身體，很不安分。連然想了想，把衣服撿起來扔給卓煜，卓煜立刻將臉埋進連然的衣服裡，深深吸了口氣。

α的後穴不是用來交配的，也不會像Ω發情時一樣會出水，所以卓煜身前的性器硬了半天，後頭卻還是緊閉著的。**Enigma** 要將α變成Ω，得先在α體內成結才行。

卓煜正沉迷於烏木的香氣時，突然感覺到後穴被淋上冰涼滑膩的東西，然後他的腰被抬高，連然的手指在他的後穴周圍打轉按摩。卓煜一驚，下意識掙扎起來，卻因為被手銬拷著而動彈不得。

「這對α來說可是很奇妙的體驗，好好感受，我不想傷害你。」

連然插入了一根手指，抽插兩下，再試探著插入第二根。

卓煜全身的肌肉都緊繃著，斷斷續續地發出嗚咽聲。他的身體在發顫，α本來不該被撐開的地方被迫吃下了三根手指，連然併攏手指在裡面抽插。因為潤滑劑夠多，所以除了被撐開的痠脹感之外，卓煜並沒有感到多痛。連然插入第四根手指時，卓煜也只是顫抖了兩下。

夠了。連然抽出手指，扶著性器，抵在卓煜的後穴。

他從後面壓著卓煜，在他耳邊低聲耳語：「知道我要做什麼嗎？」

卓煜嗅到連然的信息素，往連然的方向靠了靠，無意識地搖頭。

「我要上你。」連然說完，頂胯往前，性器頭部慢慢擠進了卓煜的後穴。

與此同時，連然叼住卓煜的後頸，再次切開了那片透明皮膚。柑橘味信息素湧出，被迫和烏木糾纏在一起，原本清爽的味道沾上苦味。

卓煜劇烈掙扎起來，疼痛讓他暫時找回了一絲理智。

「不……痛……痛！」卓煜的後面夾得連然很不舒服，連然不得不退出來一點，放開卓煜。

「唔呃……嗚……」

卓煜倒在床上大口喘氣，後穴蠕動著擠出一些汁液。

整個房間都被兩股發情信息素席捲，現在任何一個人走進這裡，都會被誘導發情。

連然伸進一隻手指摳弄兩下，發現卓煜的後穴有點腫，看來還是有些勉強。連然嘆了口氣，披上睡袍下了床，找出一根震動按摩棒。

這個尺寸應該正好，連然啟動按摩棒，塞進卓煜的身體裡。

卓煜仍舊抗拒，連然便將他抱到自己腿上，撫摸他的身體，讓卓煜漸漸放鬆下來。

連然握住卓煜的性器，刺激著前面。卓煜很快就硬了起來，一下一下地往連然手心裡頂。

前後都被照顧到，卓煜很快便射了。

連然將手心裡濃稠的精液抹到卓煜身上，然後把手指插到卓煜嘴裡。

「舔乾淨。」

卓煜照做了。

誘惑一個α並不算難，連然用了很多信息素，最後卓煜失去力氣，在他懷裡喘息，連然才拔出埋在卓煜後穴的按摩棒。

「這次應該不會痛了。」

連然說完，抱著卓煜坐到自己身上，頂進去，再讓卓煜慢慢坐下。

卓煜原本無力的身體突然像受到刺激一樣繃緊，像被釘穿的魚一樣晃動掙扎，卻難逃被剖開的命運。

「啊……！哈啊……連、連然，不要……」

但連然剛進入一半，就掐著卓煜的腰猛地往下一按——性器直直進到了最深處。

連然閉上眼，呼吸聲重了一些。做愛原來這麼舒服嗎？為什麼之前不覺得？

連然不解，捏著卓煜的臀部研磨自己的性器，最後得出結論：和卓煜做愛真的很舒服。

他現在有些著急了，想要立刻在卓煜體內成結，把他變成自己的Ω。

所以連然動得急促猛烈，卓煜被帶動著在連然腿上彈起來又坐下去。這個姿勢讓性器插得更深了，卓煜感覺自己的肚子酥酥麻麻的，像體內萎縮的某處感受到召喚，重新甦醒了一樣。

「不要……」

「不要？」連然再次咬住卓煜的腺體，注入自己的信息素。卓煜的理智又消失了，連然掐著他的脖頸，逼迫他跟自己接吻，問他，「要不要我？嗯？小煜？」

「……要，要啊……」卓煜倒在連然身上，後穴瘋狂痙攣起來，「啊，我要、射……」

連然喘得激烈，將卓煜壓在身下，墊高他的腰，準備成結。

最後幾十下激烈的進出將後穴裡的潤滑劑都擠了出來，變成了奶白的泡沫：「小煜，做我的Ω，願不願意？」

卓煜哪還有什麼理智。他迷茫地點了點頭，然後感覺體內的性器脹大，連然射進了卓煜的後穴。結卡在穴口，卓煜掙扎起來，小腹的酥麻感越發清晰，他想撓又撓不到，難耐地扭動著身體，腿卻緊緊纏著連然的腰。

連然灌滿了卓煜，而後抱著他坐起來，一起等待結的消失。

連然幫卓煜揉了揉肚子：「別怕，很快就好了。」

卓煜全身泛紅，顫抖不止，身體的變化讓他感覺下體也受到了影響，身體深處分泌出了液體，澆在連然的性器上。被喚醒的生殖腔膨大，張開小口，吮吸著近在咫尺的性器頂端。

連然喘息著抱緊了卓煜。

「唔……這樣，我也不太好受啊……」

安靜的房間裡流淌著柑橘和烏木的香味，比起方才情到濃處時淡了很多。

床頭的燈被按亮，連然不著寸縷地側躺在床上，白生生的皮肉像在發光。他低頭凝視著懷裡的人，指尖眷戀地從卓煜的髮絲間穿過。

語氣慵懶繾綣：「這麼累啊……」

這時候，房門被人敲響，外頭的人提醒連然郁祁到了。連然瞥了掛鐘一眼，起身披了一件睡袍，低頭時髮絲傾瀉而下，在牆上投下美麗的剪影。

「唔……」

連然一離開身邊，卓煜就感受到了。他睜開眼，身體也不安地扭動，正在轉換期的α和Ω一樣極度需要伴侶。

連然綁好腰帶，又折回床上，放出一些信息素安撫卓煜，順手拿起被扔在床腳的按摩棒，慢慢送進卓煜身體裡。

卓煜弓起腰，長喘了一聲。

「乖，我馬上回來。」連然留下很多信息素後才離開，將門從外鎖上。

郁祁等了將近二十分鐘，才看到連然穿著睡袍推開會客廳的門。

做為這屆總統競選最具潛力的候選人之一，郁祁代表著廣大Ω的利益，但他其實不是Ω——郁祁摘下脖頸上的抑制環，逐漸有廣藿香信息素溢出，辛辣而熱烈。郁祁揉了揉後頸，抱怨道：「憋死了。」

要不是為了對抗連詔，拖垮連家，他一個Enigma又何必套上「項圈」。

連然走到他對面坐下：「事情安排得怎麼樣？」

「那個實驗用了活人，上不了檯面，連詔那邊到處在找你和卓煜……你為什麼把卓鳴淵的孩子也帶回來了？」

連然往後靠，一副饜足後十足滿意的模樣：「那孩子跟卓鳴淵不一樣，他很合我的意。」

「好吧，這時候連詔那邊肯定無暇顧及我。我一週後會安排關於你的新聞記者會，連詔肯定猝不及防。」

郁祁撐著下巴，漆黑的瞳孔裡映出面前連然的模樣，心裡卻想著另一個人——那個極度輕蔑Ω，在幾次照面時，都用α信息素威脅過自己的男人。

「嗯，你小心一些，連韶沒那麼好對付。」連然站起身，「回去吧，不要在這裡停留太久。」

「知道了。」郁祁看著連然走開後，才重新扣上抑制環，心想卓鳴淵的孩子到底有多難搞，讓連然這麼急著趕自己走。

連然走到房門前，開鎖，走進去。

房間裡已經被卓煜的信息素填滿，連然走到床前，他臨走時幫卓煜蓋好的被子已經被踢到一旁，而卓煜跪趴在床上，夾緊雙腿，按摩棒在他體內嗡嗡攪動，卻因為不是他想要的東西而毫無作用，只是隔靴搔癢。

他一看到連然，就立刻朝連然伸出手。連然接住了，把卓煜抱到自己懷裡。

「真可憐……」連然叼著他後頸，灌入自己的信息素，「這麼難熬嗎？哭得眼睛都紅了。」

卓煜的身體在連然懷裡軟下去。連然拔出按摩棒，扯開腰帶，把卓煜壓在床上，重新進入了他。

卓煜的手從連然的腰上滑下去，落到一半被連然接住，重新放回自己腰上。

卓煜的眼裡滴進汗水，跟淚水混在一起。他叫連然的名字，連然就附耳過去聽，聽到卓煜一聲支離破碎的：「我……喜歡……你……」

床幃間的情話，連然聽過很多遍。他知道人在精蟲上腦時，說的任何話都不可信，但是……

連然低頭看著被撞得小腹凸起、渾身發紅的卓煜。他的眼神從未離開過自己，都快被自己玩壞了還努力說出這句話。連然頓了頓，放棄了拍下卓煜的照片威脅卓鳴淵的想法，俯身親了親卓煜唇角。

「乖孩子……我也喜歡你。」

連然直起身，感覺自己差不多要射了，用力撞了幾十下後，狠狠頂進卓煜的生殖腔。性器膨大成結，按著卓煜胯骨的手用力到青筋突起，牢牢將卓煜釘在自己身上。

「你可要一直記得這句話。」連然喘息著俯身抱緊卓煜，「知道嗎？」

*

卓煜連續一週都沒有下過床，他流連於一次又一次反撲的欲望和連然的懷抱，直到徹底清醒過來。

他睜開眼，入目便是那張他看過許多次的漂亮臉蛋，闔眼睡得很安詳，就算距離這麼近也找不出任何瑕疵。卓煜怔了怔，記憶如潮水般湧入大腦，讓卓煜的身體一寸寸冷下去。

連然感覺到懷抱裡的溫度突然消失，睜開眼，正對上卓煜震怒的面容。

「小煜，」連然朝他伸手，「怎麼起來了？還早……」

——啪！

卓煜甩開了連然的手，他從鏡子裡看到了自己身上的痕跡，特別是後頸。

「你對我做了什麼？你……」卓煜的眼睛氣得發紅，「別讓我再看到你。」

卓煜下床，卻找不到自己的衣服。連然按了鈴，過了一會傭人便送來一套衣服。

卓煜也顧不得其他，巨大的羞恥和憤怒包裹著他。他的腿還有點軟，昨晚最後一次的時候，連然再次頂進了卓煜的生殖腔，確定他的生殖腔已經變得鮮活嬌嫩後退出，射在卓煜的臀上，再抱著不省人事的卓煜入睡。

現在卓煜感覺自己的身體從上到下、從裡到外都是連然的痕跡，而且他的後頸火辣辣的，到處都不舒服。

他只想要逃離這裡。

連然跟著卓煜走出房間，下樓的時候叫住他：「小煜，你不記得了嗎？」

記得？記得什麼？記得自己是怎麼被騙的嗎！

「別跟著我！」

連然停了下來。

卓煜走向門口的時候，管家想要攔住他，卻被卓煜一把撞開。濃烈的信息素從他身體裡散發出來，可是在他人眼裡，這已經不再是α的信息素了，卓煜也完全沒意識到自己的信息素變成了Ω的誘導型信息素，他朝門口走去，拉了拉門。

門沒有打開，被鎖住了。卓煜憤怒地回頭看向連然。

連然站在樓梯上，比在場的任何人都高。他俯視著卓煜，像是翻手作雲，覆手為雨的冷酷上位者。

「怎麼不走了？」下一秒，連然又變回了平常的樣子，一步步走到卓煜身後。

他的信息素撲打在卓煜身上，對卓煜來說是致命的吸引，但也是最大的威脅。

卓煜努力隔開連然的信息素，不讓自己吸入。

「我真的很喜歡你，小煜，我想再跟你待久一點，先別急著離開，外面很危險，嗯？」連然往他身上披了一件外套，「來，我們先坐下來……」

「你他媽到底想幹什麼！」卓煜後退兩步，貼在門上，別過臉不看連然。

連然伸到半空中的手指動了動，上前，強硬地按在卓煜的肩上。

「小煜，聽話。」連然說，「過來。」

卓煜沒有動。他再次壓下門把，然而毫無作用。

連然早就想到卓煜清醒後會是什麼反應，他又怎麼可能逃得掉？

卓煜的瞳孔裡映出連然一步步靠近的倒影。

「你剛被標記，又經歷了易感期，身體還沒養好，怎麼能亂跑出去呢？」連然將卓煜壓在門上，「是你帶我離開那裡的，現在又要拋棄我去哪裡？」

那個聲音仍舊溫和，貼在卓煜耳邊，卓煜被濃烈的烏木香氣包裹住。

「你只能留在我身邊。」

＊

卓煜被關在這座像宮殿一樣的宅邸裡，等他知道連然是什麼人之後，懊悔已經來不及了。

這座宅邸在人煙罕至的郊外，保鏢眾多，卓煜就算是插了翅膀也飛不出去。

連然對卓煜的憤怒隔岸觀火，等卓煜沒力氣跟他鬧後，將卓煜帶回了房間。

「小煜要是餓了，隨時使喚傭人。我下午還有點事，晚上再來看你。」連然撫摸著自己留在卓煜後頸上的咬痕，「痛嗎？這裡。」

「別他媽假惺惺的，那你當初為什麼要咬？」卓煜避開連然的手。

他仍舊無法接受自己被圈禁了的事實，他是個α，怎麼會輕易屈服於他人。但很快的，他就被連然釋放的信息素壓制，動彈不得。連然輕輕鬆鬆地將卓煜抱到懷裡，拿來加快標記癒合的軟貼布，蓋住卓煜後頸的標記，而後用繃帶纏繞卓煜的脖頸三圈，直到將那痕跡全都遮蓋掉。

連然單膝跪到卓煜面前，看著卓煜不可置信的表情，溫柔地撫摸他的眼睛，抓起他的手親上一吻：「雖然這裡的傭人都是β，但難保外頭的α不會覬覦你。現在外面不安全，你就待在這裡哪裡都別去，事情結束後，我會帶你去見你父親的。」

卓煜感覺到壓制輕了一些，立刻往後一躲，抬手猛地擦了擦自己被連然摸過的地方：「你到底是誰？我憑什麼相信你？」

他幫助連然逃出研究所，沒想到連然竟恩將仇報，將他的心意踩碎在腳底，實在可惡，而且自己的身體總感覺有些奇怪，得想辦法出去看醫生才行……

連然被卓煜推開了也不生氣，而是逼近他，直到將卓煜壓到床上。

「要不是我還有必須要做的事，我真想一直跟你待在床上。」連然的手探入卓煜的衣襬，撫摸他精瘦的腰，那層薄薄的肌肉讓他著迷，「你問我是誰，我是你的α啊。」

卓煜的眼睛慢慢睜大。

最後連然在卓煜的罵聲中離開了房間，將房門關上，並叮囑站在門外等候的傭人：「好好伺候他，別讓他傷害自己。」

「是。」傭人說，「先生，您該更衣了。」

連然回頭看了房門一眼，這才離開。

卓煜站在落地窗窗簾後方，掀開一條縫往外看。連然穿戴整齊，坐上了停在莊園外的車，門外就有十幾個保鏢，想要逃出去簡直是天方夜譚。

想到連然說他是自己的α的樣子，卓煜心底一涼，嘗試釋放出信息素，但因為這一週透支太多了，釋放出來的只有很淺的柳丁香味，混雜著烏木香氣。

「靠！就不能擺脫他嗎！」

卓煜看向鏡子裡，脖頸被嚴嚴實實纏繞著的自己，氣到不行，就徑直走進浴室，要將自己身上沾到的其他味道清洗乾淨。

但他一脫掉衣服，身體上遍布的痕跡便全數暴露。從胸口到小腹，再到下面、性器周圍，卓煜看著自己的身體，猛地想起連然是個 **Enigma**。

他弄了自己那麼多次，自己身體的不適難道是⋯⋯

卓煜的手抖到拿不了東西，撐在洗手臺上，過了半晌才披了件浴衣走出去，叫來傭人。他說自己身體不適，讓傭人把治療儀拿來。

傭人很快就將治療儀送來了，還貼心地送上潤滑劑。卓煜看著儀器，心情複雜，擺擺手讓傭人退下，自己則再次進入浴室。

浴室裡的浴池是恆溫的，卓煜踏進去，深吸一口氣，分開雙腿。

他沒想到有一天自己會打開腿，把Ω專用的治療儀送到自己身為α的身體裡。

治療儀的探頭細長，能夠伸縮。卓煜覺得傭人拿來的潤滑劑根本是多餘的，被連然弄了那麼久，後面早就變柔軟了，探頭很輕易就捅了進去。

但是，想像中的不適感並未傳來——探頭一進入後穴，裡頭便絞緊了入侵物，摩擦中還帶來陌生的快感，讓卓煜不自覺地來回在裡面磨了幾下，直到反應過來自己竟然在弄後面，又立刻停下。

探頭越進越深，直到探頭的圓頭抵在一處軟肉上。只是稍微碰到，就引起一陣酥麻的快感，讓卓煜顫慄，前面也變得微硬。

卓煜靠著池壁仰起頭，彷彿那些反應不存在一般。他深吸一口氣，又往前捅了一下。

「唔！」

卓煜猛地把腿夾緊！

這感覺……！

他被驟然升起的快感席捲，連忙想把儀器抽出，卻因為忙中出錯，不小心按下了清洗鍵。探頭抖動兩下，在軟肉中分泌出清洗液。

卓煜張了張嘴，什麼聲音都沒有發出來。他的手軟得握不住儀器，性器被激得硬脹。

探頭只是在生殖腔裡震動兩下，就著清洗液按摩生殖腔，卓煜便抖動著射出稀薄的精液。

沒了推力，探頭從甬道裡滑出，落進池底。

卓煜也落入水裡，陷入短暫的眩暈。

過了一會，他才從水裡坐起來，重新拾起儀器，打開剛才探頭記錄下來的影像。

卓煜雖百般抗拒這個結果，但儀器方才捅入了他曾經沒有的柔軟地帶，以及影像上來看——他的生殖腔像Ω一樣發育完全了，後穴變得如Ω一樣敏感，他的身體已經不能算是α的身體了。

——我是你的α啊。

卓煜猛地捶向池壁。

「靠！混蛋……」

*

連然在結束這場震驚全國的新聞記者會後，連詔背後的骯髒交易被曝光，員警已經到了連詔和卓鳴淵家裡，很快那間研究所就會被查封。

這件事被報出來後，連詔的口碑也會一落千丈，連家勢必要投入更多的錢，連同媒體和社會挽回連詔的形象。但民眾不是傻子，這個國家本就Ω居多，連詔的行為本就得不到Ω的支持，這次甚至惹怒了一些α。

這時候，郁祁只需要站出來做為Ω的代言人與連詔宣戰，連詔就勢必要投入更多財力與郁祁對抗。就算最後他仍舊居上也無妨，顧此必定失彼，連然緊盯著連詔背後的連家，他們一露出破綻便會被直接擊破。

他等那一刻已經等了許多年。

連然被恨意包圍，想要毀掉一切的欲望幾乎將他吞噬。他按著額頭，拿起手機點開安裝在宅邸裡的監視器。

監視器識別到卓煜在浴池裡待了很久。

連然一打開監視器，便看到卓煜被治療儀弄到高潮的樣子。

卓煜本身不會知道，他高潮時會瞇起一隻眼睛，滿眼都是情欲，身體還會微微顫抖，抱緊自己。

連然想到卓煜多次隔著玻璃投向自己的擔憂眼神。

這個世界上，沒有人在乎連然的死活，從小到大他都是靠別人走過來的，而連詔是他最大的靠山，也是他這輩子最討厭的人。他像隻鳥一樣被連詔困在身邊，而這次連詔將他送到研究所，是他唯一一次逃離連家，扳倒連詔的機會。

他必須把握住。

參與過那場實驗的人都會受到牽連，但卓煜不同，連然覺得他和那些人不一樣，所以他將卓煜從名單中刪除，暫時將卓煜藏在自己身邊。

卓煜是這三十年來，唯一一個會因為連然痛苦而難過的人，連然第一次在別人眼裡看到對自己的在意。不是玩物，不是實驗品，只是一個他在意的人，他願意帶著自己離開，哪怕會忤逆父親和高層。

這不是愛是什麼？那我抓緊就是了。連然是這麼想的。

他回到莊園時已經是深夜，管家說卓煜鬧了一天，估計是累了，已經睡著了。

連然走進房間的動靜很輕，但卓煜警覺地立刻醒來，他靠在床頭，讓連然滾蛋。

連然慢條斯理地脫衣：「這是我家，你要我滾到哪裡去？」

卓煜緊咬下唇，起身就要往門口走，連然拉住他：「小煜，又鬧什麼脾氣？」

「我鬧脾氣？」卓煜拉著連然的領帶，把他扯到自己面前，像發怒的小獅子一樣炸毛大吼，「你他媽把我變成什麼了？你徵求過我的意見了嗎？我好心幫你，你卻這樣對我？你摸摸自己的良心，你過意得去嗎？呵，我想應該過得去，畢竟你從頭到尾都看不出一絲愧疚。」

連然卻將卓煜抱到懷裡。

「我會補償你的，你想要什麼，我都會給你，我保證。」連然眷戀地撫摸卓煜的身體，釋放出示好信息素，「我會對你好的，小煜。」

「哈，你以為我會信嗎？」卓煜掙脫了一下卻沒成功，反倒被連然抱起來扔到床上。

連然的領帶被卓煜扯散了，很輕易就扯了下來，他緩緩釋放出誘導信息素，將卓煜壓倒。

「我會用行動讓你相信的，小煜。」

卓煜的怒罵聲卡在喉頭，瞬間被熏得失去意識，等反應過來時，手已經被連然用領帶綁住，和床頭柱綁在一起了。

「今天用儀器弄了，是不是還不夠？」連然分開卓煜的雙腿，跪坐到他的腿間，探向卓煜的後穴，「是不是還是我的最好？」

「他媽的……你混蛋！」

連然莞爾一笑，以唇堵住卓煜的嘴，讓他徹底發不出聲音。

連然待卓煜極盡溫柔，無論是在床上或者床下，他在卓煜耳邊輕吟，身下卻做著讓他發瘋的事。卓煜若是反抗，就會被 **Enigma** 的信息素輕易壓制回去。

連然的信息素不像 α 的信息素，用來壓制人時會讓人感到壓力和不適，他的信息素就如他的人，會用香甜的味道誘導，使人無法在第一時間抵抗，而後被包裹纏繞，再也無法逃離。

劇烈的快感之後，連然從卓煜體內抽身。卓煜趴在床上，陷進柔軟的床墊裡，只有臀部高高翹起。性器拔出後，軟爛的後穴湧出許多汙濁，他的臀心被撞得通紅，後背油光水滑，身體顫抖不止。

連然默默看了半分鐘，然後有了想法。

他抱著卓煜去浴室，將他洗淨後抱回床上，讓傭人送來紋身器材。

他在卓煜身上紋了一朵白色的蓮花，為心愛的獵物留下標記，日後就算發生了什麼，也無法逃離自己的手掌心。

*

距離連詔非法使用活體研究的風波已經過去了一段時間，郁祁的呼聲漸高，加上有連然這個重要籌碼在手，媒體上幾乎都是對郁祁的讚美和對連詔的批判。連詔背後的財團想盡辦法，投入巨資挽回連詔的形象，但那只是杯水車薪。

某天，連然外出返家，卓鳴淵的事件已經告一段落。他囚禁了卓煜太久，也應該讓他見一下父親了，連然問傭人卓煜在哪裡，傭人說在房間裡，連然便徑直去找他。

卓煜對自己身上多出來的紋身自然表現得厭惡至極，但他毫無辦法。一個α被壓制、囚禁成這副樣子，身體還變成了Ω，甚至在轉變後就被標記，他深知反抗無用，父親肯定也發生了什麼事，否則不會這麼久了還不來找自己。

門被推開，連然端著牛奶和水果走進來，放到桌上，自然地走到卓煜面前，把他抱起來放到沙發上：「最近是不是覺得無聊了？」

卓煜不說話，連然也不生氣。他剝開荔枝殼，裡頭的果肉白嫩，他遞到卓煜唇邊：「明天帶你去見你父親一面。」

卓煜猛地抬頭：「我父親怎麼了！」

連然將荔枝推進卓煜嘴裡，說：「不讓你看新聞就是擔心你會受到刺激。你父親違法使用活體進行實驗，被告上法庭，昨天被判了刑。」

卓煜果然受到了打擊，嘴裡的果肉嚥不下去，他抓著連然的衣領質問他：「我父親沒有違法，我看到了協議書……」

連然笑了。

卓煜被蒙在鼓裡不知情，連然並不生氣，只解釋道：「我和連詔是同父異母的兄弟，從被帶回連家開始就被連詔控制。而你父親為連詔做事，實驗遲遲沒有進展，於是他們將主意打到我身上，我被迫簽下了協議，並不是自願的。」

卓煜愣住。

「我也在等待能夠掙脫連詔的機會。至於我策劃了什麼，小煜你不必知道，你只需要知道你父親做錯事並不無辜，但你救了我，我很感謝你，於是將你從中救了出來，等大選結束後會送你回學校繼續念書，你不必擔心。」

卓煜思考了一陣子，然後眼眶發紅，盯著連然問：「所以，你是為了報復父親，才把我帶到這裡……我憑什麼相信你？我父親不會做這種事……」

「你不是親眼看到了嗎？」連然又剝了一顆荔枝，遞到卓煜唇邊，「就算我進入研究所別有用心，但那幾天的實驗你也看到了，你覺得正常嗎？」

連然捏住卓煜的下頜，將果肉強行推進卓煜的嘴裡，深深凝視著卓煜發紅的眼，像要看透他一樣：「你是那個實驗室裡唯一的正常人，所以你看不下去，把我帶出來了。那要是我告訴你，我在進去之前就做好了死的準備，如果沒遇到你，每天都有那麼大量的藥打進我的身體裡，你覺得我能撐多久？」

卓煜感覺身體像被火燒一樣煎熬，又痛又麻。他不知道自己順風順水的二十年人生，為何有朝一日會突然被捲入高層的利益之爭，此後被陰影籠罩，不得安寧。

他只是想要將自己喜歡的人帶出研究所，卻被反咬一口變成Ω，被喜歡的人壓在身下淫辱多日，變成毫無地位的禁臠。

卓煜抱住頭粗喘：「我不知道……不要問我，我……」

連然凌厲的神色一斂，又換回慣常的溫和模樣，撫摸著卓煜的脊背，安慰他說「沒關係」、「跟小煜一點關係都沒有」，慢慢釋放出安撫信息素，將卓煜抱進懷裡。

「我會保護好小煜的，事情很快就過去了，放心……」

第二日，卓煜以連然祕書的身分被帶入監獄，見到了卓鳴淵。

他被連然告知不要與卓鳴淵相認。連然進入房間時，卓煜站在門外，將裡頭的聲音聽得一清二楚。

他以為自己父親常年在外忙碌不顧家，是因為研究需要，沒想到卻是為連詔做了許多事，其中還有一些他想都不敢想、喪盡天良的事。事到如今，他所有的罪行都被抖出來，數罪併罰，還要替上頭頂罪，可能下半輩子都要待在監獄裡。

但連詔見到卓鳴淵已經失去利用價值，只剩一個卓煜還能榨出一點東西，便將主意打到了卓煜身上。卓鳴淵害怕兒子會出事，就供出連詔做過的事，來換取連然保護卓煜，讓卓煜不要落入連詔的手裡。

卓煜在外頭聽著裡面不屬於他這個世界、陌生的交談內容，感覺頭暈目眩，腿也有些發軟，靠在牆上無法呼吸。

「我為小煜留了一些財產，夠他下半輩子生活了。他母親走後，我就沒怎麼陪過他，我可以配合你對付連詔，但你一定要保下我兒子……」

只有卓鳴淵在苦苦哀求，連然始終沒有發出任何聲音。

過了一會，卓煜身邊的門被打開，連然走出來，關上。

卓煜想要衝進門內質問父親為什麼要做那種事，為什麼不滿足於做一個研究員，要去勾結政客賺那些黑心錢。但連然把他攔下，毫不費力地將他抱起，往鐵門走去。

門外停著連然的車。連然把卓煜塞進車裡，車門一關，卓煜便徹底失控。連然擔心他在車輛行駛途中發生意外，就將卓煜抱到自己腿上。

卓煜從沒哭得這麼慘過，連然耐心地幫他擦眼淚，從頭到尾都沒說一個字。

卓煜哭累了，又被連然的信息素一熏，便靠著他一路睡到宅邸。

連然見卓煜睡得安穩，想到他方才受到那麼大的刺激，就不忍心把他叫醒，讓司機把車停在車庫後離開，他抱著卓煜，等他睡醒。

卓煜睜開眼時已經傍晚，車內光線昏暗，連然的雙手環抱著自己的腰。

他保持著這個姿勢睡久了都覺得身體僵硬，連然卻讓他壓了這麼久。卓煜想到連然和自己說過的話，今天都被證實了，他先前的氣焰全消，不知道該如何面對連然。

連然見卓煜醒了，手便從他的腰滑到臀部，用力捏了捏：「醒了？」

「啊？嗯……」卓煜剛想要起身，連然卻不放手。卓煜有些窘迫，扭著身體低聲埋怨，「放手啊……」

男人隱約的鼻音和彆扭的神色像知錯卻不願承認的小狗。

連然故意逗他，釋放出催情信息素，迅速充盈車內的空間。他將卓煜的臀部壓在自己某處：

「小煜。」

卓煜顫了一下，一動也不敢動。

連然是個變態，是個看到卓煜哭得一把鼻涕一把眼淚便會更加興奮的變態，他折磨卓煜的方法從來不是暴力和強硬，而是將卓煜圈在柔軟的網裡，讓他沉溺在溫柔鄉，再也脫不了身。

卓煜流出來的東西弄髒了車座，他抱著副駕駛座的椅背，防止自己被敞開。眼淚一直流，他自己也不知道為什麼，那是生理性的，控制不住。

連然見到他的眼淚後更加興奮，讓卓煜背對自己跪坐起來，慢條斯理地頂進抽出，看著兩人的連接處以及卓煜臀上的白色蓮花、被撐開的粉嫩小嘴。

卓煜最後是被連然抱下車的。司機在車庫外等，看到卓煜軟綿綿地被抱出來，還以為卓煜一直沒醒來，直到連然扔下一句「處理乾淨」，他才知道裡頭發生了什麼，連忙答應。

去監獄見過卓鳴淵後，連然開始頻繁地外出，就算待在家裡也是在書房看文件。有時候，卓煜在樓下客廳看電視的時候連然回來，便會徑直走到他面前，旁若無人地俯下身親吻他。

連然身上帶著菸酒味，很淡，應該是應酬回來，噴過了除臭劑，混雜著他信息素的味道，吻上去讓人沉淪。

卓煜從沒碰過連然這樣的人，連然一眼就能看透卓煜，但卓煜看不透連然。

他被栓在連然身邊生活，像是被藏在金屋裡的小情人，並且卓煜從管家口中慢慢知道了一些連然的過往。

現下世人議論紛紛，大家都說連然不知與連家有什麼過節，如今發瘋似的步步緊逼，大有將連家徹底鏟平的架勢。但外人不知道連然從前在連家過的日子生不如死，從他母親死後，便沒有人真正對他好過。因為隱藏性別而被認定為β，被討厭他的連家主母送去招待客人，被連詔知道後發瘋似的要霸占連然，也不知道連然是怎麼周旋於那一家惡魔手下，才能走到如今。

卓煜從小生活在陽光下，被這些重塑了世界觀。

晚上連然很晚回來，推門而入時，發現客廳沙發旁的一盞檯燈亮著。卓煜躺在上面，肚子上蓋著一條薄毯，腿從沙發上垂落，放在地毯上，看上去睡得很香甜。

管家接過連然的外套，輕聲說：「卓先生說想在樓下看一下電視，看著看著就睡著了，叫他上去睡，他只問您回來了嗎，我說沒有，他便又倒頭睡著了。」

連然點頭表示自己知道了，接著換了鞋走過去。

卓煜仰躺著，雙腿大開。他如今已是Ω了，卻仍像以前還是α一樣大大咧咧。

連然坐下去，握住卓煜垂落的那隻腿，放到自己腿上。

卓煜的眼皮顫了顫，慢慢睜開。連然坐在他腳邊，穿著正裝，垂著眼輕輕揉捏他的腳踝，卓煜蹙眉：「你幹什麼？」

「看你彎著腿睡覺，怕你腿麻。」連然的手掌往上，來到卓煜的大腿，伸進睡褲裡揉捏他腿根的軟肉，「怎麼不上去睡？」

「你怎麼這麼晚？」卓煜反問，「平時晚餐前後就回來了。」

連然挑眉，繼續揉捏卓煜：「你是在等我回家嗎？」

「我是怕你出事了，我怎麼辦。」卓煜嘴硬，想把腿抽出來，卻被連然按住，並抬起來遞到唇邊親了一下。卓煜嘟囔著滾又想躲，卻被連然咬了一口，痛得「嘶」了一聲。

連然放開嘴唇：「不用擔心，我出事了，遺產都會是你的，在我葬禮上你得站在最前面。」

卓煜的心臟一陣緊縮：「你胡說什麼呢！」他用力抽出腿，踩在連然身上：「快說『呸呸呸，童言無忌』。」

連然笑著壓上來，用胯下抵著卓煜的臀心：「我都三十多歲了，還童言無忌嗎？」

卓煜還想說什麼，便被連然堵住嘴唇，發不出聲音。

管家悄悄離開，關上門的聲音很輕。連然脫掉卓煜的褲子，這段時間幾乎每天都在做，卓煜的後穴一直都是溼軟的，連然不需要潤滑就能插進去。

他不知道自己怎麼了，他從前對性甚至算得上厭惡，若前戲拉長一些，插入後都會敷衍了事，但對卓煜就好像中邪一般了，怎麼嘗都嘗不夠……

卓煜在睡前喝了兩杯紅酒，唇齒留香，連然用舌尖品嘗他口腔裡殘餘的酒味，一下一下往裡面擠，找到卓煜的生殖腔，慢慢撞進去。

卓煜哼了一聲，抓著沙發，腿根痙攣。

連然在那裡頂了一會，卓煜突然推他：「我要……去廁所。」

連然正在興頭上，怎麼捨得從卓煜體內退出。他就抱起卓煜，性器仍停留在內，一邊頂他一邊往廁所走。

卓煜不停往下滑，這個姿勢讓性器壓到了前列腺，劇烈的快感讓他出了一身汗，只能緊緊抱住連然。連然走進浴室，抽出來時抱著卓煜轉了個身，握住他的性器根部。

「你連站都站不穩，我幫你扶著。」

卓煜拒絕：「不要，你出去……」

連然又頂進來，沒有很深，只在前列腺附近磨蹭：「尿不出來嗎？可能是因為性器充血，我幫你頂兩下就出來了。」

卓煜感覺到快感伴隨著尿意洶湧澎湃，他站都站不穩，只能往後靠在連然胸前。被肏射了，精液慢慢湧出，過了一會，卓煜的身體顫抖起來，疲軟的性器在連然手心裡跳動兩下，失禁尿了出來。

尿完了，連然抽了張紙巾幫卓煜擦乾淨，卻發現卓煜的頭一直垂著，便讓他抬起頭：「怎麼了？」

卓煜的眼眶通紅，還沉浸在剛才的快感中，又羞恥又生氣，也不管連然是誰，眼淚一下子就流了出來。最後還是連然哄了好一會才沒事，抱著洗乾淨的卓煜回到床上。

連然慢慢地感覺到卓煜沒有那麼排斥自己了，或許是知道自己走投無路，只能妥協，等事情結束後再算帳。

連然加速收網，連家也被他掏光家底，最後大選結果出來，郁祁成功當選。成王敗寇，連家這棵大樹倒下了，樹上的鳥兒也各自飛走。連詔知道連然的勢力不會饒過自己，本想逃跑，卻在機場被郁祁派來的人抓走，至今下落不明。

事情塵埃落定後，連然帶卓煜去見了卓鳴淵一面。

卓嗚淵要被送到一座島嶼上，被軟禁一輩子，雖和坐牢沒什麼區別，但總比坐牢好一些。他叮囑卓煜這輩子不要再與政界有瓜葛，自己留了產業給他，好好經營也能一輩子衣食無憂。

卓嗚淵蒼老不少，雙手雙腳都戴著鐐銬，他湊近一些，對卓煜耳語：「遠離連然。」

卓煜看著父親的背影，知道他做了很多錯事，今後也許難以再見上一面。他精神恍惚地從房間裡走出來，連然在門外等著他：「還好嗎？」

卓煜恍若未聞，往前走了兩步，突然回頭問連然：「你會扔下我嗎？」

連然微怔，卓煜笑著搖搖頭：「也是，問這個沒有意義，我們本就不是同個世界的人。」

上次郁祁來到連然宅邸，偷偷告訴卓煜連然準備將他送回學校，轉學留級，繼續念完大學。念在卓煜幫了他的情分上，還打算給卓煜一大筆錢。

錢？當他是賣身的嗎？事情結束了就給一筆遣散費？卓煜不敢問，他怕問了之後，連然會證實這些事都是真的。

之後連然也隨口問過卓煜想去哪個學校、往後想做些什麼，像在探他的口風。

卓煜從前覺得待在這座宅邸的時間漫長，此刻又覺得很短。

＊

Enigma 對 α 的標記，和將 α 轉化成 Ω 的時間只持續到信息素消失，α 的身體便會恢復，因 **Enigma** 的誘導信息素和精液發育的生殖腔會再度萎縮，連然是想讓卓煜恢復 α 的身分。

連然這樣的人，每走一步都是算計好的，卓煜算是他的節外生枝，現在該被切除了。但不知為何，兩人都沒提這件事，好像心照不宣的默契。

連然與卓煜在同一個屋簷下，不知從何時開始不再碰他。

卓煜感覺自己逐漸被連然推走，而他不知道自己該怎麼辦，好像只有離開這裡才是對的。

直到某天，連然身上帶著陌生的信息素回到家裡，看到等門的卓煜也只是淡淡地打聲招呼，卓煜終於崩潰了。他站在連然身後叫住他，咬緊牙，過了一會才逼出一句：「我不想待在這裡了。」

連然轉身看向卓煜，先前溫柔的臉，如今看上去那麼冷淡：「你隨時都有離開的自由。」

卓煜撞開連然上樓，「砰」地關上門後蹲在門後，將臉埋進臂彎。無聲地，有幾顆水珠砸在地毯上，暈出圓圈痕跡。

連然在客廳裡站了很久，眼神落在沙發旁的落地燈上，昏黃的燈光將他的眼睛照得如玻璃般清澈溫柔。

過了一會，連然斂去感情，換回一副波瀾不驚的模樣，關掉燈，轉身上樓。

第二天，一位叫何英的律師連繫上卓煜，稱是卓鳴淵委託他處理卓煜的財產問題，想約卓煜出來談一談。

何英給的資料很真實，確認過身分後，卓煜決定和他見一面。

連然不在，卓煜早已習慣了出門時要和連然報備，但昨晚他已經烙下狠話說要離開連然了，不應該再詢問他的意見，所以卓煜只跟管家說了，讓管家備車，他要出門一趟。

或許是連然有交代，管家什麼都沒問，目送卓煜上了車。

卓煜不知道自己是不是瘋了，竟然會覺得不習慣。可是從前，他來去自由、不受約束，被連然囚禁了這陣子，竟養成了不被過問就不習慣的毛病。

卓煜讓自己不要再想連然。

他在事務所見到何英，聊過之後，何英說要帶卓煜到他父親留給他的房子看看，卓煜就答應了。

房子位在寸土寸金的市中心高檔社區，是樓中樓，已經裝修完畢，隨時可以入住。

何英問卓煜喜歡這套房子嗎？卓煜點了點頭。他看了眼時間，已經晚上七點了，他剛想說自己要回去了，就聽到門鈴響起。何英打開門，外面是連然家裡的傭人，說將卓煜的衣服送來了，請問要放在哪裡。

卓煜愣住了。他沒想到連然會這麼急著將自己推開——不，卓煜反應到這都是設計好的，連然早就準備好了一切，就等著卓煜鬆口說要離開，他就能立刻安置好他。何英估計早就跟連然連繫過了，否則不可能這麼湊巧。

卓煜離開那座宅邸時毫無離開的準備，早晨還躺在宅邸柔軟的大床上，下樓時嗅到連然若有似無的信息素，晚上卻一個人坐在寬闊安靜的陌生房子裡。

何英告訴他，連然給了一筆豐厚的賠償金，就是擔心卓煜離開後會去鬧，希望卓煜看在當初情況危急、連然不得已才那麼做的分上，接受他的歉意，重新開始新的生活。

卓煜枯坐到將近十二點，突然像想到什麼一般，衝出門去。

他要去找連然說清楚，他們之間從來都沒好好談過，他不能就這樣離開連然，他要告訴連然自己的想法，得找到連然才行……

卓煜跑到夜晚的街上，周圍都是人。他攔了一輛計程車，司機問他要去哪裡，卓煜卻說不出來。他要去哪裡找連然？他連該怎麼找到那座私人宅邸都不知道。

卓煜低下頭，報了研究所的位置。兩小時後，車停在荒無人煙的研究所門口，卓煜下車時司機叫住他：「您忘記付錢了。」

卓煜怔怔地掏出手機付款，司機又問他需不需要等他出來，這裡叫不到車，卓煜沒回答他，直接往裡面走。

「真是見鬼了，這間研究所早就封了，聽說還做了活體實驗，他來這裡幹嘛……」司機害怕得不得了，一腳踩下油門，飛快離開了這裡。

卓煜走到鐵門旁，抬手推了推，研究所已經被查封了，他進不去。他想從圍牆翻進去，卻被看守的保全發現，把他抓住，問卓煜是誰，讓他離開。

卓煜想了想，告訴他們自己曾經是這個研究所的研究員，保全便把他送到警局，讓員警處理。員警知道這間研究所的事情要徵求誰的意見，就打了電話給上頭，然後出來時像是變了一個人一樣，對卓煜和顏悅色，親自開車把卓煜送回家。

「卓先生，研究所已經查封，您以後不要再讓我們難做人了。這是我的電話，有事您儘管找我，今天您好好休息，別亂跑了。」

卓煜沒下車，低著頭問他：「連然呢？」

「您說什麼？我們不認識這個人。」員警下車幫卓煜打開車門，「需要送您上樓嗎？」

卓煜握緊雙手，身體顫抖起來：「謝謝，不用了。」

之後幾天，何英每天都會登門造訪，讓卓煜簽了很多文件。卓煜的卡裡多出一大筆錢，夠他今後衣食無憂，何英建議卓煜一年後再復學，換一所學校，或者想要出國留學都可以。

卓煜不想思考這些，他只想自己安安靜靜地待一段時間，他現在滿腦子都是連然，快被逼瘋了。

他想不通自己沒有做錯什麼，為什麼會被連然拋棄？既然這樣，那一開始就不要招惹自己不就好了？為什麼要對自己那麼溫柔、讓人心動，還和自己袒露心聲？讓他產生錯覺後又強行把自己拉回現實，告訴自己他們之間是不可能的。

為什麼？卓煜有那麼多疑問，但連然狠心切斷了兩人之間的所有連繫，把完全依賴他的自己猝不及防地推開，像是丟棄一個廢棄品一樣不管不顧。

抱著這樣的自我懷疑，卓煜從最初的不願接受到最後不得不接受現實，不敢再對連然抱有幻想。

卓煜一開始覺得時間過得很慢，他被強行拉入了一個從未經歷過的世界裡，被迫脫離原本的生活長達三個月，之後又在連然身邊賴了一段時間，算起來也快接近半年。半年不算長，從前卓煜談過兩段戀愛，但感情的深淺並不能用時間衡量。有的人在你看到他的第一眼，就決定了他在你生命中鑲嵌的深度，對連然的感情就是那樣，深深嵌入了卓煜的心臟，無法拔出，不能忘記。

過了一段時間，卓煜覺得好了一點，能夠出門，也能夠適應回家後要自己開燈了。

在他以為生活終於能步入正軌的時候，他突然進入了易感期。

α不像Ω一樣每個月都會發情，但成年α的易感期大概半年一次，且來勢洶洶，卓煜忘了這件事。某天，他突然意識到自己易感期到時，已經來不及去醫院拿藥了。

越優質的α易感期的反應就越激烈，卓煜只來得及打電話給何英，之後就將自己嚴嚴實實地裹在被子裡。

易感期的α有築巢的本能，會待在伴侶信息素濃郁的地方，但卓煜什麼都沒有，只能一邊哭一邊縮在床上，一動也不動。

他在心底默念連然的名字，也喊出來過。何英來過，讓他服了藥，卓煜吃過藥後睡得很沉，何英以為沒事了便先離開，誰知卓煜一覺醒來，更濃烈的欲望反撲，他全身都像被火燒一樣難受，想要跟伴侶交配。

他想去找連然，跌下床，往門口爬。

不知道是不是因為太想見到連然，卓煜產生了幻覺，連然竟出現在自己家裡，把他從地上抱起來，到沙發旁餵他喝水。

卓煜神志不清，只記得往連然身上貼、蹭，用犬齒去咬連然的脖頸，急切地嗅他身上的味道。然後他被連然的信息素包裹住，感覺到對方沒有推開或者拒絕自己，卓煜的犬齒便深深切入連然的腺體，烏木香噴湧而出，卓煜的身體驟然軟下去，就像醉鬼喝到酒窖裡最香醇的烈酒，醉倒在地，全然不顧其他。

「嘶。」連然按著不斷在身下掙扎、想要抱緊自己的卓煜，一隻手往後頸摸了一把，摸到滿手的血。

痛是其次，就是易感期α的標記生了效，連然也被影響，發情了。原本他只是想送藥給卓煜，現在倒發生了大問題。

那個為α易感期特製的藥放在桌上，α吃過後會陷入昏迷，直到易感期結束，但連然最後沒餵卓煜吃下，而是抱著卓煜去了房間。

優質α在易感期會失去平日引以為傲的自控力，越優質的α易感期就越是容易失控，卓煜也不例外。

他甚至不太能判斷面前的這個人到底是不是連然，這個時候，任何一個人都能趁虛而入，很多Ω就是利用易感期攀上優質α的。

連然這樣想著，眉心蹙起，彎腰捏住卓煜的下頷問他：「睜開眼睛看看我是誰。」

卓煜睜開眼，身體不安分地扭動，微瞇的眼睛裡溢滿情潮，他笑了一下，露出潔白牙齒，聲音溫柔：「是連然。」

「摸摸我，連然……我好難受。」卓煜握住連然的手腕，往自己身上拉，腿間撐起的帳篷頂端潮溼，像淋過雨的小山。

連然知道那裡面是什麼景色。卓煜見連然沒有反應，焦急起來，支支吾吾地叫連然的名字，甚至落淚懇求他，「不要……只是看著，你碰碰我啊。」

連然的手伸到卓煜腿間，隔著布料揉了揉，卓煜立刻繃緊身體，夾住連然手掌，呢喃著：「繼續……繼續摸，連然，摸摸我。」

完全是一隻小狗，連然不自覺地笑了一下，擠進另一隻手，撐開卓煜的雙腿。

卓煜雙眼潮溼，變得非常依賴連然，在連然脫掉他衣服時配合地抬高身體。連然將衣服扔到一旁，外套口袋裡的手機突然震動起來，連然按著卓煜：「等一等。」

卓煜乖乖點頭，連然便坐到床邊。

電話剛接通，那邊傳來郁祁的聲音：『連詔不見了。』

與此同時，連然背後貼上一具炙熱的身體。卓煜在他耳邊喘息著，跟郁祁的聲音混在一起，手更從連然的衣領伸進去，摸他的胸口和乳頭。

連然頓了頓。

『怎麼了？』

「……沒什麼，你繼續說。」

『你那邊……』

「沒事，郁祁，你說，連詔不見了是怎麼回事？」

『喔，他這段時間表現得很正常，傭人放鬆了警惕，他就打昏保鑣逃走了。在附近沒有找到他，估計是有人接應。』

卓煜用雙手抱緊連然的腰，下身小心地蹭著連然。連然空出一隻手去摸卓煜的臉，卓煜貼上去蹭了蹭，然後張嘴含住連然的中指。

『他可能會去找卓煜，讓何英看好卓煜，這段時間不要亂跑。我會派人在機場和碼頭盯著，連詔絕對逃不出這座城市。』

「好，我會看好卓煜的。」連然掛斷電話，輕輕笑了一下，抬頭看到床對面的落地窗上映出床上的兩個人。

卓煜跪坐在床上，雙手纏著連然的身體。

連然的衣服被他弄亂，露出一大片胸口，襯衫也從褲頭抽出。卓煜埋頭在連然的後頸，瘋狂地嗅著連然的信息素。

「好了，」連然轉過去抱住卓煜，把卓煜壓在床上，慢慢解開皮帶釦子，「不是讓你等一等嗎？」

卓煜搖頭，扯著連然的手腕，貼在自己胸口：「摸……我。」

連然一手在卓煜身上遊走，一手幫卓煜擴張。

卓煜有被人壓在身下的記憶，所以敞開腿讓連然擺弄，直到後穴夠溼軟，連然才一寸寸頂進去。

比起之前，連然這次做得很收斂。他撐著身體，身體也變得炙熱，皮膚浮起薄汗，而身下的卓煜從一開始的不適應，到後來完全被欲望主宰的樣子，他都記在心裡。

他本以為卓煜不過是他先前遇到的那些人其中之一，雖然出現的時間很特殊，所以對他產生了一些和之前不同的感情，這無可厚非，但他需要處理的事情還很多，而卓煜本就不屬於這個世界，應該不會理解他的所作所為。這樣想著，連然便毫不猶豫地將他送走。

但當晚回到家，他才感到不適應——沒有人為他等門，滿屋的傭人前後伺候著他，他卻覺得難以適應。

他問了何英，卓煜說他很喜歡他挑的那套房子，應該是睡著了，連然很想問卓煜有沒有提出要回這邊，但他忍住了。

從卓煜離開的那一天到今天為止，連然每一天都會去打聽卓煜的消息，仍舊想要掌握他的行程，擔心他遇到新的什麼人，就將自己忘了。可資料裡顯示卓煜一直獨來獨往，更多時候都一個人待在家裡。連然本該放心的，但他並沒有放下心來，而是日復一日變本加厲地想要掌控卓煜的生活。

卓煜喘了口氣，身體抖了抖，後穴突然絞緊連然的性器。連然皺起眉，往裡面頂的力道更重了一些，卓煜張著嘴喘出幾口氣，然後一下子把腿夾緊，前端射出濃稠的精液。

連然差點被夾到射在裡面，立刻抽了出來，射在卓煜的小腹上。

卓煜摸上自己的小腹，自己的精液和連然的混在一起。卓煜的指尖沾著那些精液，突然要往自己的後穴裡塞。

連然的太陽穴突突直跳，抓住卓煜的手問他：「做什麼？」

卓煜斷斷續續地說：「房間裡沒有……味道。留在身體，你的精液，有你的香味。」

這個房間裡布滿了卓煜和連然動情時散發出來的信息素，卓煜還要連然射在自己體內，纏著連然想再做一次，又去咬連然的後頸，想要標記連然。

和Ω不能標記α一樣，α也不能標記Enigma，除了能嗅到更多信息素之外，卓煜的標記並沒有用處。但連然好像被打了春藥一般，猛地將卓煜翻過去，讓卓煜靠坐在自己身上，插了進去。

連然按著卓煜的小腹，感受到自己將卓煜頂到微微凸起，然後雙手抱住卓煜的雙腿，以幫小孩把尿的姿勢頂弄他。卓煜靠在連然的肩膀上呻吟，每頂一下，前端就滲出一些清液，到最後什麼都射不出來了，被肏到乾高潮。連然的身子壓下去，抬高卓煜的臀部，射進他的身體裡。

卓煜擺著腰，前端失去控制，噴出的潮吹液將床單打溼。

「啊……」卓煜張嘴咬住枕頭，連然掰過他的下巴，手指卡住卓煜的牙齒不讓他闔上嘴。如願以償地聽到卓煜的求饒和撒嬌，連然這才滿足地把卓煜翻回來，和他接了個深吻。

直到年輕α的易感期結束前，連然都耐心地安撫著他，跟他待在床上。

卓煜在連然的手心裡成結，注定再也無法用來標記任何人的地方被連然輕柔地握住。卓煜難耐地在連然的手心裡蹭動，連然則用拇指和食指圈著那個結，想到若是任何一個Ω，卓煜都能讓他折服，但卓煜碰到的是自己。

卓煜選擇了他。

連然用乾淨的被子包住卓煜，將他抱到客房去睡，換掉主臥的床單。

那上面浸滿了信息素，足以見得這段時間他們有多不加節制。

卓煜在連然耳邊說了很多話，好聽的、不好聽的都有，還強行咬了連然很多次，雖然被進入的人是自己，但在標記上仍舊保留著α的本能。連然的後頸上布滿深深淺淺的牙印，卓煜的信息素也留在了他身上。

祕書來送東西時，看到連然脖頸上連片的痕跡，看著連然的眼神變得複雜起來。

連然從不在意別人怎麼看待自己，關上門去客房看了一眼，卓煜還在睡，他便到客廳去看文件。

卓煜醒來時天已經黑了，他睜著眼看了一會窗外才慢慢回過神來。這幾天的一切在他腦海裡重播，他猛地起身，不顧身體還痠痛難耐，裹著被子就衝到客廳。

客廳沙發上坐著他日思夜想的那個人，正在講電話、看文件，可能是怕吵到自己，聲音很輕。

卓煜愣愣地站在牆邊看著連然，直到連然掛了電話，注意到他。

卓煜對上連然的眼神，不自覺地往後退了一步。

連然卻笑了笑，朝他張開手，語氣和之前一樣，好像他們之間沒發生過任何隔閡：「小煜，過來。」

卓煜愣住了，時隔半年再次見到連然，他連手都不知道該往哪裡放，不願往前。

連然嘆了口氣，突然站起來往卓煜這邊走。

卓煜嗅到了那陣熟悉的香味，頓時鼻酸，他想質問連然為什麼未經允許就出現在自己家裡，但他什麼都說不出來，只能退後兩步，然後被連然拉住，連人帶被地抱了起來。

「好輕，」連然將卓煜放到沙發上，「我們小煜是不是都沒好好吃飯？」

卓煜抓著被子，低頭拒絕與連然交流。

連然看了卓煜幾秒，突然問：「不想見到我？」

卓煜的手用力握緊，擠出一句：「嗯。」

當初連然將自己乾脆俐落地掃地出門，兩人之間沒有一句交流和解釋，聰明如連然又怎麼會分不清卓煜說的到底是氣話還是真心話，他那麼做了，就代表他想要卓煜離開。

那時候卓煜像棄犬一樣被遺棄的時候，連然在做什麼呢？

他出現在媒體上，做為連家的新家主、政界陰暗處的掌舵者受人追捧，左右逢源，媒體說他苦盡甘來，如今坐收漁翁之利，成了郁祁背後的財閥。

今時不同往日，連然出入私人會館時總有佳人在側。媒體知道拍到什麼能賺錢，有很長一段時間，連然的名字都與各個明星連在一起，在娛樂版頭條的花邊新聞裡出現。

連然消失在卓煜的世界裡，但又出現在全世界面前。卓煜從最初的憤怒不甘到後來的消極回避，連然卻始終刻在他的記憶裡無法抹去。

現在又突然出現，像個沒事人一樣和自己調情，卓煜無法接受，也不能理解。

他不想做連然的眾多情人之一，不想再被他當作一枚棋子，榨乾使用價值。

「前陣子風頭太盛，你在我身邊只能被藏在那個宅邸裡，我不能陪你去任何地方，」連然湊近一些，撫上卓煜的頭頂，「其實你早就自由了，是我出於私心，一直把你藏在家裡，後來你說想走，我就順勢把你放走了。」

卓煜不知道連然為什麼要向自己解釋，這並沒有讓自己好受一點，反而更加痛苦。

「你不用解釋什麼，是我自己要走的，你現在可以離開了。」卓煜已經不想追究自己易感期內發生了什麼，如果連然不是因為自己才過來的，那他真的可以走了，「易感期……我很衝動，也當不了真，所以你走吧。」

連然的手滑到卓煜肩膀上，似乎嘆了口氣：「小煜……」

「趕著為你獻身的Ω多得是，我只是一個α，現在生活也已經穩定下來了。我能自己生活，你不用因為往日的利益來看我，我過得很好。」

「這是你的真心話嗎？」連然按著被角，讓卓煜不能再往後退，「我這段時間一直都在關注你，但我不是普通人，我不能想找你就來找你，所以你先冷靜下來聽我解釋，好嗎？」

「不好。」卓煜抬起眼看向連然，他知道自己現在的樣子不適合跟連然對峙，但他已經無法忍耐了，「從一開始就是，你看著我對你產生感情，然後利用我對你的感情達到你的目的。你的目的達到了，又有了新的目的，但我已經成為你前進路上的絆腳石，所以你冷落我、逼我離開。

你是政客，你做的所有事情都精心計劃過，可我不是，我因為喜歡你所以帶你走，知道被你算計後才發怒。但是我知道你的過往後，一直為你的行為找藉口，你解釋過，我也就算了，我從沒怪你讓我陷入兩難的境地，可你——」

說到最後，卓煜感覺自己就快喘不過氣了。這段時間拚命壓抑的感情噴薄而出，他控制不住眼淚，從眼眶滾落：「我在問你會不會拋棄我的時候，你甚至連一句都不肯說。我對你的每一個反應都是出於真心，而你呢？你對我除了算計，還有什麼？我不想再被你扯進漩渦裡了。」

終於將心裡話都說了出來，卓煜出了一口惡氣，自我放棄地靠在沙發上。

連然從未見過卓煜這副樣子。

他哪見過什麼「真心」，從未見過。他不明白這個東西，也不懂這個東西是怎麼產生的，又要怎麼保護，因為他的世界從來就只有算計和利益。

卓煜喜歡他什麼？光憑幾個眼神和肢體交流就願意把自己帶出去，連然起初並不相信。他欺負卓煜，試圖從他嘴裡套出跟卓鳴淵有關的計畫，證明卓煜接近自己是別有所圖，一直到後來卓鳴淵投靠自己，連然才知道卓煜什麼都不知道，他只是一個無辜的局外人，被自己對真心的質疑和猜測拉入了計畫裡，被迫做了一段時間的Ω，被囚禁在那座宅邸裡。

既然是誤會，那應該將他放回他的世界裡才對。連然以為卓煜也想離開，卻沒想到他會突然問自己會不會拋棄他。這不合常理，也不符合邏輯，連然不得不再次猜忌——卓煜知道他將要翻身，想要留在他身邊是為了得到更多的好處。

他之前判斷失誤釀了禍，自然願意補償卓煜，錢、房子、車子或者特權，只要他有的，都可以無條件給卓煜。那時候他仍舊不懂這是什麼感情，在他為卓煜準備好一切後，卻始終開不了口讓卓煜離開。

他驚訝地發現不只是卓煜一個人在掙扎，他也是，他內心深處也不願放卓煜走。

他不得不承認，他擔憂且害怕這種陌生的情緒，擔心面對卓煜時頻繁產生的陌生情緒會毀了自己。於是，他在身體和心理上都開始遠離卓煜，本以為送走卓煜後會獲得內心的平靜，回歸從前的自己，卻沒想到更劇烈頻繁的失控和在意，會出現在他宛如貧瘠土地的心裡。

他原以為自己的心是塊永凍土，卻沒預料到卓煜會是他的春天。

直到卓煜說出方才那番話，他才驚覺那些情緒到底是什麼——愛意。

他對卓煜有著不知從何時生根發芽、深植內心的愛意，如今發現時，已經長成參天大樹。

他都做了些什麼？

「……我真是個蠢貨。」

良久，連然才開口。

一開口就是這句話，卓煜怔了怔，卻感覺連然的身體罩了下來，緊緊壓住他。

「你……」

「我竟然現在才察覺到自己對你的感情，可能有點晚了，但我還是想爭取一下。」連然圈著卓煜的腰，將他禁錮在自己懷裡，「以前是我錯了，我會盡我所能地補償你。我什麼都能給你，只要你願意給我一個機會。」

卓煜不知道連然又在計畫什麼，他想抬頭看連然，卻因為離得太近，嘴唇從連然臉邊擦了過去。下一秒就被制住下頷，連然的嘴唇覆上來，吻住卓煜。

很輕的吻，卓煜睜著眼，而連然閉著，看上去很投入，也很享受。

連然的臉極具魅惑力，卓煜的眼神在看著連然的時候軟和一些，但很快又強迫自己清醒。

他抬腿將連然踹下沙發。

「別說玩笑話了，你什麼都能給我，就為了換取再次玩弄我的機會？」

連然摸了把嘴唇，半跪在沙發旁，將手放在卓煜的腿上，定定地看著他：「你想要什麼？」

按照卓煜對連然的了解，他知道連然的底線在哪裡。

他被這樣的連然嚇到了，連然怎麼會說出這種話？他不過是咬定了自己不可能讓他為難。

但卓煜這次不想給連然臺階下了。

他說：「切斷所有情人關係，所有事都要告訴我，你的地位、財富都獻給我。」

卓煜看著連然，內心像出了一口惡氣一樣暢快，之後更笑了：「呵，你做得到嗎？做不到吧，那就……」

卓煜的手被握住，連然的吻落在他的無名指上。

嘴唇貼在卓煜的指根，連然嘴唇開闔，說：「這些代價換一個機會，的確有些划不來。」

卓煜猛地想要抽回手，卻被連然緊扣著，動彈不得。

連然的眼底閃爍著初見時的光，凝視著卓煜的眼睛，緩緩開口：「不過值得換一枚婚戒。那就這麼約定好了，還希望卓先生有契約精神，把這份交易好好完成。」

開什麼玩笑！

卓煜回過神來時，連然已經將他推倒在沙發上，呼吸急促，吻一下一下地落在卓煜的臉上。

卓煜想推開他，他便握住卓煜的手腕親吻，直到推拒的力道減弱，又繼續親吻。

卓煜牙關緊閉，被連然的舌尖挑了一下，撬開。卓煜想闔上，就重重咬上連然的舌尖。

口腔立刻漫上血腥味，連然顫了一下，卻伸得更深，捏住卓煜的下頷，不讓他閉上，勾住柔軟的舌頭跟自己糾纏在一起。

卓煜的身體很熱，小腹酥麻，客廳裡除了口水聲，還參雜著幾聲細細的喘息。連然的手在卓煜身上有技巧地挑逗，卓煜瞇著眼，用鼻子大力呼吸，被親得幾近窒息。

連然曲起指節，在卓煜的穴口碰了碰，卓煜一顫，立刻夾緊腿，把連然的手夾住。

連然笑了一聲，把食指戳了進去。

「好軟。」他低聲說。

卓煜的耳根燒起來，不知是不是又被連然進入過的緣故，卓煜感覺到自己的身體又變得很怪，小腹被碰一下就覺得酥酥麻麻的，難道生殖腔又被肏腫了嗎？

像是感覺到卓煜的內心所想，連然的手指再次往裡面探，說：「我本來是不想進去的，但是你太熱情了，最後沒能抗拒，生殖腔應該又長出來了。」

「誰……允許你這麼做的！」卓煜又氣又害臊，拉著連然的長髮把他拉開。

連然跪坐在卓煜的腿間，無辜地看著他說：「是小煜說的，那時候我覺得我不進去的話，你就要死了，我是擔心你才會那樣……我甚至不敢標記你，做的時候還時刻關注你的反應。小煜你是盡興了，卻不知道我克制自己有多難受……」

記憶湧入腦海，卓煜眼前都是自己易感期時對連然的熱情求歡、纏著連然的樣子，簡直太丟臉了。卓煜別過臉，被連然捧著親了親。

「沒關係的，小煜，只要你開心就好，我什麼都願意為你做……」

兩人現在的樣子就像一對在耳鬢廝磨的愛侶，連然溫柔起來實在蠱惑人心。卓煜感覺到臉上柔軟的觸感，一下一下落在眉毛、眼角、臉頰和鼻尖，這些吻像在敲著他關上的心門，一下又一下，若是卓煜不打開就不罷休似的。

很煩，但又不知該如何抵抗這種賴皮的求歡。

卓煜最後也沒能拒絕連然，半推半就地被他抱到了房間。

連然的頭髮垂下來，分開卓煜的雙腿時，卓煜心想，給連然接近自己的機會是很危險的，太過迷人的東西會使人喪失意志，他不應該這樣。

但他是真的很喜歡連然。

他像是遇到心愛主人的小狗，沒有辦法，只能靠本能做出反應，連然願意騙他，他就相信。

他覺得愛情是很簡單的一種東西，是燃燒的炭火，雖然他的炭火被雨澆滅過，但連然要是再次點燃了，那就繼續燒著吧，他不想考慮那麼多，反正他也什麼都沒有了。

卓煜的腿勾在連然的腰上，閉上眼睛。

和以往的很多次不一樣，這次連然表現得很急切凶悍，頂到卓煜的頭撞上床頭。卓煜掙扎著想躲，又會被按著胯骨抓回來，挺進生殖腔，在裡面翻攪。

連然射在裡面的時候，卓煜的手從他肩膀上滑下來，落在溼透的床單上。連然的汗聚在下巴尖，滴到卓煜的胸口上，他的長髮被汗浸溼，睫毛溼潤。

挺進生殖腔的性器動了動，卓煜的眼淚被榨出來，帶著哭腔說不要了。連然一邊哄一邊把他抱起來，卓煜靠在他的胸口上哭噎，哭著哭著卻將連然哭硬了。

「心肝……你哭一下，下面就夾緊我一下，真是……」連然撫摸著卓煜的後頸。

卓煜的信息素失控了，溢滿房間，腺體也變得很紅，有點腫。

連然舔上卓煜的腺體，然後嘴唇貼著，慢慢咬破那裡。

卓煜整個人都溼透了，做愛消耗了太多精力，身體已經麻木到了極點，被標記也無法做出太大的反應。他的身體再次被打開，灌入連然的信息素。

「小煜，」連然鬆開牙齒，有血溢出來，連然用舌尖舔乾淨，「我愛你，你這輩子都不能離開我了。」

卓煜的意識遊離，無法回應連然便睡著了。

不知道過了多久，卓煜是被連然的講話聲吵醒的。

連然坐在房間沙發上和人通話，聲音很輕，卓煜一醒來，他就站起來走到卓煜身邊，對那邊說：「我晚一點過去。」然後掛斷。

「餓不餓？」

卓煜昏昏沉沉地縮回被子裡，想繼續睡，身上沒有不適，連然應該清理過了。

連然不讓卓煜睡，把他抱了起來。卓煜就推開他，有些起床氣：「滾啊……別弄我。」

「先吃點東西再睡。」連然幫卓煜披上睡袍、綁好，抱著他起身往外走，「我待會有個飯局，可能會晚一點回來。你先吃一點再睡，別餓到。」

卓煜的耳朵聽著，頭靠在連然的肩上，抱著連然的脖頸繼續睡。

連然走路很穩，卓煜的胸口貼著他，隔著布料跳動。呼吸就在耳邊，平穩綿長。

樓梯的燈光很亮，只有他們兩個人。

欲壑難填，連然在追求權力和財富的時候，就深知自己已經抵達了他曾想抵達的世界，但他始終感到空虛，不知為何，得到越多，心臟就越空曠。但此刻，他抱著卓煜卻覺得內心滿滿當當的，這種被填滿的感覺不只是身體上，精神上的欲望更是得到了滿足。

卓煜柔軟、聽話地被他抱著，就讓他的心跳得那麼快。

連然一口一口地餵卓煜喝完粥，卓煜慢慢清醒過來，吃飽後又覺得累，在連然去洗碗的空檔躺在沙發上睡著了。

＊

連然住進了卓煜家。

雖然他曾提議要接卓煜回去，但卓煜不同意也不解釋。

連然知道卓煜還是很在意自己曾經把他趕走過，但這種事急不來，自己犯的錯只能自己挽救。

要接待客人或有一些飯局時，連然就會回去，但不管多晚，他都會回到卓煜這裡。

就這樣過了一個月，連然有天突然詢問卓煜能不能跟他一起出席一個私人聚會。

「為什麼？」

連然說：「因為我最近總是以家裡有人在等我為藉口提早離開，沒參加之後的酒會。這次那些人會帶著自己的伴侶出席，要求我也要帶，否則下一次就不讓我走了。」他拉了拉卓煜的衣袖，「好不好，小煜？」

「我去幹什麼？我又不會應酬，而且很無聊。」

「很快就結束了，就是讓他們知道有這麼一個人就好了。」連然乞求的樣子很可憐，讓卓煜有種自己不去，他會很難過的錯覺。

連然在那天之後，沒再跟誰傳過緋聞，出席宴會活動也都是孤身一人。卓煜不知道他還能忍多久，但現在看來，連然還挺認真的。

不過自己跟他之前的那些Ω伴侶應該也沒什麼不同，只是個幌子罷了。

卓煜放下刀叉，答應了：「那好吧，就一會。」

連然笑起來，貼過來親卓煜：「遵命，心肝。」

聚會當天，卓煜在衣帽間換衣服，連然就推開門走進來。卓煜在綁領帶，他太久沒穿正裝，手法有些生疏，連然走過去熟練地幫他綁好領帶，然後把他困在鏡子前。

卓煜抬眼看他：「做什麼？」

連然牽起卓煜的手，問他：「還記得當初我承諾你的嗎？」

卓煜當然記得：「你說會用你的所有換一個機會，怎麼了？後悔了？」

連然搖頭，掏出一個戒指盒：「我是說，用我的所有，換你跟我結婚。那天之後，我就找人訂製了這枚戒指，今天剛好拿到。」

卓煜的手指下意識地縮了縮，他沒想到連然是認真的：「你……別想趁機騙我，和我住一段時間就是兌現諾言了？我可沒那麼好騙，你先收回去。」

連然的眼角垂下去：「可是我很認真，我特意找人來清算了財產，打算在結婚那天把協議書交給你簽字。這枚戒指是證明我的承諾存在的媒介，不對嗎？」

不知道從什麼時候開始，連然得了動不動就眼眶泛紅的毛病。

現在他就對卓煜紅著眼眶，眼睛溼漉漉的，看得卓煜備受煎熬，好像自己才是那個負心漢。

半晌，卓煜小聲說：「……那就、先戴上吧。」

連然表情一變，捏著卓煜的手指幫他戴上戒指，尺寸正好合適，圈在卓煜的中指上。

「從現在開始，小煜就是我的未婚夫了。」連然抬起卓煜的手親了親，然後牽著他往外走，「走吧，小煜，我迫不及待讓他們看到我的未婚夫了。」

「嘖，你真是……」

被連然抓住的手很熱，掌心出汗。卓煜覺得那枚戒指的存在感很強，又不想表現出喜歡，只能忍住仔細端詳的欲望，端正地坐在車裡。

連然一上車就牽著卓煜的手認真地看了很久。卓煜順著他的眼神看過去，戒指在黑暗中折射出亮光，連然的手在上面摩娑，很珍惜的樣子。

卓煜覺得自己屏住呼吸看著連然太久，連呼吸都變得有點艱難，使胸口發悶，心跳加速。

連然認真的樣子刺激著卓煜的大腦，在多巴胺的作用下，卓煜也感受到了滿足和快樂。

卓煜很久沒有出門了，也從未參加過這種宴會，生怕說錯話會讓連然惹上麻煩，因此下車前有些躊躇，看向面前的連然。

連然察覺到卓煜的信息素變化，俯身湊到他面前：「怎麼了？」

「我不太習慣這種場合……」卓煜拉著連然落在自己手心的髮尾，低聲說，「要是說錯話了怎麼辦？」

連然握住卓煜的手，親了一下他的額頭：「放鬆點，只是私人宴會。」

卓煜被連然牽下車，在侍者的指引下走向宴會大門。

一樓大廳裡人很多，連然許久未出現，一出現便攜著他近日公開的伴侶，很難不吸引到他人的注意。

卓煜感覺到大家的視線，很快就有人迎上來和連然寒暄。

卓煜是第一次看到連然應酬的樣子，進退有度，遊刃有餘。連然的手放在卓煜的腰上，告訴別人卓煜是他的「未婚夫」，別人舉杯提前祝賀他好事將成，宴會還沒開始，卓煜就已經喝了幾杯。

過了一會，有侍者請連然和卓煜上樓。連然告訴卓煜他只需要跟著自己就好，兩人被帶到一扇雕花高門前，輸入密碼後，門從裡面被人打開。

裡面都是宴會主人的貴客們，但卓煜一眼便認出了主座上的郁祁。

門內空間很大，一張巨大的桌子橫亙其中，一共有十個座位，每個座位的間隔都很大，而每個人都有攜伴。連然牽著卓煜走進去，卓煜被連然擋住的視線展開，正好對上了郁祁的視線。

郁祁勾勾唇角，算是跟卓煜打招呼。他放在桌上的手捏著一條狗鍊，往桌下延伸，但卓煜看不清桌下的人是誰。

高層的權色交易，卓煜只在網路上聽說過，從未想過有一天會出現在自己面前。

卓煜的腳步突然頓了頓，連然回過頭，攬住卓煜的腰，把他拉到自己腿上坐下。因為慣性，卓煜的臉離連然很近，他連忙撐住連然的肩膀，堪堪停在咫尺，連然卻迎上來，旁若無人地吻上卓煜的嘴唇。

「別擔心，親愛的，很快就結束了。」連然把卓煜的頭放到自己肩膀上，「不想看就別看，沒關係。」

卓煜嗅到連然頸間的信息素，感覺舒服了一些，抱著他的腰找到舒服的位置靠著。

連然似乎很滿意，輕輕笑了一下。

「笑什麼？」

「我們小煜這麼依賴我，我覺得很高興。」連然的手移到卓煜的腰，放在臀部上面一點的位置。

卓煜驚起，扯住連然的手：「你不要在這裡亂來……」

「好吧。」連然放開手，一臉無辜。

郁祁準備了一排男男女女，時不時會有人被點到某一位身邊。桌上擺著鑽石和鈔票，卓煜注意到角落的監視器閃爍著紅光。

「好了，坐到桌上來。」卓煜聽到郁祁的聲音，一陣聲響後，連然放在卓煜腰上的手微微收緊。

卓煜抬起頭，順著連然的視線看過去，瞳孔倏然放大。

——坐在郁祁面前桌上的人，竟然是消失許久的連詔！

那條銀色的狗鍊連接著連詔脖頸上的項圈。連詔只穿著浴袍，敞開的衣領下露出大片胸口，只堪堪遮住重點部位，看上去狼狽不堪。

郁祁站起來，分開連詔的雙腿，卡進他腿間，摸了摸他的脖頸，然後猛地捏住他的下巴扳過去，讓他看向連然。

「看看，這不是你一直想見到的人嗎？」郁祁含住侍者遞到唇邊的菸，就著侍者的手深吸一口，吐到連詔臉上，「我答應你的，讓你見他一面，如何？驚不驚喜？」

連詔的嘴唇嫣紅，氣息不穩，看到連然後沒再看向郁祁，掙開他的束縛就朝連然爬了過來。

桌上的鑽石、鈔票被他掃到桌下，從連然的角度幾乎能看到他整具身體。卓煜的呼吸都要靜止了，連然卻淡漠地移開眼，遮住卓煜的眼睛，把他攏進懷裡。

「哈哈哈哈哈……」

卓煜聽到郁祁的笑聲，然後是一陣皮肉在桌上摩擦的尖銳聲響，和連詔隱忍的悶哼。

連然抱著卓煜站起身，朝門口走去，離開了房間。

臨出門時卓煜睜開眼，從還未完全關閉的門縫裡看到被郁祁抓著大腿的連詔。他死死盯著自己，又或者說是連然，像獵物被侵占的雄獅一樣挺直著身體，直到被郁祁進入，驟然軟下。

門關上了。

卓煜的心跳得飛快。

「連然……」

「抱歉，讓你看到不該看的東西了。」連然在轉角放下卓煜，撫摸著他的脊背，「本來說好只是普通的宴會，我沒想到郁祁這個瘋子竟然敢陽奉陰違。」

不知是不是因為第一次看到那種場面，卓煜覺得渾身發熱。

連然見卓煜這副樣子，關切地碰了碰他的肩膀：「怎麼了，小煜，生氣了嗎？」

但連然剛碰上卓煜的肩膀，卓煜整個人就突然往他身上栽去。連然接住卓煜，感受到他升高的體溫，和不受控制地往外溢出的信息素。

還沒到發情期，怎麼就……當下連然也顧不得那麼多，脫下外套遮住卓煜，就走進走廊盡頭的休息室。

＊

「呃……哈啊……」

連詔被擺成趴伏的姿勢，手被折到身後，郁祁從後面頂著他，當著這些人的面。

連然走後，由郁祁開始，場面變得非常混亂。連詔閉著眼，耳邊不斷傳來男男女女的呻吟。他的性器被緊綁著，無法勃起，後庭早上才被郁祁進入過，現在仍舊溼軟，郁祁不需要擴張就能插到底。

頂弄了一會，郁祁將連詔的手拉到頭頂，身子壓下來，插在體內的性器也跟著往前頂。連詔喘了口粗氣，被郁祁扣著手背，重重咬上後頸。

連詔的腺體上有數道牙印，每咬一次，連詔的身體就會變得像Ω敏感。若不是礙於身分，他一定會次次都射進連詔被肏腫的生殖腔裡，讓他懷上自己的種，只能抱著鼓起來的肚子被自己上到失禁。

「靠……瘋子……」

連詔的眼睛通紅，下身不斷傳來的快感壓榨著他的理智。

他從前是個高高在上的α，對身為Ω的郁祁不屑一顧，甚至是輕蔑的，直到被郁祁抓到的那天晚上，郁祁摘下抑制環後散發出來的信息素及完全壓制著他的身體，成了連詔長久以來的噩夢。

似乎是要羞辱他從前對Ω的不尊重，郁祁將連詔變成了Ω，並標記他，將他囚禁在家裡，成為專屬於自己的Ω。

郁祁似乎很不滿於連詔沒有給出自己想要的反應，於是將他翻過來躺在桌上。浴袍沒有脫，鬆垮垮地掛在連詔的手臂上，郁祁彎腰查看連詔的臀心，只見那處被自己肏得紅腫，隨著呼吸一張一闔，滲出清液。

這足以勾起郁祁的欲念。

他站起來，慢慢將頂端插入，感覺到甬道顫抖地絞緊自己，然後按著連詔細窄的腰用力往下一拉，噗地一聲插到底！

「啊啊……」

生殖腔被猛地撐開，飽脹的酥麻感席捲全身。連詔宛如被釘在砧板上的魚掙扎了兩下，在緊接而來的劇烈衝撞中，胡亂抓起了幾顆鑽石。尖銳的鑽石割破他的手心，滲出的血滴在桌上，鈔票也沾上血跡。

郁祁突然停了下來。

那根存在感極強的性器就插在生殖腔裡，因為瀕臨爆發而抖動著，連詔也快攀上頂峰，卻不料郁祁突然停下，體內驟然變得空虛難耐。他動了動，卻見郁祁叫來侍者：「把醫藥箱拿過來。」

這混蛋是故意的嗎……連詔往後倒在桌上，眼前的世界顛倒。交合的男男女女淫亂不堪，他被當作郁祁的私人收藏擺在桌上，允許被人觀看，卻不允許觸碰。

郁祁抬起連詔受傷的手，幫他上好藥，纏繞繃帶。

動作時，牽連到兩人的相連處，連詔抖了抖，沒有任何撫慰，前端卻突然滲出了清液。

郁祁的動作停了下來。

「哈，這是怎麼回事啊？連詔。」郁祁帶著笑意的聲音從頭頂傳來，「怎麼像個Ω一樣，只用後面就高潮了？」

連詔的眼皮顫抖，肚子劇烈起伏著，射到肚子上的液體在凹陷處匯成一灘。

郁祁低低罵了一句，便用力分開連詔的雙腿，頂了進去。

一牆之隔的卓煜也和連詔差不多。他不知為何突然進入了發情期，連然坐在沙發上，卓煜則緊緊纏著他，手腳並用，恨不得融入連然的身體裡。

「小煜……」連然被卓煜接連不斷的親吻弄得有些手忙腳亂，他按住卓煜，卓煜就抬起臉來，眼眶瀅潤。

「難受。」卓煜又貼上去索吻，「連然，我好難受……身體變得好熱……」

「沒事，心肝，我在這裡。」連然安撫著卓煜，開始脫掉他的衣物。

這時，門口突然被人敲響。

「等……」

「不要走！」卓煜猛地抱緊連然，力道之大，讓連然都有些窒息。連然只能先安撫卓煜說自己不走，抱著他走到門口。

「誰？」

「您好，這是貴賓休息室，請問您是……」

連然空出一隻手去開門，卓煜卻順勢滑了下去，跪在連然腳邊。

連然開門的手猛地一頓。

侍者從門縫裡看到了連然，連忙退後：「抱歉打擾您了，您有什麼吩咐嗎？」

話音未落，房門就被猛地關上了。

卓煜聽到連然的聲音從頭頂上傳來，他沒有理會，張開嘴，隔著布料含住凸起的地方。炙熱的口腔包裹著性器，連然按在卓煜肩上的手猛地一緊——

卓煜似乎被連然的反應取悅到了，他更賣力地向連然求歡，牙齒啣著褲鍊往下拉，掏出連然的性器。

連然的眼神陡然變了，他凝視著卓煜的頭頂，低聲叫了一句：「小煜。」

卓煜閉著眼湊近，用臉去蹭了蹭連然的性器。連然低喘一聲，按住卓煜的肩膀，把他釘在門上。信息素溢出，卓煜難耐地扭動身體，摸上連然的大腿。

連然握著性器，在卓煜臉上一點一點蹭過，描摹他的五官。從他的眉骨到鼻梁，再到臉頰和嘴唇，在卓煜臉上留下晶亮的水漬，然後分開卓煜的嘴唇，在牙關上敲了敲，待卓煜收起牙關，猛地挺了進去。

「唔——！」

卓煜下意識抬手擋住連然的胯骨，防止性器一下就插到喉嚨深處。

卓煜被逼出乾嘔的聲音，連然停了下來：「怕了？」

卓煜搖頭，開始緩慢地吞吐起來。

連然直起身，低頭看著他。卓煜一隻手抱住連然的腿，另一隻手伸下去，握住自己的性器套弄。房內，卓煜的發情信息素蓋過了連然的。

比平常更加香甜的柑橘味道充斥於寬闊的房間，卓煜跪在連然腳邊，縮在門後，論誰看上去都像是連然在欺負他，他正眼眶溼潤、可憐兮兮地向連然求歡。

他顧不上現在是在哪裡，身體變得很奇怪，異常渴望跟人交合，身上像被一萬隻蟲啃噬般癢得不得了，都聚集在下半身，變得敏感異常。

幫連然含了一會，卓煜便吐出來，站起來把連然按到門上。

連然挑眉看著他。平常做愛的時候，卓煜放得並不開，會推拒連然過分的要求，但此刻，卓煜卻完全被連然征服，僅憑著本能親近連然，非連然不可，讓連然異常興奮。

他抱起卓煜，衣物落在腳邊，接著把卓煜翻過去，背對他並貼著門。連然用手在卓煜的後穴擴張了兩下後，挺身而入。

連然一進去，卓煜的腿就猛地一軟，後穴緊縮了一下，絞得連然動作凶悍地用力撞了十幾下。卓煜的性器頂端一下一下地蹭過門上，緩緩流下清液。

卓煜射過之後，連然也高潮了，從卓煜的身體裡抽出來。卓煜閉著眼，連然便把他抱到床上去，離開了休息室，反鎖上門。

他徑直走向郁祁所在的會客廳。侍者拉開門，裡面只剩下郁祁和連詔。連詔躺在鋪滿鈔票和鑽石的長桌上，一動也不動地睡著了，像是貢品般，下身只蓋著一層薄薄的絲綢，堪堪遮住性器。

房內充斥著各種信息素，郁祁坐在桌上，注視著連詔，聽到聲音後抬頭，見到是連然，便對他笑了。

「如何？你是來謝謝我的嗎？喝下加了春藥的酒，卓煜是不是變得非常熱情？你們完事了嗎？」

連然走到郁祁面前，突然抬手對郁祁頭上揮下一掌。

郁祁身形一歪，跌在長桌上，撞上連詔的手臂。

「先生……」郁祁抬起頭看向連然，「我做錯什麼了嗎？」

連然冷冷地看著他，眼神停在酒杯上。

郁祁看了酒杯一眼，再看向連然，不可置信地睜大眼。

「您對他是真心的嗎？」

「不然呢？」連然反問之後，看著不省人事的連詔：「你要連詔，我不過問，你們的事情你們自己解決，但你最好不要把手伸到卓煜這裡。」

郁祁怔了幾秒才答：「我知道了，對不起，先生。」

連然離開後，郁祁才看向連詔。連詔的藥效剛過，還沒完全清醒。

郁祁注視著連詔銳利的眉眼和完美的身體，委屈地趴到他身上，把臉埋入連詔的胸口，嗅著他的味道，平復內心的震驚。

*

連然離開不過十分鐘，回到休息室時，就發現卓煜跑去沙發上仰躺著，性器再次硬起來，他握著性器套弄，發出痛苦的喘息。

聽到動靜，卓煜一看到是連然，立刻想走過去，但連然更快地走到卓煜身邊，把他抱起來。

卓煜跨坐在連然身上，Ω用的春藥讓他的身體軟成一灘水，更手忙腳亂地去脫連然的衣服，但連然握住他的手腕，叫他的名字。

卓煜好像聽到連然說了「對不起」，但他顧不得探詢原因，只知道貼上去，掏出連然的性器往後面塞。

他騎在連然身上，被連然托著上下顛動，毫不掩飾地發出動情的呻吟。連然的手碰到哪裡，那裡就好像要燒起來一樣。連然越是頂弄他，他就越難受、越渴求。

他的生殖腔打開著，被頂進去，撐開一個開口，流出清液，澆灌在連然的性器上。一次又一次，直到卓煜過度使用的後穴麻木、失去感覺，白濁混著清液流出，卓煜的乳尖翹起，小腹也因為被射入太多精液而微微凸起。

連然的手覆上卓煜頭頂，很燙，他對卓煜說：「小煜，你發燒了。」

卓煜搖頭，捂著肚子，抓住連然的手腕，聲音啞得快發不出聲音了：「…………」

連然俯身：「你想說什麼？」

「……還要。」卓煜啞聲說。

「不能了。」連然拒絕了他，「得去醫院。」

卓煜一下子便溼了眼眶，他搖頭，拉著連然的手碰自己的胸口：「要。」

然後他感覺到連然俯身下來，卓煜閉上眼睛。

之後手臂一痛，便失去了意識。

*

再醒來時是在家裡，卓煜的眼睛腫痛，差點睜不開。

他哼了幾聲，被子便被人掀開，連然抱著卓煜坐起來：「醒了？有沒有哪裡不舒服？」

卓煜在連然懷裡躺了一下，回憶突然湧入腦海。他的身體瞬間僵硬，不可置信地睜開眼睛。

連然的一張臉神清氣爽，滋潤得像剛做完保養：「小煜？」

「我再也不會跟你去任何宴會了。」卓煜醒來後，第一句話是這麼說的。

連然理解物極必反的道理，在之後一段時間裡，他被迫禁欲，還要跟在卓煜身邊哄他，讓他忘記那天晚上的糟糕經歷。

對一個在陽光下長大、正正經經的男人來說，那天晚上看到的一切都顛覆了他的想像，在那之後，他甚至夢到自己也跪在桌上，被連然扯住腳踝猛地往後一拉，然後在那個長桌上上了自己一整夜。以至於他之後有段時間看著連然的眼神都帶著恐懼和回避，完全無法直視連然。

連然並不心急，他不喜歡將卓煜逼得太緊，況且那次的確是自己的過失。

反正只要等到卓煜下一次易感期，一切都會迎刃而解。

在那之後過了兩個月，卓煜不知道從哪天開始，小腹會時不時感到脹痛，吃了主食會乾嘔，食欲不振。

連然以為卓煜是吃膩了廚師的飯菜，但換了幾個廚師都是這樣，牛排只要生一點，他就會難受。

因為卓煜吃得很少，連然會在飯後抱著他坐在沙發上，哄他吃一些飯後甜點，然後發現卓煜尤其喜歡吃湯圓，就是沒有餡、純麵粉的那種小丸子，在糖水裡煮開，卓煜能吃掉三碗。

有時候半夜餓醒了，也說想吃湯圓。

某天，卓煜吃飽後被連然抱在懷裡，摸了摸自己飽脹的肚皮，突然說了句：「連然，我吃太多了，肚子都鼓起來了。」

「是嗎？」連然笑著把手覆上去，「好像是有點大了。」

話音剛落，兩人好像突然意識到了什麼，同時愣了愣。

「不……不可能！」卓煜推開連然，坐到一邊去，「我們最近又沒有做過……」

「可能不是最近，是之前，在休息室那次，我內射太多次了。」連然拉住卓煜，「得去醫院檢查。」

「可我是α，怎麼可能會懷孕？」卓煜說完，倒抽了口涼氣，捂住嘴。

連然的臉色緩和下來，輕輕撫摸著卓煜的脊背，慢慢靠近他：「別怕，心肝，又不一定會是懷孕，可能是胃出了問題，也是要去看一看才行，不是嗎？」

連然親著卓煜的手背，溫柔地說：「無論發生什麼事，我都會陪著你。」

第二天早晨，卓煜被連然帶到醫院，做完檢查後，卓煜沒有跟連然一起進去醫生辦公室，而是自己坐在走廊的椅子上。

連然從辦公室走到卓煜面前。卓煜正在發呆，眼神沒有焦距，連然手上拿著檢查結果，單膝跪在卓煜面前，抬起手輕輕碰了碰卓煜的臉。

卓煜茫然地看向連然。

連然望著卓煜，笑起來，一把將卓煜抱起來。卓煜嚇了一跳，扶住連然的肩膀。

連然仰著頭，對他說：「這個孩子一定是個天使。」

卓煜正發愣著，還沒回過神來，卻被連然的開心感染。他抱著連然，很小聲地問：「為什麼這麼說？」

「因為他選擇了你，」連然附在卓煜耳邊說話，「我的上帝是你。」

連然出生在宗教信仰遍地的國土，但他從不相信上帝，認為那只是普羅大眾為了更甜蜜地跪著而想像出的自我安慰罷了，他不需要為任何人跪下，他只信仰自己。

現在他的人生多了需要保護的人，卓煜便成了他的信仰。

「好了……放我下來。」卓煜被放下時，感覺還是不太真實。

他下意識捂著自己的小腹，完全感覺不到隔著一層皮的底下會有生命。

連然拉著他坐在走廊上，跟他頭碰頭，一起看檢查報告。

「醫生說，你雖然是α，但你的生殖腔發育得很好，不過因為我性別特殊，之後要保持一週一次的標記頻率，不能讓生殖腔萎縮下去，後期標記的次數要更頻繁一些。」連然只給卓煜看報告上的X光片，「他現在還很小，但我看得出他很可愛。」

卓煜什麼都看不出來，他盯著那顆如豆點一樣小的陰影看，完全不知道連然是如何將這個跟可愛沾上邊的。

「好吧。」你說什麼就是什麼。

連然把卓煜接回自己的宅邸精心照顧，剛開始的不適在精心調養之下逐漸消失，卓煜花了快一個月才逐漸習慣自己的肚子裡已經有了孩子。

連然不管多忙都會回家，離開宅邸不會超過兩日，卓煜的後頸常被連然咬開，灌入信息素。

連然像在家裡養了一株自己很喜歡的花，無時無刻都在關心花有沒有生長、結苞，看上去比卓煜緊張多了。

卓煜的肚子慢慢鼓了起來，在肋骨下面一些的地方鼓起流暢的圓弧。他穿著寬鬆的褲子和衣服，看上去像還在念書的少年，但撩開衣襬便能看到他圓潤的小腹，像是被壞人誘惑的失足少年，小小年紀就懷上了孩子。

這天，連然原本說好了不回來，但會議臨時取消，就直接買機票飛回家。回到家時夜已經深了，他推開門，客廳的燈亮著，卓煜坐在沙發上看電影，一手拿著遙控器，一手蓋在肚子上，無意識地撫摸著。

聽到開門聲，卓煜詫異地看過來：「……不是說不回來嗎？」

連然朝卓煜走過去：「不回來怎麼會知道有人偷偷把傭人都支開了，這麼晚了還不睡覺？」

卓煜毫無悔改之意，看著連然走到自己面前，俯身張開手臂，讓連然把自己抱起來，坐到他腿上。

卓煜洗過澡了，家裡開著空調，他便光著腿。連然的手從他的腳踝一路往上摸，摸到腿根，發現卓煜底下什麼都沒穿。

「所以才讓人都走開啊。」卓煜看著電視，臉上光影變幻，「穿著褲子不舒服。」

連然慢條斯理地摸著卓煜的性器，讓它在自己手裡慢慢硬起來：「明天讓人來幫你訂製幾套睡裙。」

卓煜蹙眉，他是α，怎麼能穿裙子？想都沒想就拒絕了：「我這樣穿就挺舒服的。」

連然的力氣重了一點，卓煜的手抖了抖，放在連然的肩膀：「別那樣弄。」

「痛？」

「不是……」卓煜露出為難的表情。

他這四個月都沒有跟連然做過，連然是沒什麼，可是卓煜卻覺得身體慢慢空虛起來。後頸的標記只能維持生殖腔的發育，但孩子越來越大，他的身體也變得越來越敏感。

連然貼著卓煜的耳朵問：「那是怎麼了？是我太久沒碰小煜了，小煜想我了？」

卓煜跟連然貼著臉，拉著他的襯衫領口，小聲地說：「有時候不是早晨，我也會硬，我偷偷到浴室弄過幾次，但這幾天頻率越來越高了，我弄完沒多久又會硬起來。」

連然的喉結上下滾動了一下。

「醫生說是因為孩子長大了，壓到了前列腺，所以特別敏感，可是我身邊總是有人，我覺得很不自在，能不能別讓那些人總是跟著我了？」

連然看著卓煜苦惱的樣子，心生憐愛，他攏住卓煜：「可是得有人照顧你，你再忍忍，這個月我忙完之後就待在家照顧你。」

卓煜勉為其難地答應了：「好吧。」

連然抱著卓煜在客廳溫存了一會，把玩他的性器，直到卓煜射過一次後，才抱著他回房間。

卓煜被放到床上，連然沒有去洗澡，而是從櫃子裡拿出一樣東西。

「醫生說孕期最好不要做，給了我這個儀器。」連然手裡的東西看起來是Ω用的按摩棒，尺寸比連然的小很多。連然把它打開，一點一點地塞進卓煜的後穴。

一段時間沒做，卓煜光要吞吃掉這麼小的按摩棒就很吃力了，但按摩棒進去之後，正好抵著前列腺震動，讓卓煜非常舒服。連然扯過一條薄毯蓋在卓煜下身，親了親卓煜額頭：「我去洗澡，很快就好。」

卓煜卻覺得時間很漫長。

按摩棒的震動頻率不高，像連然在撫慰自己，慢條斯理地震動著。但也因為如此，卓煜的快感累積在高潮附近，始終無法突破。卓煜嘗試將腰拱起一點，或者把腿夾緊一點都沒用。他想要坐起來把按摩棒拔掉，卻因為姿勢變動，按摩棒突然重重戳在前列腺上，震動著按了下去。

「唔嗯！」卓煜發出一聲悶哼，一下子軟倒在床上，性器頂端吐出清液，濡溼了薄毯。

連然洗完澡出來，看到的便是卓煜跪趴在床上，夾著腿，翹著臀部，一手撐在床上，一手試圖繞到身後去搆按摩棒。

暴露在空氣中的後穴張闔著，溼漉漉的，像花。

連然剛壓下去的欲望突然反撲，他閉了閉眼，走過去，從卓煜的後穴拔出按摩棒，抱著他坐到自己腿上：「怎麼自己動了？很危險。」

「難受……」

連然摸到卓煜的後穴，插進一根手指：「是難受？還是舒服？」

卓煜搖頭，靠在連然身上：「不喜歡這個。」

連然憑著感覺找到了卓煜舒服的地方，看著卓煜靠在自己肩膀上閉著眼，雙腿大開的樣子，突然重重朝著那個點一按——

卓煜猛地睜眼！

「嗯——！」他的性器翹起來，後穴也瘋狂絞緊連然的手指，聲音顫抖，「……靠！連然你幹什麼！」

「這樣不是更舒服嗎？」連然親著卓煜的後頸，犬齒切開卓煜的腺體，注入自己的信息素。

卓煜立刻軟了下去，蜷在連然懷裡一動也不動。

連然弄了一會，直到卓煜累了才停下來，幫他擦拭身體。

卓煜躺在床上任由連然擺弄，他看了連然一會，突然伸手探進連然的睡袍，碰到硬脹的某處。

「我還以為你這段時間真的變成性冷淡了呢。」卓煜得逞地笑了笑，「要我幫你嗎？」

連然幫卓煜擦乾淨後上床，爬到他身上，卓煜才忐忑起來。

自己不會真的惹到連然了吧？他是做得出這種事……但孩子怎麼辦？

連然在卓煜的注視下脫掉睡袍，長髮傾瀉而下，落在卓煜的胸口，撓著他的乳尖，卓煜癢得抖了抖，卻沒有躲開。

連然壓下來，他就閉上眼，一副任君處置的模樣。

連然忍不住笑了，卓煜立刻惱怒地看著他。

「我又不是禽獸。」連然說。他的眉眼深邃，像要把卓煜吸進去一樣。

他握住自己的性器在卓煜身上自慰，然後又拉著卓煜的手去摸自己。卓煜碰到連然微量的皮膚，雖然已經坦誠相見過太多次，但這還是他第一次看到連然在自己面前自慰的樣子。

卓煜的耳根通紅，等連然射在他手裡後，立刻翻身閉眼，拒絕交流。

連然又幫卓煜把手擦乾淨，看了時間一眼，已經不早了，這才抱著卓煜睡去。

到了寶寶八個月大的時候，卓煜開始抗拒出門，連下樓面對傭人都不願意，整天躺在房間裡。

連然有睡前閱讀的習慣，卓煜便看起連然留在床頭的書，很快就看完了，他又移到連然的書房裡去。

連然暫緩了所有工作，只留下幾個傭人，留在宅邸裡親自照顧卓煜。

卓煜並不抗拒連然，他喜歡被連然從身後抱著，躺在他懷裡看書、發呆或做任何事情。連然不在的時候他要忍受欲望，但連然在的話，欲望會及時得到紓解。

卓煜放下書，拉過連然放在他腰側的手，放到自己的小腹上。連然輕柔地撫摸兩下，孩子似乎感覺到了父親的信息素，在卓煜的肚子裡踢了踢他。

卓煜輕輕哼了一聲，抓著連然的手指，食指摳著連然中指上的戒指。

連然的手指白而長，指甲修剪得乾淨漂亮，卓煜看到跟主人一樣漂亮的手指放在自己凸起的肚子上，動了心思，牽著它往下。

身後傳來連然的輕笑。

卓煜輕易地被連然滿足了，他弓不起腰，只能伸直雙腿，喘息著洩在連然手裡。

連然幫卓煜清理好後去了浴室，卓煜躺在床上發呆，過了一會連然回來了，身上帶著水氣。

卓煜盯著他的腿間看，覺得連然這十個月過得實在辛苦。

卓煜看著連然髮尾滴下來的水順著脊背，流入綁在腰間的浴巾裡，舔了舔嘴唇，說：「我感覺小湯圓越大，壓著那裡就越難受，對不起。」

小湯圓是兩人一致幫孩子取的小名，因為卓煜在孕期間實在喜歡吃湯圓。

連然擦著頭髮，轉身看著卓煜，問：「為什麼要說對不起？」

卓煜看著連然，耳根慢慢紅了，臉也發燙：「每次你都要去浴室……」

連然還沒有回答，卓煜又說了一句：「而且我看到你這樣，又……」

連然會意過來，走到床邊坐下，直接探入卓煜的腿間。

卓煜被連然微涼的手刺激了一下，下意識地夾緊雙腿，連然的聲音帶著笑意：「寶貝，你又硬了。」

卓煜羞憤欲死，捂著臉說：「我不知道！這不受我控制……」

連然的手插入卓煜溼潤的後穴，抽插起來。卓煜閉著眼，身體一波接一波的浪潮翻湧漲退，他的喘息越來越重，顧不上會不會被來房間打掃的傭人聽見，直到連然親吻他，唇同唇、舌同舌地勾纏在一起。

除了這些之外，他們更多的時候會抱在一起，什麼也不做。連然決定讓孩子跟卓煜姓，名字則由連然來取。

但是辦事向來乾脆俐落的連然糾結了好一陣子，直到卓煜臨產前都沒有想好。

卓煜的小腹上多了一道傷疤。孩子被爸爸和父親無微不至地照顧著，很健康。

卓煜是α，身體強壯，只感覺到被注射麻醉藥後，結實的身體被剖開，肚子裡的東西被拿了出來，身體陡然變輕，其餘倒是沒什麼感覺。被推出來的時候，他還有種「怎麼這麼快就結束了？」的疑惑。

但連然聽了之後，臉色卻不太好，親了親卓煜的額頭，說：「辛苦你了，親愛的。」

很快卓煜便後悔了，因為藥效過去之後，身體無處不疼。卓煜不能翻身，痛得睡不著覺。

連然寸步不離地守在卓煜身邊，卓煜在最痛的時候下床活動，幾乎耗盡了所有力氣，他回到床上就發了脾氣，閉著眼拒絕跟連然交流。

連然耐心地哄了卓煜一會，卓煜還是不理他。連然就把孩子抱到卓煜身邊，卓煜側過頭去不看父子倆，連然便把嬰兒床放到卓煜床邊，說：「親愛的，我想好孩子的名字了。」

卓煜被吸引住了，立刻睜開眼看過去，卻被連然摸了把臉，湊過來親了親。

「我們小煜連生氣起來都那麼可愛。」連然說。

卓煜看著連然來不及打理的凌亂長髮、略顯憔悴的面容，消了氣，問他：「你想到什麼名字？」

「釋，」連然說，「卓釋。」

「為什麼？」卓煜覺得這個名字很普通，他們的孩子應該要有一個聽起來很有壓迫感的名字才對。

連然在卓煜的手背上一吻，解釋說：「因為在遇到你之前，我的人生一片黑暗，我在這個濁世中痛苦萬分，內心只有仇恨。我沒有見過真摯的感情，只會用盡手段達到目的。我沒有愛過誰，所以很多時候都不知道該怎麼愛你才是對的。」

卓煜被連然注視著，連然的視線明明不是止痛藥，卓煜卻感覺到自己的身體沒有那麼痛了。

連然繼續說：「你是意外飛到我枝頭上的小鳥，是我堅硬心臟長出來的柔軟，我面對你的時候總是手足無措。我站在泥沼裡，不知道該怎麼讓你跟著我，才能生活在陽光下。」

卓煜說：「你知道我不在乎這個。」

連然的嘴唇貼著卓煜的指尖，聞到刺鼻的藥水味。他清晰地感覺到心臟抽動了一下，說：「可是我在乎。我在這段時間處理了歷史遺留問題，和之前連家的灰色產業徹底切割了，之後我會慢慢淡出眾人的視野。你喜歡哪個城市？我們可以到那裡定居。」

卓煜覺得話題扯太遠了，他說：「所以這跟你取的名字有什麼關係？」

連然和卓煜十指相扣，認真地說：「我遇見你之前身處濁世，和你在一起之後都釋然了，現在我們還有了孩子，我更能原諒從前的一切，所以是『釋』，卓釋。」

連然說完後，卓煜沒有說話。

連然頓了頓，試探著問：「如果小煜覺得不好，我們再換一個。」

卓煜立刻搖頭。

「不……」他艱難地湊近了連然，「我覺得很好聽，我很喜歡這個名字。」

連然笑了，卓煜又說：「其實我不在乎的，只要是跟你在一起，在怎樣的世界我都能堅持，你相信我嗎？」

連然毫不猶豫地說：「我一直都相信。」

卓煜突然覺得身體充滿力氣，一點也不痛了。他的眼睛很亮，跟連然十指相扣：「我們以後會一起生活在陽光下，你、我還有卓釋。」

連然面對著卓煜的時候，內心總會被飽脹的情緒填滿。

卓煜在某種意義上，讓他變成了一個鮮活的人，對世界充滿感激，有時候甚至會感激從前不齒的上帝。

連然在卓煜面前低下頭，親吻他年輕愛人的手背，鄭重地說：「我愛你。」

我們會一起去更光明的世界。

—全文完—

高寶書版集團
gobooks.com.tw

FH078

漫長覬覦

作　　者　卷毛咩咩汁
插　　畫　Fayin
責任編輯　陳凱筠
封面設計　林檎
內頁排版　彭立瑋
企　　劃　李欣霓

發 行 人　朱凱蕾
出　　版　朧月書版股份有限公司
Hazy Moon Publishing Co., Ltd
地　　址　臺北市內湖區洲子街88號3樓
網　　址　www.gobooks.com.tw
電　　話　(02) 27992788
電　　郵　readers@gobooks.com.tw（讀者服務部）
傳　　真　出版部　(02) 27990909　行銷部 (02) 27993088
郵政劃撥　50404557
戶　　名　英屬維京群島商高寶國際有限公司台灣分公司
發　　行　英屬維京群島商高寶國際有限公司台灣分公司／Printed in Taiwan
Global Group Holdings, Ltd.
初版日期　2023年12月

國家圖書館出版品預行編目(CIP)資料

漫長覬覦 / 卷毛咩咩汁著.-- 初版. -- 臺北市：朧月書版股份有限公司出版：英屬維京群島高寶國際有限公司臺灣分公司發行, 2023.12-
冊；　公分. --

ISBN 978-626-7362-06-8(平裝)

857.7　　112013685